W0271353

MALDONNE
AU FESTIVAL DE CANNES

DU MÊME AUTEUR en librairie :

Série de comédies policières Au pays de Rosie Maldonne :
UN PALACE EN ENFER
ROSIE SE FAIT LA BELLE
L'OMBRE DU ZÈBRE
NOM DE CODE : MÉMÉ RUTH
MALDONNE AU FESTIVAL DE CANNES

Romans d'amour ou feel good :
BRILLE TANT QUE TU VIS !
LA PETITE FABRIQUE (dès mai 2020)

Tendre comédie à suspense chez City éditions :
LE GARÇON QUI RÊVAIT DE VOLER EN CADILLAC

Trilogie polar historique chez City éditions :
(Une enquête à Cannes à la Belle-Époque sur les traces de Maupassant)
LA LETTRE FROISSÉE
LE PORTRAIT BRISÉ
LE CARNET VOLÉ
(Ces volumes se lisent indépendamment les uns des autres)

Roman noir chez label Les Indés :
FANNY N.

Pour suivre l'actualité des sorties de romans d'Alice Quinn :
https ://www.alice-quinn.com

ALICE QUINN

MALDONNE
AU FESTIVAL DE CANNES

Couverture réalisée par Paola Studio Ideazione

mail.ideazione@gmail.com

https://ricreazioneweb.wordpress.com

Correction : http://www.amotsdelies.com/

La musique est omniprésente dans la vie de Rosie,

Vous trouverez à la fin du roman les chansons évoquées dans le récit, avec un lien vers leur vidéo sur YouTube.

« *Elle ne craint rien ni personne*
Elle fonce comme un homme
C'est la justicière interplanétaire
Elle jaillit comme un éclair
Wonder Woman
Elle accourt à l'aide
De ceux qui sont faibles
On l'appelle Wonder Woman »

par Lionel Leroy, *Femme du ciel*, générique de la série
Wonder Woman (1979)

« *On ne lutte pas contre la force du destin.* »
Eschyle, *Prométhée enchaîné*

Samedi – Le jour des croissants…

1

Oui, c'est vrai, on est samedi et normalement le programme du samedi, c'est grasse matinée pour tout le monde dans la chaumière.

Enfin, quand je dis chaumière, je veux parler de ma super caravane et là c'est pareil, quand je dis super je veux dire qu'il fut un temps où elle a été super. Après le passage de l'ouragan qui a inondé Cannes, et fait plusieurs morts, ma caravane n'est plus tout à fait ce qu'elle était.

Elle est un peu cabossée et les parois sont délavées. Il n'empêche qu'il lui reste de sa splendeur. Ou peut-être suis-je la seule à la voir ?

Moi, je dors sur la banquette centrale, mais Sabrina, ma fille aînée, a une cabine pour elle toute seule, tandis que les jumelles, Emma et Lisa, partagent l'autre. Et Pastis, mon chat, lui, il va où il veut. C'est un nomade.

Bref, mon *sweet home*, c'est le grand luxe.

Il y a quelques semaines, sur l'insistance de mon amie Mimi, je me suis inscrite à un site de rencontres en ligne. Comme en ce moment, je suis vraiment au bout du rouleau question fric, je me suis dit que ça me changerait les idées. Plutôt que de déprimer…

Mon téléphone n'a pas Internet. Mon forfait ne le fait pas. Et je n'ai pas d'ordinateur. Alors, je peux répondre aux messages de mes amoureux seulement quand une bonne âme me prête son téléphone ou une tablette.

Quand je trouve un téléphone qui a la 4G, j'échange avec des garçons tous très beaux, très jeunes, très riches, très romantiques et très gentils. C'est comme ça qu'ils se présentent, avec des nuances personnalisées. Devant mes réponses sarcastiques, ils se lâchent assez vite et finalement, on se marre bien dans l'ensemble. Malheureusement, c'est par intermittence à cause de mon manque de connexion.

Pour revenir à ce samedi, je me réveille avec des paroles décousues d'une chanson dans la tête. « *C'est le dragueur des supermarchés, Le Don Juan des ménagères, Avec son cœur de camembert, Il est sympa et attirant, Mais méfiez-vous : c'est un truand...* »

Ma mère, Charlotte, qui est morte quand j'avais 16 ans, m'envoie toujours des chansons quand je dors. Elle me prévient de ce qui m'attend dans la journée, et parfois les paroles me donnent des solutions pour me sortir d'un problème. Mais là, vraiment… je ne vois pas de quoi elle parle. Je n'ai absolument pas prévu d'aller faire des courses au supermarché. Avec quoi ? J'ai plus un kopeck !

D'ailleurs, ça fait longtemps que je n'y vais plus. Remplir un caddie ? C'est de l'ordre du rêve éveillé ! Parlez-moi des Restos du cœur, là, je comprends mieux !

Pourtant, c'est pas la chanson des Enfoirés qu'elle m'a envoyée, c'est la chanson du père à Thomas Dutronc. Jacques ! Je comprends pas.

Mon programme, aujourd'hui, c'est les Gilets Jaunes, comme de nombreux samedis.

Ils occupent toujours le même rond-point aux abords de la ville, et moi, toutes les semaines, je leur apporte un énorme cageot rempli de viennoiseries datant de la veille.

C'est la boulangerie *À la brioche dorée* qui dépose ces victuailles à mon intention au Select. Je n'ai plus qu'à passer au café récupérer le tout et partir faire la fiesta sur le rond-point. Les enfants adorent ça. Je prends souvent Simon, le meilleur ami de Sabrina, le fils de Véro, avec nous. Ils ont le même âge. Simon ne parle pas, c'est un taciturne. Il n'y a que Sabrina qui comprend son langage muet. Les maîtresses pensaient qu'il était un peu attardé quand il était en maternelle, et finalement, il a sauté une classe et il va bientôt passer en cinquième, alors que Sabrina, elle, entre en sixième en septembre prochain.

Donc ce matin je réveille tout le monde en vitesse, parce que le seul moyen pour que les enfants aient quelque chose dans le ventre, ce sera d'aller sur le rond-point. Ensuite, j'essaierai de faire quelques heures au Select pour glaner un peu de cash. Ça me permettra de tenir vingt-quatre heures. Mais l'idéal, bien sûr, ce serait que je décroche un vrai job. Même à mi-temps, même à quart temps, même pour quelques semaines seulement. J'ai vraiment besoin d'un vrai boulot.

Les enfants sont ravis car ils savent que le samedi, c'est le jour des croissants et des pains au chocolat. Ils enfilent tous un T-shirt jaune offert par un magasin de fringues de la zone industrielle qui passe de temps en temps sur le rond-point.

Les insurgés ont essayé de me faire adopter le gilet jaune, mais moi, c'est hors de question que j'enfile cette chose informe. Je suis trop coquette pour ça. Quand Tony, le patron du Select, a vu que j'allais souvent là-bas le samedi, il s'est inquiété de me voir sans. Il appelle ça leur uniforme. Il a un peu peur d'eux depuis qu'il a vu les images du boxeur enragé. Il a aussi peur des flics quand ils s'énervent, en fait il a peur de tout, du moment qu'il me sent en danger.

Tony, ça fait un bail que je le connais maintenant. Il dit que son café ne rapporte pas assez pour qu'il m'engage en CDI, alors je bosse au black pour lui de temps en temps. Quand il a besoin. Ça m'arrange, ça me dépanne et ça me fait un point de rendez-vous pratique.

Je le soupçonne (en fait c'est bien plus qu'un soupçon !) d'en pincer pour moi. Moi, je fais l'aveugle et la sourde-muette à tous ses signes, car j'ai une règle : je ne mélange pas la vie privée et la vie professionnelle. Je n'ai pas envie de me retrouver sans boulot le jour où on ne s'entendrait plus au plumard.

Je me connais, j'ai une fâcheuse tendance à ne pas donner suite à mes amours… Je ne sais pas si c'est vraiment ma faute, ça se trouve comme ça.

Peut-être que je choisis exprès mes hommes volages ? Peut-être que j'ai peur de m'engager ? Peut-être que je ne crois pas à la notion de couple depuis que mon père a lâché ma mère un peu avant ma naissance ?

En tout cas, Tony, c'est *niet niet* cacahuète. Et puis il est un peu trop mère poule pour moi. C'est arrivé petit à petit. Ça s'est manifesté d'abord par des bouffées de jalousie, et il s'est immiscé de plus en plus dans ma vie, jusqu'à me surprotéger. Pourtant, il n'a que cinq ans de plus que moi !

C'est pour ça qu'il m'a offert un gilet jaune un jour, pour que je passe inaperçue le samedi et que je n'agace pas trop les potes les plus nerveux. Je ne le lui ai pas dit, mais je me suis empressée de le teindre en rose vif, ce qui a donné un orange étrange. Je l'ai cintré aussi. Il est super stylé maintenant.

J'ai fait quelques envieuses parmi les filles du rond-point, mais les types, ça allait, ils n'ont pas moufté. Ils m'ont acceptée avec mon gilet rose orange.

Je fais un *poutou* à Pastis qui boude un peu parce qu'il n'aime pas quand on part le samedi. Il me tourne le dos et s'installe de tout son long sur la table. Je lui laisse le fenestron de derrière entrouvert.

À peine j'ai fermé la porte de la caravane à clé que mon téléphone se met à crépiter sa sonnerie de grillon.

— Voilà, je grommelle, ça va encore me retarder ! Qui c'est, le couillon qui m'appelle juste quand je commence à marcher et quand mon téléphone est au fond de mon barda ?

Je sais, mon interlocuteur ne peut pas le deviner, mais bon, un peu d'injustice de temps en temps, ça rétablit l'équilibre.

Après deux heures de farfouillage dans mon grand cabas de courses, je brandis la petite bestiole et je décroche.

— Cricri ? Mais qu'est-ce que tu fous ?

Oui, les personnes qui me connaissent bien savent que ça me fout en rogne qu'on m'appelle Rosie. C'est comme ça que m'a prénommée ma mère, et comme elle est morte maintenant, je préfère qu'on m'appelle Cricri. Pourquoi Cricri ? Qu'on ne me demande pas, c'est venu tout seul. Ce qui est sûr, c'est que quand j'entends Rosie, ça me fait penser à elle et ça me fait trop de peine, alors j'ai esquivé en changeant carrément.

— Oh, salut Tony !

2

Je suis à peine étonnée. Tony ne me lâche pas en ce moment. À croire qu'il n'a plus seulement une idée derrière la tête, mais qu'il aurait décidé de passer la vitesse supérieure.

— Ça fait deux heures qu'ils ont apporté les croissants, ils sont en train de se dessécher ! Allez, grouille, on t'attend, là !

— Oh, allez, arrête un peu ! De toute façon, c'est les invendus d'hier qu'elle nous fourgue, alors !

— Oh, ça, c'est pas joli joli ! Dénigrer les cadeaux qu'on vous fait ! Je ne crois pas que Mémé Ruth serait heureuse de voir ce que tu as fait de la bonne éducation qu'elle t'a donnée.

Je ne sais pas pourquoi, depuis que Tony a découvert que ma Mémé Ruth a été une grande résistante, il la cite à toutes les sauces. Comme je ne veux pas d'histoire de bon matin, je fais comme si j'étais d'accord.

— Oui, je sais, t'as raison, Tony. Je devrais pas critiquer. D'ailleurs *à cheval donné on ne regarde pas les yeux.*

— Euh, non, c'est pas tout à fait ça, Cricri.

— Ah oui ? On dit comment alors ?

— C'est les dents qu'on regarde pas...

— Les dents ? Dis donc, Tony, va donc un peu te laver les oreilles ! C'est exactement ce que j'ai dit !

Galant, il n'insiste pas, mais il est quand même un peu agacé, alors il raccroche sans rien ajouter.

— Il t'a raccroché au nez, maman ? demande Sabrina.

— Oui !

— C'est un malotru, dit-elle.

Elle aime utiliser chaque jour un mot qu'elle ne connaissait pas la veille et qu'elle vient de découvrir. Celui-là doit lui venir de Gaston.

Les jumelles éclatent de rire en répétant ce mot. Elles sont persuadées que c'est un gros mot, ce qui les met dans un état de surexcitation extrême.

Je dis les jumelles alors qu'elles sont seulement de la même année et que l'une d'elles, Emma, est la fille de ma meilleure amie Yasmina, morte en couches. J'ai cette petite à la maison depuis sa naissance avec la bénédiction de son père. Elle fait partie de la famille. Lisa, quant à elle, est la fille du seul homme avec qui j'ai été mariée. Il file à présent le parfait amour avec une patronne de plusieurs agences immobilières dans le Var. Comme rien n'est à son nom et qu'il est insolvable, il ne paye pas de pension alimentaire. Tant mieux, il ne réclame rien non plus, et surtout pas la garde de la petite.

On fait un détour par l'appartement de Véro qui nous fait un signe par la fenêtre.

— Je vous envoie Simon !

Derrière elle, Ismène, sa compagne, se penche aussi et me crie :

— Le merle mangera des cerises !

Je réponds en marmonnant :

— C'est ça, on lui dira !

Ismène est passionnée, on peut dire obnubilée, par les messages codés de Radio Londres pendant la Seconde Guerre mondiale. Souvent, je ne sais pas si elle me parle vraiment ou si elle s'amuse à coder ses phrases. C'est Sabrina qui me traduit :

— Elle va aller au cimetière porter des fleurs sur la tombe de Marilène, dit-elle.

— Comment t'as compris ça, toi ?

— C'est le code du cimetière.

— Moi, je pense plutôt qu'elle parle du cerisier de notre terrain vague et qu'elle nous prévient qu'il faut qu'on mette de vieux CD pour empêcher le merle de nous voler toutes les cerises.

— Je ne crois, pas, non, répond ma fille, pincée.

Simon, qui arrive juste à ce moment-là, s'exclame :

— Bien content de venir avec vous, horreur des tombes.

Sabrina me regarde d'un air de dire : « Tu vois, je te l'avais dit ». Je hausse les épaules.

3

C'est dans cet état de survoltage que nous arrivons au Select. Mimi est affairée au service, et son fils Léo, qui a maintenant 19 ans, est venu faire ses devoirs ici. Lui qui était nul en seconde, voilà qu'il a eu son bac et qu'il est en première année de BTS. C'est fou quand même comme ça pousse.

Je suis super excitée de le voir parce qu'il fait partie de ceux qui me prêtent volontiers leur téléphone pour que je discute en ligne avec mes courriers du cœur. Ou que je farfouille dans des sites de recherche de boulot.

Je me mets dans un coin du café, sous le regard irrité de Tony, pour pianoter tranquille.

— Ça te dirait de te magner ? me dit-il. Tu viens ici pour faire ton secrétariat ?

— Non, non ! J'arrive !

— Tu vas faire ta Calamity *Jaune* ?

— Trop drôle ! j'ironise.

— Ou tu restes bosser ici ? T'as pas besoin de fric, un peu ?

— J'en ai toujours besoin, Tony, tu sais bien, euh, j'ai des tas de trucs à faire, tu peux même pas imaginer. Alors, je reviens plus tard pour bosser un peu, il faut que je trouve un vrai job, là, tu vois. Des miettes, ça me suffira pas en ce moment. Je dois encore du fric à la cantine, j'ai pas fini de rembourser la classe verte de Sabrina, les petites ont des trous dans leurs baskets. Bref, je dois faire face, alors, excuse-moi mais…

— Ouais, je sais, plus on a de temps, moins on en a, c'est ça ?

— Exactement ! T'as remarqué, toi aussi ?

Cette année, ça va être celle de mes trente ans. Je n'arrive pas à y croire. Est-ce que je vais être obligée de me ranger pour faire comme les copines ? C'est vrai que j'ai eu des gosses avant tout le monde ; enfin, j'ai quand même une vie trépidante et question mecs, il n'y en a pas un qui peut se vanter de m'avoir mis le grappin dessus !

J'essaie de penser à mon âge le moins possible et je demande à Tony s'il ne veut pas m'emmener au rond-point avec sa camionnette de livraison.

— Désolé, personne t'a obligée à faire la coursière pour les Gilets Jaunes, alors maintenant que tu t'es engagée, démerde-toi. Et puis je peux pas lâcher le café comme ça.

Je me tourne vers Mimi, elle me fait une mimique navrée en regardant Tony qui la fusille du regard.

— Tu sais que je pense comme Tony, dit-elle. C'est dangereux, là-bas. En plus, tu y vas avec les gosses, je te comprends pas. Il y a des gens qui vous foncent dessus en voiture, des flics qui vous chargent, et même parmi vous il y a des excités qui s'énervent contre tout le monde. Non, vraiment, je ne suis pas d'accord avec ce que tu fais, alors je ne risque pas de t'emmener !

— Vous êtes vraiment des lâcheurs ! Bonjour la solidarité !

— Tu es à mille lieues de savoir ce que je mets derrière ce mot ! dit Tony.

Mimi regarde à droite et à gauche d'un air penaud et buté en même temps.

J'insiste :

— Vous savez que c'est un super moyen pour les enfants d'avoir un super petit déjeuner du samedi ! Ils s'amusent avec les autres gosses, et c'est délicieux, cette bamboula de pains au chocolat ! C'est la fête ! Et puis il faut que les choses changent !

Ça peut pas durer comme ça, toujours la tête sous l'eau. De temps en temps, c'est sain, faut que ça pète !

Je rends son appareil à Léo, c'est pas la peine d'insister. Bon, j'ai quand même eu le temps de regarder les dernières offres d'emploi, y'a rien pour moi. Je me vois mal directrice des ressources humaines dans une boîte de webmarketing. C'est vrai, quoi, j'aime pas virer les gens.

— Ça va, dit Tony. Tu sais bien que si tu le veux vraiment, les enfants peuvent avoir des croissants ici ! Je ne t'en refuserai jamais, dit Tony.

— Tu parles d'une fiesta ! je marmonne. Enfermés dans un café au lieu de s'éclater sur un rond-point au milieu des super constructions qu'ils ont faites ! Vous êtes même pas venus voir, ils ont construit la tour Eiffel, l'Arc de triomphe, et il y a plein de tentes partout, c'est vraiment sympa. Même Gaston, il a apprécié. D'ailleurs, il leur a écrit une chanson.

— Normal, Gaston, c'est un anarchiste. Et pourquoi il t'emmène pas, lui ?

— Il est au Palais pour voir un film.

— Ah oui, c'est vrai, c'est le Festival en ce moment !

— Ben oui, réveillez-vous un peu, vous n'aviez pas fait gaffe ?

Tony jette un coup d'œil autour de lui et on dirait qu'il voit enfin tous ces gens avec un badge autour du cou, qui parlent toutes les langues et qui lui ont commandé des petits déjeuners complets sans même s'apercevoir que le lait était du soja, la saucisse du tofu et qu'il n'y avait pas d'œufs. Ils sont tous plongés dans leurs tablettes, ou dans le *Hollywood Reporter*, ils envoient des e-mails, bref, ils ne calculent pas ce qu'ils avalent.

Tony a transformé le Select en café végan et habituellement, ça se bouscule pas trop pour ses petits déjeuners. Mais pendant le Festival, il y a du monde partout.

Pascal, le pilier du bar spécialiste du complot, est assis pour une fois à côté d'un journaliste italien qui le questionne avec passion. Il répond de bonne grâce. L'autre l'enregistre sur son téléphone. Pascal s'en donne à cœur joie à propos de l'incendie de Notre-Dame. C'est le journaliste qui l'a branché sur ce thème. Tout y passe, pour ce qui est des sources du complot. Le gouvernement, les francs-maçons, les Gilets Jaunes, les syndicats, pour terminer par le réchauffement climatique et le groupe Total. Le journaliste italien a l'air un peu décontenancé.

J'explique à Tony :

— Gaston a une carte d'accréditation pour le Festival grâce à Madonna, alors il va voir tous les films qu'il veut, et ce matin il y avait un Almodóvar et un Spielberg, alors il a trahi les Gilets Jaunes.

Tony ricane bêtement.

— Pourquoi tu vas pas en bus au rond-point ?

— Au prix du ticket ? Je te rappelle qu'on est cinq !

Il sait que s'il me propose de me prêter l'argent, je vais le rembarrer, alors il s'en garde bien.

Je me tourne vers Léo :

— Léo, tu voudrais pas venir m'aider ? Comme je vais y aller à pied… Il y a ce gros cageot, c'est pas que je peux pas le porter, c'est juste un peu loin ; si on se relaie, ce sera quand même plus facile.

Immédiatement, Léo se lève, le sourire aux lèvres, et les jumelles s'accrochent à ses basques.

— Génial, trop stylé, dit Emma. Moi, je lui donne la main.

— Moi l'autre, dit Lisa.

Top, je pense. Je pourrai en plus envoyer des messages à mes chéris en ligne, avec son téléphone.

— Ah non, Léo ! dit Mimi. Tu vas pas aller là-bas ! J'ai pas envie que tu reviennes avec un œil en moins.

Léo souffle et ne tient pas compte de ce qu'elle a dit.

— Je suis majeur et j'ai le bac, dit-il, très calme.

Mimi lance un regard affolé à Tony, qui hausse les épaules, très contrarié, et lave ses verres frénétiquement.

On sort tous les six du café dans la plus grande dignité. Léo et moi, on a l'impression d'avoir gagné une grande bataille.

— Tu me prêteras ton téléphone ? je lui demande en lui faisant un clin d'œil.

C'est le seul au courant de toute la bande.

— Dis donc, ça y est, t'as trouvé le grand amour ou quoi ?

— Pas encore, mais je persiste…

Je dis toujours à Léo que j'utilise son téléphone pour les sites de rencontres, ce qui est vrai *aussi,* je ne dis pas que je regarde les sites de recherche d'emploi. Je ne veux pas qu'il se fasse trop de souci pour moi.

4

En arrivant sur le rond-point, on est accueillis comme des rois. Les enfants ont l'habitude et ils m'aident à installer les viennoiseries sur une grande table, à côté de la machine à café et de la grande tour Eiffel qu'ils ont construite avec des palettes de bois.

Près de l'Arc de triomphe, ils ont installé une tente un peu comme celles qu'ils mettent sur la Croisette pour les cocktails en ce moment, sauf que les bâches ici sont bleues, comme celles qu'on utilise pour protéger un chantier.

— Ils sont où, les autres ? je demande à une fille qui remue une boîte avec des pièces dedans.

Coralie, elle s'appelle. Elle approche des cent cinquante kilos environ, mais comme elle est grande, la première chose qu'on pense en la regardant c'est qu'il s'agit d'une géante, pas d'une grosse.

Elle est hyper coquette, comme moi, du coup on échange souvent des bons plans et des adresses. On n'est pas vraiment copines parce qu'elle pique une crise chaque fois que j'ai de nouvelles fringues. Comme Mimi m'en refile pas mal…

Chaque fois qu'une voiture s'approche de nous, Coralie agite son gilet jaune et elle se précipite avec un grand sourire pour essayer de récolter quelque menue monnaie. En général, ça marche, parce qu'elle leur fout un peu la trouille. Elle finit par s'approcher de moi et marmonne :

— Réunion.

Elle me parle à peine depuis que j'ai teint mon gilet en rose. Elle dit que j'ai fait ça pour me faire remarquer. Remarquer par qui ? Je le fais parce que c'est comme ça, un point c'est tout, basta. Ils commencent tous à me courir sur le petit pois avec leur façon de vouloir me dicter comment m'habiller.

Léo s'approche de deux jeunes qui pianotent sur leur téléphone un peu plus loin. Ils entament une conversation sur les avantages comparés des stories sur les différents réseaux sociaux. De ce que je crois comprendre, il y a une guerre des stories et chacun y va de son commentaire.

Je reconnais la fille, c'est Vanessa. Elle vient tous les samedis depuis le début. Elle vit dans un centre d'Aide Sociale à L'Enfance et elle dit qu'ici au moins, elle se change les idées. Elle veut être actrice de ciné. Elle a l'air tout excitée. Quand je lui demande ce qu'il lui arrive, elle m'explique qu'elle a réussi à avoir une audition avec un producteur-réalisateur hyper connu pour ce soir.

Les enfants sont autour de la pyramide du Louvre reconstituée en palettes et bâches transparentes en plastique, et sous les ordres de Sabrina, ils s'inventent un univers où elle distribue les rôles, un peu entre Narnia et X-Men. Vu comment c'est parti, ils en ont pour un moment.

Je m'approche de la grande tente où a lieu la réunion et j'entrouvre le rideau d'ouverture pour glisser ma tête.

— Quelqu'un veut un croissant ou un café ?

5

Toutes les têtes se tournent vers moi. Ils sont environ une douzaine à se casser le ciboulot pour savoir ce qu'ils vont inventer pour faire le *buzz* sur les réseaux sociaux.

Au bout de la table, il y a un type à la retraite qui note tous nos échanges sur un grand registre. C'est un ancien infirmier. Il s'appelle Jean-Pierre. JP pour les intimes. Si quelqu'un veut écrire un bouquin sur la vie d'un rond-point depuis le début, chaque samedi y est consigné. Franchement, qui aura le courage de relire un jour ? En plus, il a une écriture de pattes de fourmis. Mais il est habité par sa mission. Il n'arrête pas de gratter, de gratter, de tracer des mots sur le papier.

Je reconnais aussi Philou, un ronchon et Jack, un donneur de leçons. Avec le scribe, ils font la paire !

— Non merci, me répond Philou, c'est gentil mais on bosse, là.

Oh lui, comment il se la joue, celui-là !

— Ça va, ça va. On peut bosser et manger des croissants !

Je vais pour repartir quand soudain le dénommé Jack m'interpelle.

— Tiens, Rosie, si tu venais un peu avec nous pour nous aider à trouver quoi faire, hein ?

Je sens le reproche dans sa voix.

— J'ai apporté des croissants et…

— Y'a pas que les croissants dans la vie.

Heureusement, une fille, Clara, prend ma défense.

— Ça va, Jack, laisse-la tranquille. Elle vient avec tous ses gosses pour nous réconforter avec des douceurs, alors franchement…

— Justement, c'est pas une garderie ici ! pleurniche-t-il. On essaie de continuer, de se motiver, de trouver des solutions ! Vous voyez pas, tous, comme on se réduit de plus en plus ? Chaque samedi on est un peu moins. Et avec les syndicats et les grèves, on est carrément transparents, maintenant.

Alors, là, c'est un tollé général et on ne s'entend plus. Certains essaient de lui remonter le moral, d'autres râlent contre les lâches qui abandonnent la lutte, d'autres encore accusent les médias, les journalistes.

— Mais non, c'est pas vrai, faut pas les croire, les chiffres sont trafiqués ! C'est tous des vendus ! C'est les lobbies qui sont derrière !

Ils m'ont oubliée, je vais pouvoir m'éclipser.

Sabrina arrive à ce moment-là et elle se place à mes côtés. Sabrina, c'est un vrai radar. Elle sent tout de suite quand quelqu'un est en difficulté, et son programme Jeanne d'Arc se déclenche. Si en plus ça concerne sa mère, plus rien ne l'arrête.

— Viens, ma puce, je lui dis, on y va.

La fille qui m'a défendue, Clara, se tourne vers moi, souriante.

— Il a pas tort, Jack, t'as toujours de bonnes idées, viens avec nous à la table des négociations, pour une fois !

La table des négociations ? Ça sort d'où ? On négocie quoi ici ? Avec qui ? Et que j'aie toujours des bonnes idées, j'aimerais savoir où elle a pris cette énormité !

— Je sais pas d'où tu sors ça, toi ?

— Oui, paraît que t'as même créé un opéra une fois pour réinsérer des filles au chômage dans la mode ? C'est une fille qui bosse chez Kiabi qui me l'a dit. Elle en faisait partie.

— C'est quoi, cette légende urbaine ? je réponds en levant les yeux au ciel.

Je suis fière d'avoir réussi à placer cette expression. C'est Ismène qui me l'a sortie une fois en parlant de je ne sais plus quoi. Urbaine c'est pour dire le bled et légende c'est quand un mytho invente une histoire. Je m'étais juré de l'utiliser un jour.

— C'est vrai, maman, tu te rappelles pas ? Chez Tony. Il y a eu des défilés, tu as chanté et puis les méchants se sont cassé la figure sur les billes de Simon !

— Ah, tu vois ! dit Clara.

— Tu confonds tout, Sabrina. T'étais trop petite. Ne l'écoutez pas, elle croit que je suis Super Woman et que je sais tout. Pourtant, moi, je fais juste ce qu'on me dit, hein ! J'ai rien organisé sur ce coup-là, j'ai juste suivi.

Coralie la furieuse m'interpelle :

— Écoute, Rosie, c'est le moment de montrer que t'es avec nous. C'est vrai, tu te pointes tous les samedis avec des croissants et tu penses que ça suffit ? Tu n'as jamais vraiment participé à aucune action avec nous ! T'as même pas voulu ramasser les papiers l'autre jour.

Elle commence à me casser les *coucougnettes,* celle-là. Je dis rien, je ronge mon frein en me demandant quand je pourrai me sortir de ce guet-apens. C'est vrai, je passe mon temps à faire le ménage, déjà, ou à servir les gens pour gagner ma vie. Bon, OK, ça me dérange pas, mais si je viens ici, c'est pour faire la révolution, quoi ! Pas pour nettoyer les espaces verts ou pour « avoir des idées ! »

— Allez, viens, pour une fois, il faut absolument trouver quelque chose pour attirer l'attention des médias sur nous, dit Clara.

— Et puis ton gilet rose, là, ça craint ! continue Coralie sur sa lancée. Tu te crois supérieure ? Le jaune, c'est pas assez bien pour toi ?

— Le jaune, c'est la couleur des cocus, je dis. Merci, pas pour moi.

— On va faire une action éclatante, dit Clara, ignorant royalement notre échange de jolis mots. On va se filmer, et on va poster ça sur… Allez, viens, Rosie.

De mauvaise grâce, je m'assois autour de leur table bancale parce que Clara me fait de la peine. Sabrina, sérieuse, s'installe à mes côtés.

— J'ai une idée, dit-elle.

— Depuis quand c'est les gosses qui proposent les actions, maintenant ? demande Philou, toujours d'aussi mauvais poil.

— Faudrait savoir, je réplique. D'abord, vous râlez parce qu'on n'a pas d'idées, et quand quelqu'un en propose une, vous la repoussez avant même de l'entendre ! Bonjour la négociation ! Bonjour le Grand Débat ! Bonjour l'ouverture ! Bonjour la démocratie ! Figure-toi que ma fille, elle est très créative !

Sabrina me fait un bisou et elle sourit, contente. Comme personne ne lui dit de continuer à exposer son idée, au milieu d'un grand silence, elle reprend la parole toute seule.

— Vous allez vous filmer en train de faire vos courses au grand supermarché.

Bingo pour ma *mother* ! J'ai compris maintenant le pourquoi de la chanson qu'elle m'a envoyée cette nuit ! « *C'est le dragueur des supermarchés...* » Qu'est-ce qu'elle est fortiche, ma Charlotte ! Je ne sais pas comment elle se débrouille pour toujours savoir ce qui va m'arriver dans la journée. Vu le ton de Sabrina, c'est évident qu'on va tous finir dans un supermarché aujourd'hui ! Sabrina, en général, finit par avoir gain de cause.

Elle continue :

— Le but, c'est de leur faire peur. Vous allez entrer, avec vos Gilets Jaunes et des mégaphones, et vous allez prévenir le monde que vous en avez marre de ne pas pouvoir simplement faire vos courses, faute d'argent. Et vous allez remplir vos caddies et tout emporter. Il faudra aller vite avant que les flics soient prévenus. Et il faudra choisir un supermarché du centre-ville pour que ça fasse plus de bruit. Et mettre des cagoules de ski pour que les caméras ne vous reconnaissent pas.

C'est la consternation. Tout le monde se regarde les yeux écarquillés, sidérés par l'audace de la proposition de Sabrina. Ils se tournent tous en même temps vers moi, comme si j'étais responsable des idées qui lui passent par la tête.

Je m'apprête à prendre une engueulade et je hausse les épaules quand Jack, le grand critiqueur général, s'exclame :

— Ben, ta fille, Rosie, c'est une sacrée Rosa Luxembourg !

Je vois pas trop ce que vient faire le Luxembourg, – paradis fiscal pour les ultrariches comme chacun sait –, dans cette histoire, mais comme j'ignore encore si c'est du lard ou du cochon, je me tais.

Et tout à coup, ça explose. Tout le monde applaudit à tout rompre. Il faut dire que ça fait des plombes qu'ils n'avaient pas d'idées, alors n'importe laquelle est la bienvenue. Moi, je la trouve marrante. JP, le scribe, émet quelques objections à voix basse. Tellement qu'on ne les entend pas.

Coralie, la jalouse, s'en mêle :

— Euh, c'est illégal de voler dans un magasin, dit-elle.

— On va pas voler, dit Clara. On va juste leur faire croire qu'on va repartir avec. On laissera tout devant les caisses. Ça va mettre la pagaille. Ça va leur faire prendre conscience de tas de choses de notre vie quotidienne.

Sabrina fait une moue dégoûtée.

— Vous avez pas de bravoure. C'est pas comme ça que j'imaginais.

— Bon, Sabrina, c'est pas de leur faute.

J'essaie de défendre la cause des adultes, mais c'est difficile. Jack s'adresse directement à elle :

— Et tu voyais les choses comment ?

— Vous vous plaignez tous que tout le monde vous exploite, dit-elle, que vous n'y arrivez pas, il est temps de prendre la revanche. Moi, j'ai pensé à faire une nouvelle répartition des richesses.

— Désolé, ça fait désordre, ton truc. Déni de démocratie. Non-respect des codes du vivre-ensemble. Violence. Tu sais bien qu'on ne veut pas de violence.

— C'est trop tard. Vous ne vous rendez pas compte que tout est joué d'avance ? De toute façon, vous, les Gilets Jaunes, vous n'obtiendrez rien, que des miettes.

Tout le monde gronde sans prendre la parole. Elle poursuit.

— C'est fini, cette organisation. Ce qu'il faut viser maintenant, c'est la mort de tout ce système. Il faut plus rien ni personne. Plus d'élections. Plus de président. Plus d'État. Table rase.

Tout le monde la fixe, les yeux ronds. Un peu effrayés aussi.

— Elle ira loin, ta fille, dit Jack, toujours aussi enthousiaste, mais avec une lueur de crainte dans la voix.

Encouragée, Sabrina continue son délire :

— On va appeler notre action *Opération Rêve.*

— *Opération Rave* ? Y'aura de la musique ? demande un jeune au bout de la table.

— Pourquoi rêve ? demande Jack.

— L'idée, c'est de remplir vos caddies avec tout ce dont vous avez toujours rêvé en faisant vos courses et que vous pouvez jamais vous payer, explique Sabrina. C'est toujours ça de pris sur la vie.

Quelques nuages roses passent dans les yeux de tout le monde. Un ange aussi, car le silence s'installe.

— Bon, Sabrina, je lui dis, c'est bien joli, mais…

Plus personne ne parvient à la stopper :

— À la fin, il faudra crier : NO STATE ! Ou STATE FREE si vous préférez !

State, je comprends, mais pourquoi frit ?

— Euh… Ma puce, tout ça, c'est ton imagination qui te joue des tours.

— On va faire comme elle a dit, un point c'est tout, râle Philou. C'est pas tous les jours que…

Il n'a pas le temps de finir sa phrase qu'on entend des voitures qui freinent brusquement, des portières qui claquent, des bruits de pas, des exclamations.

— J'espère que c'est pas les flics, dit Jack, j'ai déjà passé samedi dernier au poste.

Soudain, le rideau bouge et trois personnes entrent en trombe dans notre tente, perturbant notre Grand Débat.

6

Jack se lève, important.

— Messieurs-dames ?

La petite troupe s'arrête. Il y a un homme qui porte une caméra sur l'épaule, un autre qui tient un micro au bout d'une perche et une fille qui surfilme tout le monde avec son téléphone. C'est elle qui prend la parole.

— Pardonnez notre intrusion, chers camarades… dit-elle avec un accent parisien prononcé. Je m'appelle Audrey, je suis chargée de communication. Accepteriez-vous d'être filmés quelques minutes avec notre acteur ?

— Foutez le camp. Nous, on n'aime pas les journalistes, bougonnent les bougonneurs.

Quelques personnes mieux élevées protestent mollement.

— Oh, quand même, vous y allez fort.

La fille ne perd ni le nord ni le calme :

— Vous n'y êtes pas du tout, nous ne sommes pas journalistes ! Ça n'a rien à voir ! Il s'agit d'un reportage sur un acteur, c'est tout !

Je me glisse vers la sortie et je surprends dehors leur fameux acteur en question, au milieu de nos potes, à côté de notre tour Eiffel. Il mange un croissant qu'il trempe dans un café. Quelques Gilets Jaunes l'entourent et il discute le coup d'un air à la fois amical (je suis cul et chemise avec le peuple) et condescendant (je ne mange pas de ce pain-là).

Je ne comprends pas pourquoi elle a dit qu'il était acteur, c'est un footballeur. Pas vraiment célèbre, mais quand même assez pour que je le reconnaisse. D'ailleurs, il discute foot avec la bande.

Les techniciens sont sortis derrière moi et se sont précipités vers lui. Ils le filment avec nonchalance. Un homme en noir se tient près de lui. Il est si important, qu'il a besoin d'un garde du corps ?

Quelqu'un lui tend un tract, je me demande pourquoi, mais lui, il pige au quart de tour. Il sort un super Montblanc de sa poche et il se met à faire des dédicaces, soudain plus à l'aise.

Qu'est-ce qu'il fout ici ?

Je n'ai pas pu me retenir :

— Qu'est-ce qu'il fout ici, Alan Sergo ? je demande à la fille, Audrey, en revenant sous la tente.

C'est un mouvement général d'affolement.

— Alan Sergo, ici ? Le footballeur ? Pas possible ! Où ça ? Non ! Ouiii !

Bref, c'est la débandade. Tout le monde sort en se bousculant. Au passage, Coralie en écrase deux ou trois. C'est à qui sera le premier à s'approcher de la star. Tout le monde est excité, admiratif et béat devant lui.

Certains, intimidés, restent en retrait. La plupart des autres se précipitent avec des tracts à la main pour les faire signer.

Il y a aussi des demandes de *selfies*. Il se prête à tout avec beaucoup de grâce. Il est tout à fait dans son élément.

Je m'avance vers lui, curieuse :

— Monsieur Sergo, vous êtes venu pour quoi, exactement, sur ce rond-point ? Et surtout, pourquoi avec une équipe de tournage ? Il n'y a aucun tournoi de foot prévu.

Quelques rires fusent.

Il me regarde droit dans les yeux :

— Madame, les ronds-points sont à tout le monde, il me semble, non ? Figurez-vous que je ne suis plus footballeur, je suis acteur. Vous ne suivez pas l'actualité ?

Sa réponse m'agace. Et aussi, pourquoi il m'appelle madame ? Il me cherche, là, ou quoi ? C'était juste une question. Bon, d'accord, peut-être que… Je sais pas… Il paraît que des fois, j'ai l'air agressive sans m'en rendre compte.

La fille qui filme avec son téléphone, Audrey, s'approche de moi et me touche le bras pour me calmer.

Elle chuchote :

— Laissez courir, ce n'est pas bien grave, ne faites pas attention.

— Qu'est-ce qu'il vient faire ici ?

— Il veut juste faire un peu de *buzz* avec les Gilets Jaunes. Il n'est pas méchant.

— Mais pourquoi ?

— Il fait ses débuts comme acteur dans un film qui sera projeté ce soir dans la grande salle, en compétition officielle. C'est un polar avec une romance. *Love So Cœur.* Ça reste entre nous, depuis que ce film a été sélectionné au Festival de Cannes, on le tient plus. Il a pris la grosse tête. Alors, tout ce que je vous demande, si vous voulez bien, c'est de l'ignorer. Nous, on a réussi à avoir ce qu'on voulait : quelques images où il signe des tracts à des Gilets Jaunes, où il fait des *selfies*. C'est bon, on peut remballer.

Devant ma grimace, elle se dit qu'elle devrait mettre un peu plus de formes et elle se sent obligée d'ajouter :

— En plus, c'est vrai qu'il est magnifique, votre rond-point. Avec toutes ces… œuvres d'art ? Votre tour Eiffel, là, ça me fait penser à… À quelque chose… Je ne sais plus à quoi.

— Oui, moi, je sais, je réponds, ça vous fait penser au con dans *Le Dîner de cons*, juste vous osez pas le dire.

La fille éclate de rire.

— Mais non, pas du tout !

Elle me fixe un moment :

— Vous êtes franc du collier, vous, hein ? Ça doit pas vraiment vous aider pour trouver du boulot, je me trompe ? Euh… Vous faites quoi dans la vie ?

Dépitée, je réponds à mi-voix :

— Chômage. Enfin… Pas vraiment… RSA… Mais c'est pas à cause de… Que je…

— Ah oui ?

— Oui, c'est parce que j'ai trois petites et tous les boulots que je trouve finalement, ça me coûte plus cher si je dois les faire garder quand je bosse. Alors, je trouve que des CDD. Très courts. Pour quelques semaines ou quelques mois, ça va, j'arrive à me débrouiller pour les gosses.

Elle fait une moue :

— Trois g… Eh bien, vous chômez pas sur tout, vous ! Franchement…

Elle s'éloigne en marmonnant.

— Aussi, pourquoi ils font tant de morpions quand ils peuvent même pas les élever ? Ça me dépasse !

Sabrina, à mes côtés, me serre la main et me dit :

— T'inquiète, maman, laisse cracher les chameaux quand la caravane passe.

Depuis quelque temps elle invente des proverbes, ça m'inquiète, j'ai peur de lui avoir déteint dessus. Je décide de me désintéresser de toute cette histoire et j'appelle Léo pour qu'on rentre.

7

Juste à ce moment-là, Philou, le ronchon de la bande, s'approche de la star.

— C'est quoi, ce cirque ? Vous venez nous provoquer ici ? Vous gagnez combien par mois, monsieur Sergo ? Et ça vous suffit pas, vous avez encore besoin de faire de la réclame sur notre dos ? Il est joli, notre rond-point ? Et nous, on est jolis, aussi ? Vous croyez qu'on passera comment à la télé ?

Sergo se retourne, toise notre Philou et lui dit :

— C'est comme ça, mon vieux. Le monde est ainsi fait. Il y a de la place pour tout le monde. Toi sur les ronds-points et moi sur les écrans. Ça te défrise ?

— Coupe, coupe ! s'écrie Audrey en panique. Pas de ça ! Surtout pas de ça. C'est pas le *bruit* qu'on cherche.

Le caméraman, docile, pose sa caméra par terre. L'autre coupe son micro. Elle s'approche discrètement de son acteur et elle lui touche le bras. Il se retourne vers elle, agressif.

— Ça va, Audrey, lâche-moi un peu.

Le type qui reste à côté de lui sans bouger, le garde du corps tout en noir, apostrophe Philou :

— Monsieur, vous n'avez pas compris que monsieur Sergo, il en a rien à faire de vous ?

— Allez, viens, dit Audrey à Sergo.

— J'ai compris, râle le footballeur. J'arrive.

C'est compter sans Philou qui n'a pas eu son compte.

— C'est quoi, ça ? C'est quoi, ces manières ? Vous vous pointez comme ça et en plus vous nous traitez de haut ? Mais je vais te casser la gueule, mon gars, qu'est-ce que tu crois ? Que tu peux tout te permettre ? Qu'on me parle sur ce ton ? Je suis peut-être pas une vedette, je suis pas rien non plus !

Sergo détourne le regard et l'ignore ostensiblement. L'homme en noir pousse Philou.

Un Gilet Jaune qui était sur le point de se faire signer son tract par la star prend un air désolé.

— Faites pas attention, monsieur Sergo, il est toujours comme ça, il est un peu nerveux. Il vient de perdre son boulot, il va bientôt perdre sa maison, sa femme est sur le point de se barrer avec les gosses. Ça le rend un peu agressif.

— Oui, je sais, dit Sergo. C'est comme ça, la France. Les gens sont jaloux de ceux qui ont quelque chose. De la réussite. J'ai l'habitude. Vous savez, moi, je me suis battu pour avoir ce que j'ai. Je l'ai volé à personne.

— Ça veut dire quoi ? hurle Philou. Vous pensez que moi, j'ai volé ?

Et soudain il m'interpelle :

— T'as raison, Rosie, on va y aller au supermarché, on va tout leur piquer à ces salopards, d'ailleurs ça fait une éternité que j'ai pas mis les pieds dans un vrai supermarché. Et pourquoi tu viendrais pas avec nous ce soir et tu sortirais pas ton gros chéquier, hein, le gros malin ?

Sergo hausse les épaules, Audrey le tire par le bras et ils commencent à marcher vers leur voiture.

Le garde du corps fustige notre bande du regard et lui emboîte le pas.

J'ai réussi à récupérer Léo et avec les enfants, nous nous dirigeons vers la sortie du rond-point.

C'est le moment que choisit Philou pour pousser un cri de guerre, courir et sauter sur le dos de l'acteur. Il n'arrive pas à beaucoup de résultats, mais tout de même, Sergo est déséquilibré et il tombe sur les fesses.

Immédiatement, le type en noir saisit Philou par le bras. Il lui fait une clé en lui faisant plier le genou à terre.

C'est donc bien son garde du corps.

Quand les copains voient Philou à terre, malmené par le gros bras, ils sautent tous sur l'homme en noir et le font basculer.

Sergo, pendant ce temps, essaie de se relever et de s'éloigner discrètement de la *baston*, pour se mettre à l'abri dans la voiture. Quelqu'un s'écrie :

— Tu vas où, toi ? Tu viens ici semer la zizanie et après, tu te tires ?

La révolte gronde.

Le voilà soudain entouré par plusieurs hommes costauds, tandis que son garde du corps ne parvient pas à se remettre sur pied.

Alan Sergo commence à être molesté sérieusement. Personne ne le frappe vraiment, mais je sens bien qu'il suffirait de peu.

Il est poussé dans un sens puis dans un autre, le lynchage n'est pas loin.

Une petite voix dans un coin de ma tête me dit : *Cricri, barre-toi vite de là. Ça va tourner vinaigre, tu vas passer aux infos, et vu ton bol habituel, Borelli va encore dire que c'est de ta faute !*

Borelli, c'est mon copain dans la police judiciaire. Bien que sympa et plutôt doué, il a la fâcheuse habitude de me rendre responsable de tous les maux dès qu'il me voit mêlée à quelque chose de pas clair.

Il faudra encore que je m'explique et j'ai pas que ça à faire. Si je veux gagner quelques euros aujourd'hui, il faut que je retourne au Select servir des verres aux Festivaliers.

8

Mais bon, voilà, c'est comme ça, c'est tout moi. Au lieu de tourner les talons, je fonce dans le tas en gueulant.

— Eh, les gars, ça va bien la tête ? Vous vous croyez où, chez les gladiateurs ? Vous voulez donner quoi comme image au mouvement des Gilets Jaunes ? Qu'on est tous une bande de sauvages ?

J'entre dans le cercle, j'écarte les uns et les autres.

La plupart, éberlués de voir une fille intervenir, ressentent le syndrome du petit garçon devant sa mère et se laissent gentiment écarter. Mais il y en a un plus enragé que les autres. Il veut en découdre et commence à me bousculer.

J'essaie désespérément de me souvenir des prises de catch de Gaston, ou de la boxe avec les pieds, qu'il pratique. Y'a rien qui me revient. Je lance un coup de pied en l'air et bingo, mon talon compensé se carre juste là où ça fait mal. Le type me regarde, interloqué que j'aie pu lui faire ça, à lui. Il se plie en deux en gémissant :

— M'enfin, Rosie, t'es de quel côté ?

Sabrina et les jumelles ont mis un moment à réaliser ce qu'il se passait et les voilà à présent, comme une nuée de moustiques piquant de droite et de gauche pour me libérer du cercle hostile.

Je réussis à m'approcher de l'acteur terrifié, je le prends par les épaules et je l'emmène, au culot, jusqu'à sa voiture.

C'est pas vraiment gagné, les copains sont frustrés, ils veulent que ça saigne. C'est le problème des phénomènes de foule. Comme disait Mémé Ruth : *si tu vois une foule, change de trottoir*.

Bon, j'ai réussi à le faire rentrer dans sa caisse. Je tape sur le toit de la voiture, je fais signe à Audrey, qui est déjà au volant, de démarrer et les voilà partis en trombe. En abandonnant leur garde du corps.

Quand le gros baraqué voit qu'il a été honteusement lâché par son patron, il laisse tomber la bataille, se relève et s'époussette. Puis il se dirige vers la table des croissants.

— J'ai bien besoin d'un petit café, moi. Vous permettez, les gars ? demande-t-il. Moi, c'est Éric.

Le ton qu'il emploie désamorce immédiatement le conflit.

— Il faut pas m'en vouloir, je fais que mon boulot. Par les temps qui courent, c'est pas évident d'en trouver. Pendant le Festival, c'est l'un des moments où on travaille le mieux dans la région. J'espère que grâce à vous je vais pas perdre mon taf, les gars, merci !

Alors, là, tout le monde est consterné, certains le prennent dans les bras, essaient de le consoler. Philou, dans ses petits souliers, s'excuse pour l'embrouille qu'il a plantée tout à l'heure. Éric leur explique que les seuls qui embauchent en ce moment, ce sont les boîtes de sécurité qui ont des contrats avec de gros groupes, souvent un peu louches.

— C'est comme ça que je change tout le temps d'employeur, en fait…

— C'est un mafieux, ton boss ?

— Ça, je pourrais pas dire, c'est un Français, pourquoi ? Le patron d'un club de foot.

Bon, j'en ai assez vu, je me tire.

En parlant d'emploi, il faut que je trouve un boulot, là. C'est urgent. En attendant, je vais demander à l'épicier de me faire crédit pour ce soir. Y'a rien à bouffer à la maison.

Au moment pile où je quitte le rond-point, notre scribe JP me crie :

— N'oublie pas de venir ce soir, Rosie, pour ce qu'on a dit, tu sais ? *Opération Rêve* !

9

Voilà, c'est comme ça que je me retrouve en fin d'après-midi u lieu de bosser, pile à l'heure de l'apéro, ce qui fait pester Tony, dans un supermarché du centre-ville avec toute la bande.

Je peux constater que ma mère était complètement synchrone avec les événements du jour, en m'envoyant sa chanson de Dutronc sur les supermarchés ! Bravo maman !

On est à peu près une vingtaine à être mêlés à cette histoire. Mimi a interdit à Léo de participer, du coup il a accepté de garder Emma et Lisa au Select. Simon a été récupéré par Véro et Ismène. Mais Sabrina a tellement insisté que j'ai fini par céder et elle est à mes côtés. Elle tenait à voir comment son idée allait se concrétiser.

JP a un chrono à la main et un sifflet dans la bouche, comme un prof de sport.

Il doit prévenir tout le monde du moment où il faudra qu'on sorte nos Gilets Jaunes. Finalement, personne n'était d'accord sur ce qu'il fallait faire à la fin, ils ont décidé qu'on verrait bien. Tu parles d'un plan quinquennal !

Déjà, on se fait remarquer dès notre arrivée. Normal. Un groupe de vingt, ça se repère. Ma copine asiatique, Saejin, me fait un signe discret de la main depuis sa caisse.

C'est Jack qui a ordonné qu'on entre en civil. Grosso modo, l'action va consister à remplir le chariot et ensuite se diriger vers les caisses.

Au coup de sifflet, on criera tous en même temps : « Désolés, on est le 10 du mois, on n'a déjà plus d'argent. On peut plus payer. »

Sabrina trouve l'idée inachevée. Bon, c'est une puriste. Elle ne sait pas encore que le pays des adultes, c'est celui du compromis.

Nous voilà tous dispersés dans les rayons. Clara a sorti son téléphone portable pour nous filmer. Il paraît qu'on est en direct sur Internet. Elle n'a pas de caddie, elle suit tout le monde et elle commente ce qu'on fait.

L'opération me rappelle cette période bénie qui a été très courte où j'avais hérité d'un argent qui ne m'appartenait pas et qu'il m'a ensuite fallu rendre. J'avais pu remplir mon caddie de tout ce qui me faisait rêver.

Ça doit être à cause de cette époque que Sabrina a eu cette idée. J'avais dit aux enfants que j'avais gagné au loto. Cette fois, c'est différent car on sait que personne ne gardera ce qu'il met dans son panier.

Alors, je vais direct au rayon fringues, et je remplis mon panier de robes et de chaussures.

Je vais aussi au rayon épicerie fine. Je prends du champagne, des œufs de lump, des œufs de truite, du tarama, du saumon, toutes ces choses qui me font baver et que je ne peux jamais me payer. J'aurais pu mettre de vrais trucs, des pâtes, du riz, du beurre, des patates, mais je suis là pour rêver, non ?

Tant pis si cette fois encore, ça reste à l'état de fantasme.

De temps en temps, je croise un pote du rond-point avec son chariot.

Je n'ose pas trop regarder ce qu'ils ont mis dans leur panier. Je vois que Clara, qui a laissé tomber son job de reporter pour l'instant, a rempli un caddie de jouets et de cadeaux pour ses enfants. Jack fait comme moi, il n'a que des produits d'épicerie fine. C'est là qu'on reconnaît les gourmands.

Une jeune fille qui parlait avec Léo tout à l'heure a rempli son chariot de mangas, et de bouquins de new romance.

Et le petit jeune qui tout à l'heure croyait qu'on allait à une *rave* a craqué pour le rayon informatique. Coralie, plantée au milieu du magasin comme une statue de l'île de Pâques, n'a rien dans son chariot. Je vais vers elle.

— Qu'est-ce qui t'arrive, Coralie ? Tu n'as pas de rêve ? Il n'y a rien qui te fait envie ici ?

— J'suis paumée. Ça fait trop longtemps que j'ai pas mis les pieds dans ce genre d'endroit. Tout est trop cher pour moi ici. Ça me fait trop bizarre.

— Viens, je vais t'aider, dit Sabrina. De toute façon, t'inquiète, c'est pour du beurre.

— Ce serait trop culotté de partir avec, dit Coralie sérieusement. Et puis, c'est interdit de voler.

— Désolée, dit Sabrina, c'est pas voler qui est interdit, c'est se faire prendre.

— Tu sors ça d'où ? je lui demande.

— C'est Marilène, c'est le conseil qu'elle m'a donné la dernière fois que je l'ai vue. Elle m'a assuré que c'était Mémé Ruth qui disait toujours ça.

— Ça m'étonne un peu, je marmonne.

Elle se tourne vers Coralie.

— De toute façon, aujourd'hui, tu peux ! C'est pas pour de vrai, juste pour s'amuser. Allez, respire un grand coup et suis-moi. Qu'est-ce que tu aimes le plus au monde ? À quoi tu rêves ?

— Mon rêve, ça serait de voyager. De partir en vacances. En camping. De faire du canoë-kayak. Comme on voit à la télé.

Sabrina l'entraîne vers le rayon camping et je les suis pour ne pas la perdre. Elle lui remplit son caddie de matériel divers.

— Tu vois, comme ça ! dit-elle. Si tu sais pas, tu choisis en fonction du prix. Tout ce qui est le plus cher, tu le mets dans ton caddie.

Petit à petit, Coralie s'enhardit. Tente, matelas gonflable, vaisselle en aluminium, sac à dos, sac de couchage, table et chaises pliantes, parasol : la panoplie parfaite du petit campeur. Personne n'a le courage de lui dire que si elle utilise cette chaise, elle se retrouvera par terre et qu'elle ne rentrera jamais dans le sac de couchage.

Soudain, Coralie est prise d'une crise de fou rire et elle n'arrive plus à s'arrêter. Jack nous a vues et lui aussi, il se met à rire. Son rire doit être communicatif car de part et d'autre, les gens échangent des regards et éclatent aussi de rire.

C'est à ce moment-là que je remarque deux femmes qui m'observent. Elles n'ont pas de caddie, elles ne font pas de courses. Je reconnais l'une d'elles : c'est Audrey, la fille de l'équipe de tournage de ce matin. L'autre est une femme d'un certain âge en tailleur pantalon de lin blanc très chic, perchée sur des talons carrés genre tour Montparnasse avec un chapeau *My Fair Lady* noir et blanc cachant son œil droit. Elle va à un bal costumé ?

Elles restent immobiles près de la sortie, mais je ne peux pas me tromper, elles ont focalisé sur moi et elles ne me quittent pas des yeux. Elles discutent d'un air animé, très sérieuses, et Audrey semble vouloir retenir l'autre.

Soudain, un coup de sifflet retentit. Tous les membres de notre bande sortent leur gilet jaune et l'enfilent. Sauf moi, bien sûr, je mets mon gilet rose ! Ils ont renoncé aux cagoules parce qu'ils ont dit qu'on ne faisait rien d'illégal. Pas la peine de se cacher.

C'est la panique dans le magasin. Un chef de rayon sort son téléphone portable, deux vigiles s'avancent vers nous, plus particulièrement vers moi.

Sabrina se met à scander :

— NO STATE ! NO STATE !

JP la regarde et il entame la *Marseillaise*. Jack se met à chanter *Bella Ciao*, Philou *l'Internationale* et Clara *Le temps des cerises*. On aurait dû se mettre d'accord, on n'y a pas pensé. Les aléas du direct.

Nous courons vers les caisses et arrivés devant, nous laissons en vrac nos chariots au milieu en criant : « Dommage, c'est le 10 du mois, on n'a plus de sous pour faire les courses. »

— Pathétique, murmure Sabrina.

Et c'est la débandade, tandis que les vigiles essaient de m'attraper. Pourquoi moi ? J'aimerais bien le savoir ! Mystère et boule de gomme ! Sûrement que je dois leur plaire.

Saejin me jette un regard amusé et elle pouffe de rire entre ses doigts, sous le regard agacé de son chef de rayon. Soudain, je remarque une retardataire. C'est Coralie. Elle prend en photo son chariot. Elle va se faire choper, l'idiote ! Je l'appelle et elle semble se réveiller d'un merveilleux songe.

— C'est pour le souvenir, dit-elle, des étoiles plein les yeux, un sourire béat sur les lèvres.

Puis elle se met à courir à sa façon. C'est tellement joyeux ! On dirait un labrador courant après un papillon au ralenti. Sabrina et moi nous échangeons un sourire. On se comprend. L'*Opération Rêve*, ça vaut le coup si ça rend sa gaieté à Coralie !

Pendant que nous nous éparpillons sur le parking, Audrey apparaît soudain à mes côtés. Elle m'attrape par le bras et me pousse à l'arrière d'une jolie petite berline.

10

Audrey monte devant et la femme qui est au volant démarre. C'est la folle déguisée avec son chapeau. Je ne distingue pas son visage. Elle ne se présente pas, ne parle pas, rien. Elle démarre, c'est tout. Enfin, semble démarrer puisque la voiture bouge, sans que j'entende le bruit du moteur. C'est un enlèvement ?

— Eh, oh ! C'est quoi, cette sacoche d'embrouilles ? Et ma fille ?

Sabrina est restée avec Coralie. Je descends ma vitre et je l'appelle. Elle me voit, comprend la situation et court vers moi. Mon *taxi* s'arrête, toujours sans un bruit, Sabrina monte à mes côtés et nous voilà toutes reparties.

J'entends Coralie qui dit, ahurie :

— Elle va où, Rosie ? Pourquoi elle vient pas débriefer avec nous ?

C'est vrai, ça. C'est quoi, ce délire ?

— Écoutez, vous, là, euh… Audrey, vous êtes bien gentille, mais jamais j'ai dit que je venais avec vous ! C'est quoi, ces façons ? J'ai à faire, moi. Faut que je trouve un boul…

J'arrête de parler. Je vais quand même pas raconter ma vie à des inconnues ?

— Je peux pas laisser les copains maintenant.

À vrai dire, je suis partagée entre des sentiments contradictoires. Je me suis bien amusée et j'ai envie de parler avec les autres de ce qu'on vient de faire. Comme je suis curieuse, j'aimerais bien entendre ce qu'ils ont ressenti quand ils ont rempli leur caddie et ensuite quand ils l'ont abandonné.

Ne serait-ce que pour savoir si c'était pareil que pour moi. Et aussi, je dois absolument aller négocier avec l'épicier pour ce soir. Et puis je dois appeler quelques potes pour essayer d'emprunter du fric.

Mais une petite voix me dicte aussi de suivre ces deux *chtarbées* pour comprendre de quoi il retourne exactement dans ce scénario parallèle.

— Vous nous enlevez ?

— Mais non ! Nous voulons seulement discuter avec vous quelques minutes.

Un bruit de sirènes de la police se rapproche et tous les copains se dispersent dans tous les sens. Un carrefour et ça y est, ils ont disparu.

Une place pour se garer se libère sur notre chemin. La dame saisit l'occasion et exécute un créneau parfait. Elle n'a toujours pas ouvert la bouche. C'est une taiseuse, semble-t-il.

— C'est quoi, cette esbroufe ? Et pourquoi votre bagnole, elle fait pas de bruit, d'abord, hein ?

— C'est une Tesla, maman, me dit Sabrina.

— Le teslon, c'est pour les casseroles, Sabrina, je lui réponds. Tu confonds.

— Téflon, dit Sabrina. Et c'est pas ça que j'ai dit.

Bon, si ma fille commence elle aussi maintenant à me reprendre, où on va ? À bien y réfléchir, je préfère quand même quand elle me reprend que quand elle dit tout de travers comme moi.

— Bon, Téflon, OK, ça n'empêche, je dis.

— C'est pas ça, c'est pas du Téflon. Tesla, c'est la marque. Tu sais, les voitures électriques.

— Ah, fallait le dire ! Comme ils ont à la poste ?

Puis, en m'adressant à Audrey, je déclare :

— Pourquoi vous me présentez pas à cette dame ?

Audrey est mal à l'aise. La dame en question se retourne et me regarde d'un air un peu ennuyé de son œil unique puisque l'autre est caché par les rebords ajourés à rayures noires et blanches de sa capeline. Elle accuse une cinquantaine un peu marquée. Des cheveux blonds disciplinés à la Grace Kelly ondulent juste sur la nuque. Elle est plutôt mince, musclée même. Elle doit faire de la muscu, car ses épaules sont bien dessinées. Elle s'adresse à Audrey :

— Ainsi, c'est elle, la superwoman ?

De quoi qu'elles causent ? Ah oui, c'est sûrement la baston de tout à l'heure. Quand j'ai sauvé la star d'Audrey, Sergo, le footballeur devenu acteur.

— Superwoman, faut pas exagérer, je dis sur un ton de fausse modestie.

Elle me coupe brusquement la parole et me tend une main hésitante.

— Je m'appelle Blanche Dorsey. Je suis la productrice du film présenté ce soir en compétition officielle. *Love So Cœur*. Un polar-romance dans le monde du foot.

— Drôle d'idée, je commente.

Regard exaspéré de la Blanche en question vers Audrey, qui me fixe avec de gros yeux. Blanche ? Sérieux ? Où vous avez vu quelqu'un qui s'appelle Blanche ?

— Euh, écoutez, euh…

Elle s'embrouille un peu et elle ne sait pas comment aborder sa question.

— C'est quoi, votre nom, déjà ? C'est votre fille, là ? Elle est mignonne. Euh ? Vous travaillez ?

— C'est la Gestapo ? C'est l'inspection du travail ? C'est les enquêtes aux fraudes du chômage ou quoi ? Non, je travaille pas, voilà, vous êtes contente ? J'ai le RSA, ça vous défrise ?

Échange de regards satisfaits. La dame sourit.

— Ce que Ferrier essaie de vous dire…

— C'est qui, Ferrier ?

— C'est moi, dit Audrey. C'est l'habitude entre nous. On s'appelle par notre nom de famille.

Je fais la grimace.

— Comme Borelli ?

— Qui est Borelli ? demande Blanche Dorsey, désarçonnée.

— Mon flic préféré. Il m'appelle toujours par mon nom de famille. Passons. Bon, vous accouchez, là ? Apparemment, vous avez quelque chose à dire, alors allez-y, je vous écoute. C'est vrai, quoi, je n'ai pas que ça à faire !

Nouvel échange de regards entre les deux femmes. La dame au chapeau a l'air ulcérée par mes réponses. Ça la démange de me remettre à ma place, mais faut croire qu'elle a un service à me demander, car elle se retient de toutes ses forces.

Sabrina est étrangement silencieuse. Elle est fascinée par la productrice, elle attend, comme moi, la suite du programme.

— Vous cherchez du travail ?

— Quelle question ! je réponds.

— Maman, elle cherche tout le temps du travail ! dit Sabrina.

— C'est parfait, dit la dame. J'en ai un pour vous. Garde du corps, ça vous va ?

J'éclate de rire.

— Garde du corps ? Pourquoi pas pilote de ligne tant que vous y êtes ?

— Quel rapport ?

— Le rapport, c'est que vous êtes gentilles toutes les deux, mais ça sort d'où ? M'enfin ? C'est moi qui dois vous le dire ? Je suis pas formée pour ce job. J'ai horreur des costards noirs, des flingues et je ne pratique aucun sport de combat. Je ne porte que des talons hauts et des minijupes. Ah oui, j'oubliais et je suis non violente. C'est quoi, cette proposition à la noix de coco ? C'est *caméra cachée*, votre émission ? Vous êtes venues spécialement pour vous foutre de moi, c'est ça ?

Sabrina me tire sur la jupe. C'est pour me signaler que j'ai dit un gros mot. Elle est un peu chatouilleuse sur le vocabulaire.

— Euh… Moquer de moi, je veux dire.

Blanche Dorsey, découragée, se tourne vers Audrey :

— Explique-lui, s'il te plaît.

— C'est Sergo. Il a pété un plomb depuis ce matin. Il a été traumatisé par l'agression qu'il a subie sur votre rond-point et…

— Oh, là, l'autre, eh, comme il se la pète, eh… Agression… Faut pas pousser… Ils ont juste un peu voulu rigoler, c'est tout. C'était une blague…

— Tellement drôle que vous avez dû intervenir.

Je dis rien parce que c'est pas faux. C'était pas vraiment marrant.

— Bon, et alors, qu'est-ce que je viens faire là-dedans ?

Cette fois, c'est la big boss qui reprend la parole.

— Il s'est enfermé dans les toilettes de notre suite et il dit qu'il ne veut plus en sortir, qu'il n'a plus confiance en son garde du corps et qu'il n'ira pas à la projection de ce soir. Soirée de gala. On a loué une grande suite au Majestic avec plusieurs chambres communicantes et…

— Bon, OK, chouette, et alors, qu'est-ce que vous voulez que ça me f… (coup d'œil vers Sabrina) euh… fasse ? Ça me regarde pas, vos problèmes de gala, là… *Gala-la*, c'est marrant, non, comme mot ?

— C'est-à-dire, dit Audrey, il vous réclame. Il a dit qu'il ne voulait que vous comme garde du corps.

— Il travaille pas un peu du ballon, ce type ? Il m'a bien regardée ?

— Du chapeau, dit la cheffe.

— Pourquoi vous parlez de votre chapeau maintenant ? Ça vient faire quoi ici ?

Elle lève les yeux au ciel mais je devine un sourire retenu. Serait-elle perméable à mon humour… euh… je le reconnais… très… particulier ?

— Je parle pas de mon chapeau, je voulais juste dire que la bonne expression, c'est « travailler du chapeau ».

— C'est exactement ce que j'ai dit, je rétorque.

— D'accord, dit-elle. Moi, j'ai besoin d'une réponse. Sergo aussi. Le Festival aussi. Les chauffeurs des berlines aussi… Tout le tralala a besoin de votre réponse, mademoiselle.

Ah ! Enfin quelqu'un qui ne m'appelle pas madame !

— C'est OK, dis-je.

C'est fou, ce truc. Je me suis levée avec cette idée en tête. Trouver du boulot ! Et voilà que ça me tombe tout cuit dans une Tesla. Je vais quand même pas cracher dans la soupe, hein ? C'est sûr, c'est saint Expédit qui m'a entendue ! C'est le seul saint qui réalise vos souhaits en tirant plus vite que son ombre.

— C'est à quelle heure ?

— Il faut être à 21 h au Majestic, dit Dorsey.

— Pourquoi tu te maquilles tellement ? demande soudain Sabrina à la productrice.

Elle se trouble, regarde fixement Sabrina, je sens que sous sa couche de fond de teint, elle doit rougir. Audrey euh… Ferrier…

lance un regard furibond à ma fille et aussi sec, sur un signe de tête discret de sa patronne déstabilisée, elle sort quelques documents d'une mallette qui était entre ses pieds.

— C'est *quoi t'est-ce* que ce truc ? je demande, méfiante.

— C'est rien, c'est le contrat.

— Un contrat ? Juste pour une soirée ?

— Non négociable, dit Dorsey, qui a repris du poil de la bête.

— Et vous croyez que je vais signer ça ici ?

La productrice soupire.

— Accepteriez-vous de boire un verre avec nous le temps de lire le document et de le signer ? Nous vous invitons, bien sûr !

Comme je ne refuse jamais un verre gratuit, mais que je préfère avoir le choix du terrain, je leur déclare que je suis OK, mais que ce sera au Select dans la vieille ville.

Elles acceptent tout de suite, soulagées.

— C'est parfait, leur dis-je. Justement, je dois récupérer mes filles et trouver un baby-sitter pour ce soir. Donc vous pouvez démarrer direction le Select, dans la vieille ville. Vous connaissez ?

— Vos filles ? demande la dame d'un air étonné. Vous en avez plusieurs ?

— Justement, ne vous déplaise, il se trouve que oui, et alors, ça vous décrêpe ?

— Non, c'est pas ça, euh… Vous n'avez pas de travail, vous vivez seule, avec seulement des aides sociales… Euh, ce n'est pas évident…

Tout en finissant son raisonnement, elle a redémarré la Tesla.

— C'est comme ça, je réponds.

Elles commencent à me contrarier avec leurs jugements, là. Elles me connaissent pas, elle savent rien de ma vie ni de comment j'ai eu mes filles, alors ?

D'abord, Sabrina, je l'ai eue très jeune, son père était un Cap-Verdien très gentil, déjà marié dans son pays, et quand j'ai compris que j'étais enceinte, il était trop tard. Je regrette rien parce que c'est mon rayon de soleil. Ma deuxième fille, Lisa, j'étais mariée et on voulait fonder une vraie famille avec son père. C'est pas ma faute si au moment où j'allais accoucher, il est tombé amoureux d'une autre. Oui, d'accord, c'est vrai qu'il me fatiguait déjà pas mal…

Et Emma, la fille de ma meilleure amie Yasmina, j'allais quand même pas l'abandonner à la DDASS ? Si ?

— Vous avez raison, c'est complètement débile de faire des gosses quand on est en surchauffe planétaire, mais maintenant qu'ils sont là, le monde serait bien triste sans eux.

Je serre Sabrina contre moi et je lui fais un clin d'œil.

La Dorsey ferme son bec et pendant que je ronchonne dans mon coin, Sabrina les guide vers le Select. Elles trouvent une place près de la rue Saint-Dizier, à deux pas du café.

11

En arrivant au Select, c'est la fête des bisous avec les petites et j'installe mes kidnappeuses impatientes et exaspérées dans la salle du fond, sous le ventilo. Elles échangent encore des regards agacés.

— Désolée, je dois régler quelques détails, je leur dis pour les faire patienter. Vous prendrez quoi ?

Elles commandent deux mojitos et je transmets à Tony.

— Elles sont avec toi ? demande-t-il.

— Oui, pourquoi ?

— Alors, ça sera des jus de tomate, dit-il.

Je râle pour la forme, même si je sais que c'est la règle. On a un stock à finir depuis des années, depuis avant mon ère, et Tony en profite avec nous : quoi que nous demandions, nous avons droit au jus de tomate.

— Elles sont venues te voir pour quelle raison ? demande-t-il.

C'est Sabrina qui répond :

— C'est un entretien d'embauche, dit-elle.

— Envoyé du ciel, je rajoute. Justement, ça devenait urgentissime que je trouve un job.

Quand je finis par rejoindre mes invitées, avec trois verres de jus de tomate à la main, elles ont un air un peu interloqué mais elles ne relèvent pas. Depuis son comptoir, Tony observe mes interlocutrices avec méfiance.

— Bon, allez, je leur dis, sortez la paperasse.

Ferrier sort la liasse et un stylo qu'elle pose devant moi.

Je vois que le premier paragraphe, celui où je suis censée voir apparaître mon nom, a été laissé vide pour l'instant.

Dorsey a suivi mon regard.

— Signez, je vais mettre vos coordonnées ensuite. Ça ira plus vite.

Je fais semblant de lire pour la forme. Les papiers, c'est pas mon style. Je suis allergique.

— C'est quoi, le salaire ? je demande.

— Article 16, me dit Ferrier.

Puis elle ajoute :

— Faut parapher.

— J'ai vu que y'a des paragraphes, je dis, vexée.

Elle me prend pour une gourde ou quoi ?

— Dites-moi le salaire de votre bouche, je veux l'entendre.

— 250, dit Dorsey.

— C'est pour la semaine ? je demande, plutôt réjouie par l'aubaine d'un travail qui durera plus qu'une soirée.

— Non, dit Audrey, c'est juste pour ce soir.

Je fais celle qui trouve ça normal, 250 pour une soirée, mais je me demande où est l'arnaque. Franchement, pour ce prix, elles m'ordonnent de sauter à l'élastique du haut de la tour du Suquet, je le fais.

Je tousse, je me donne une contenance, je me dis que je dois poser des questions, même si c'est pas vraiment un entretien d'embauche.

— Quel est l'horaire exact ? Le repas est-il fourni ? (Ça, c'est une question que j'oublie rarement).

Aucune réponse.

Sabrina prend le tas de feuilles, elle me met le stylo dans la main et elle me tend les pages une à une en me demandant de mettre mes initiales en bas à droite. Je lui obéis docilement. Mimi, curieuse, s'approche de notre table.

— Vous n'avez besoin de rien, mesdames ? demande-t-elle comme si on était dans un bar sur la Croisette. Des glaçons avec votre jus de tomate, peut-être ?

Les deux femmes jettent un regard vers leur verre non entamé, vers la serveuse intrusive, vers Sabrina et moi, puis elles échangent un regard désabusé.

Dorsey pousse un soupir et porte le verre à sa bouche, résignée.

J'arrive à la dernière page, j'écris *lu et approuvé*, comme on me le demande, et je trace un gribouillis.

Blanche Dorsey se saisit du contrat, essaie de déchiffrer ma signature.

— C'est quoi, votre nom ? demande-t-elle en sirotant son jus de tomate. Je dois le mettre au premier article.

— Maldonne.

Je ne sais pas ce qu'il lui prend tout à coup, elle manque s'étrangler quand elle entend mon nom. Elle a un hoquet, devient livide sous son fond de teint, pose son verre brusquement sur la table, ce qui éclabousse tout de taches de sang, se lève en faisant racler bruyamment sa chaise puis se rassoit tout aussi brusquement et se met à me fixer d'un air abruti.

— Quoi, qu'est-ce qu'y'a ? je demande sur un ton de coupable. Qu'est-ce que j'ai encore fait ? C'est interdit de s'appeler Maldonne ? Je m'en passerais volontiers, c'est un nom qui porte malheur. C'est comme ça, j'y peux rien. Vous voulez voir ma carte d'identité ?

Elle tousse, se compose un maintien rigide, prend un air pincé en commençant à écrire mon nom dans la partie manquante.

— Non, non, pas besoin. Prénom ?

— Rosie.

Alors, là, c'est carrément la Bérézina. Elle suffoque, se relève en accéléré et fonce aux toilettes.

— Je reviens, dit-elle d'une voix altérée.

Médusées, on reste toutes les trois autour de la table à échanger des regards interloqués.

— Ça lui arrive souvent ?

— Je sais pas, dit Audrey. C'est la première fois que je travaille avec cette production.

— Elle est toujours comme ça, avec son chapeau, à faire du genre ?

Elle rit.

— Non, quand même, au bureau, elle l'enlève.

— Et le maquillage ?

— Oui, ça, je l'ai jamais vue démaquillée. Il paraît qu'elle est très jolie sous le fond de teint.

— C'est quoi, ce nom anglais ? Elle est anglaise ?

— Non ! C'est son mari, il est américain. C'est un réalisateur. Michael Dorsey, vous connaissez pas ? Il fait des films très respectés par la critique.

Je traduis en moi-même : des films qui marchent pas, mais je ne dis rien.

— Non, je connais pas... Remplissez le contrat à sa place, ça ira plus vite !

— Elle veut toujours remplir les blancs des contrats elle-même. Me demandez pas pourquoi. Une manie.

Raide comme un piquet, la grande dame revient vers nous en toussotant.

— Excusez-moi, une urgence. Bon, nous en étions où ? Ah oui ! Quelle est votre adresse ?

Sa réaction m'a rendue un peu parano, alors je lui dis qu'elle n'a qu'à écrire l'adresse du Select.

— Le courrier me parvient et puis je passe tous les jours.

— Maman, c'est plus simple de donner l'adresse de la caravane près de la gare désaffectée ! C'est plus officiel pour un contrat de travail.

— Euh, je ne crois pas vraiment, Sabrina !

Je ne veux pas lui faire les gros yeux car c'est elle qui a raison. Moi, j'ai juste la méfiance chevillée au corps, ce n'est pas quelque chose de bon à transmettre. Je ne suis pas contente car maintenant, ce drôle de clone de madame de Fontenay sait où j'habite.

Fascinée, je regarde ses doigts manucurés mettre mon nom et mon adresse dans les espaces vides. Elle inscrit soigneusement : CARAVANE PRÈS GARE DÉSAFFECTÉE.

De temps en temps, elle m'observe entre ses faux cils tout en écrivant. On dirait qu'elle veut me photographier et m'enregistrer dans son disque dur.

Je sens que je fais une conneriii...e en allant travailler avec ces gens. Ils ont l'air complètement déphasés. Elle m'a épinglée, c'est sûr, elle m'a enfermée dans une cage, je le sens.

— Tu vas aller au Festival ce soir, maman ? me demande Sabrina, toute fière.

Elle court vers le comptoir.

— Maman, elle a signé ! Elle va au Palais du Festival de Cannes ce soir !

Je baisse les bras. C'est bon, advienne que voudra le destin ! Je remarque que la Blanche, non contente de m'observer comme un insecte, suit Sabrina des yeux aussi et se penche même en avant pour essayer d'apercevoir à qui Sabrina parle. Elle est passée d'une complète indifférence à un intérêt appuyé envers tout ce qui semble me concerner, depuis qu'elle sait mon nom. C'est vraiment étrange.

Je me penche en avant, par-dessus les documents.

— Écoutez-moi bien, madame Dorsey Blanche, je ne suis pas votre chose, compris ? Pas d'entourloupe avec moi, sinon vous le regretterez. Je ne vous appartiens pas sous prétexte que j'ai signé sur votre bout de chiffon.

Elle continue, imperturbable, en me demandant mon numéro de sécu.

— Bon, c'est fini, là ? On se retrouve à l'hôtel à 21 h ?

— Euh... Non ! J'ai oublié de vous dire. Votre travail commence certes à 21 h, mais il faut que vous veniez tout de suite avec nous. Nous ne parvenons pas à faire sortir Alan des toilettes. Il n'écoute même pas sa partenaire, Paloma. Or il faut qu'il s'habille, qu'il se maquille, etc. Ils doivent faire leur entrée ensemble ce soir. Et tant qu'il ne vous aura pas vue, il ne croira pas que nous vous avons engagée.

— La confiance règne, chez vous.

— On a l'habitude avec les gens célèbres. Ils ont tous leurs petites fixettes.

— Vous avez de la chance, je la rassure, je suis un peu psy sur les bords.

Elle me regarde en haussant un sourcil. Je me demande comment elle fait ça.

Léo se pointe tout excité en criant :

— Cricri, Cricri, je peux venir avec toi ? Au Festival, hein ? Tu as besoin d'un cavalier, non ?

— Pourquoi ce jeune homme vous appelle-t-il Cricri ? demande la Blanche sur un ton méfiant. Vous n'êtes pas Rosie Maldonne ?

— Si, si, je préfère qu'on m'appelle Cricri, c'est tout. Y'a que ma mère qui a le droit de m'appeler Rosie.

Le regard de la productrice se fait soudain vague, un brin nostalgique, et elle se perd dans des pensées lointaines pendant que je réponds à Léo :

— Désolée, c'est pas possible, Léo. C'est pour un boulot. Je suis obligée d'y aller seule. Tu pourrais ramener les enfants à la caravane et t'en occuper ce soir ? Tu dors chez moi ? Je ne sais pas quand je rentrerai.

— C'est vraiment pas cool, dit-il. Tu sais que je fais du montage dans mon BTS audiovisuel. Ce serait canon si j'allais à une vraie soirée au Palais. C'est toujours toi qui vas aux trucs importants. Au Yacht Club pour Caron, et maintenant, là, pour le film de Dorsey avec Alan Sergo et Paloma Girard.

— Comment ça, t'es au courant pour cette soirée ?

— Oui, il paraît que ce film va révéler deux futures superstars.

— Ouais, enfin moi, je m'en bats les c…

Un regard vers Sabrina et je ne termine pas ma phrase.

La productrice et la chargée de comm' se lèvent et vont régler les consos au comptoir à un Tony boudeur. Il a tout écouté et il n'aime pas quand je m'éloigne trop de son café.

Je l'entends qui demande :

— C'est pas dangereux, ce boulot que vous lui proposez ? Vous avez vraiment personne d'autre pour faire le *bodyguard* ? C'est qui, ce type, là, ce Sergo ?

— Vous le connaissez pas ?

— Si, si, je le connais, c'est le footballeur le plus naze de la planète, je voulais dire dans la vie, il est comment ? Il est sympa ?

Je sens la jalousie dans sa voix. Qu'est-ce qu'il peut m'agacer quand il s'y met !

— Enfin, c'est ce qu'on dit sûrement pour faire de la pub, continue Léo sur sa lancée en parlant du film de ce soir.

— Tout ce que je constate, je lui réponds, c'est que je vais être hyper bien payée pour me pavaner en paillettes sur le tapis rouge. À faire un boulot que je sais pas faire, donc que je ne vais pas faire. En un mot à rien faire !

— C'est étrange, ce que tu dis…

— Oui, c'est vrai, mais tu apprendras que de toute façon, comme disait Mémé Ruth, il faut d'abord dire oui à toute proposition de travail, et après seulement te débrouiller avec ce qu'on te demande.

— Oui, enfin, ta Mémé Ruth, on sait bien qu'elle mentait comme un arracheur de dents !

— C'est vrai. De toute façon, ce qu'il y a de mieux après le boulot, c'est les vacances, non ? Le problème, quand on n'a pas de boulot c'est qu'on n'a pas non plus de vacances, contrairement à tous ceux qui pensent que les chômeurs sont tout le temps en vacances !

— Qu'est-ce qu'il t'arrive, Cricri ? Tu penses ?

Je hausse les épaules devant son sarcasme et je crie à mes nouvelles employeuses :

— Attendez-moi, j'en ai pour une minute !

Léo a déjà compris et quand je lui tends la main à plat en lui faisant les yeux du Chat Potté dans *Shrek*, il me tend, résigné, son téléphone.

Je tapote rapidement quelques mots pour prévenir mes âmes sœurs du site de rencontres que je serai injoignable jusqu'à demain, et je n'attends pas la réponse.

Puis je rejoins les deux Parisiennes. Les jumelles me sautent au cou et ne veulent pas me lâcher. Sabrina me glisse à l'oreille :

— T'inquiète, maman, j'irai au débriefing de l'*Opération Rêve* tout à l'heure et je te tiens au courant.

Je regarde ma fille avec inquiétude :

— Tu peux y aller, mais avec Léo, compris ?

Elle plisse les yeux pour me rassurer, comme Pastis quand il me joue son air entendu plein d'amour et je dois me contenter de ça comme promesse.

La cérémonie du *bye bye* dure pas mal de temps et tout le monde se met ensuite sur le pas de la porte pour me regarder partir avec la reine au chapeau et sa porte-parole.

Ils ont les yeux dans les nuages car ils me voient déjà en haut de l'affiche, au sommet des marches du Palais des Festivals. Moi, je me demande si je vais parvenir à persuader le Sergo à sortir de ses chiottes, parce que si j'y arrive pas, adios la pige de ce soir !

En m'éloignant, j'entends Tony demander à Léo :

— C'est quoi, cette histoire de ton téléphone, avec Cricri ? Pourquoi elle veut toujours que tu lui passes ?

— Je sais pas, répond Léo, évasif. Pour un boulot peut-être ?

— Mouais…

Tony n'a franchement pas l'air convaincu. S'il se met à être jaloux d'un téléphone, maintenant ?

12

La Tesla met trois plombes à traverser le Carré d'Or, c'est bouché de partout, ils ont changé tous les sens des rues et la Croisette est carrément barrée. La Blanche a l'air de savoir comment faire. Elle prend un itinéraire tarabiscoté et se trouve pile derrière le Majestic, dans une petite rue encombrée.

— Vous connaissez bien Cannes, je lui dis.

Elle me fixe, hésitante, avec son sourcil relevé :

— Jeune fille, figurez-vous que j'ai vécu ici, il fut un temps.

— Ah oui ?

Dans le fond, je m'en fiche royalement, mais par politesse, je lui pose la question qu'elle semble attendre :

— Et vous avez quitté la région pour quelle raison ?

— Des histoires de famille.

— Ah oui ?

Décidément, je me répète !

— Ce sont des choses qui arrivent. On ne contrôle pas tout dans la vie.

— Vraiment ? je lui rétorque, piquée. Moi oui. Je contrôle tout.

Et je descends de la voiture qu'elle a stoppée devant l'entrée de service.

Un petit jeune *car park valet service* à casquette fonce vers elle, attend qu'on soit toutes descendues et lui pique ses clés. Mon premier réflexe est de crier au voleur, mais je finis par piger que le type va juste aller garer la Tesla pour elle.

À ce moment-là, une berline de location grand luxe se pointe et une petite jeune fille tout intimidée en descend. Elle regarde autour d'elle, un peu perdue. Le chauffeur fait un signe au groom qui s'avance vers elle. Je la vois d'abord de dos, mais quand elle se tourne, je reconnais Vanessa, notre petite Gilet Jaune de la DDASS.

— Vous venez pour l'audition ? lui demande le *car park service man.*

Elle hoche la tête, toute contente.

— Oui.

Elle lui tend un carton qu'il saisit avec une expression désolée.

— J'ai rendez-vous, dit-elle.

— Suivez-moi, c'est par ici.

Il la devance d'une démarche résignée. Je me demande pourquoi il a eu l'air si déprimé quand elle lui a parlé de son rendez-vous ?

Cette petite scène m'a un peu déconcentrée. Je voulais lui faire un signe mais je n'ai pas eu le temps. Et je constate que la Blanche n'a pas apprécié ma remarque sur le contrôle. On dirait qu'elle veut me semer. Elle avance au pas de course devant nous. Audrey, craignant que je me débine, m'attrape par le bras et me guide dans les dédales du palace. Nous prenons l'ascenseur sans un mot en même temps que Vanessa, je n'ose rien lui dire. J'ai l'impression qu'elle ne m'a pas reconnue, elle a l'air angoissée. Le trac de son audition, sûrement. Ou alors elle ne veut pas me voir.

Nous nous retrouvons toutes au troisième étage. La gamine nous quitte à la chambre 320. Quelques portes plus loin, une immense banderole verticale sur trépied affiche un film. En grosses lettres, Lion Queen Productions – c'est le nom de la boîte de Blanche Dorsey – présente *Love So Cœur*. Il y a aussi deux noms d'acteurs en gros : Alan Sergo et Paloma Girard.

— Ferrier, pourquoi ce *kakémono* est-il toujours de travers ? bougonne Blanche Dorsey.

— Elle a mal à la gorge ou elle parle japonais ? je demande.

Personne ne me répond.

Nous avançons de quelques pas. Au moment où nous allons entrer, la porte s'ouvre et un type en sort. Un salut rapide :

— Je fonce à la presse, dit-il à personne.

Nous entrons dans la fameuse immense suite, plus exactement dans un salon encombré de mallettes, d'ordis, de matériel de tournage, de tenues de soirée et de tables remplies de victuailles. Un peu comme sur le rond-point mais pas dans la même catégorie. Dès que la porte est refermée derrière nous, quelqu'un l'ouvre de nouveau et se précipite vers un bureau en disant :

— Il faut que j'imprime cet e-mail et je repars.

Ce n'est pas seulement une suite encombrée de matériel de tournage, en réalité c'est un moulin. Ça rentre et ça sort, ça circule, ça se croise sans dire bonjour. Chacun est perdu dans ses pensées, qu'il exprime en général à voix haute.

Je ne suis pas bluffée par le luxe de la pièce, je connais déjà, j'ai vécu quelque temps moi-même dans un palace, dans une vie antérieure. Si la Dorsey croit m'épater, elle se fourre le doigt dans l'œil. Ce qui me sidère ici, c'est plutôt l'ambiance. Survoltée. Excitée. Une ruche en période de récolte, une fourmilière dans laquelle un méchant gosse a donné un coup de pied, la sortie du métro à Wuhan à l'heure de pointe, avant et après le confinement du coronavirus. Pourtant, il n'y a aucune impression de désordre. Chacun a l'air d'avoir sa tâche précise et urgente à exécuter.

J'essaie de comprendre à quoi ils jouent, je ne vois pas. Je fais ma blasée et je me dirige vers le minibar. Je rafle des cacahuètes et une mignonnette de rhum punché. Histoire de prendre mes marques. Et comme je veux faire bonne impression et montrer qu'elles ne m'ont pas engagée pour rien, je demande où sont les toilettes, pour aller parler à Sergo.

Elles m'indiquent une porte fermée à clé. Je tape discrètement trois coups et j'entends un son étouffé :

— Non ! Laissez-moi ! Je veux personne !

— Même pas ta superwoman ? demande Audrey.

— Pourquoi tu dis ça ? Elle est là ?

Avant qu'elle ne réponde, je prends la direction des opérations.

— Oui, je suis là, monsieur Sergo. Qu'est-ce qu'il vous arrive ? Vous n'avez pas envie de profiter de votre heure de gloire ?

— Je les emmerde, tous ! Je suis un mec libre, moi. Hors de question que j'aille me faire trucider par une bande de mal embouchés. Je les connais !

Euh. Il serait pas un peu parano ?

— Laissez-moi entrer, qu'on discute…

Un silence et on entend le bruit du verrou. J'ouvre la porte et je me faufile. La Dorsey, qui essaie de se glisser avec moi dans la salle de bains, se voit refoulée.

13

Sergo, les yeux injectés de sang, l'air d'un fou, referme la porte à clé et s'adosse pour m'observer comme s'il voulait être bien sûr que c'est moi.

Comme il ne dit rien, j'attends un peu moi aussi. Il paraît que c'est toujours celui qui parle le premier qui perd. J'ai beau le savoir, je finis par rompre le silence.

— Bon, c'est quoi, ce cinéma, là, monsieur Sergo ? Allons ! C'est vrai que vous voulez que moi comme garde du corps ? Il est où, le mec de ce matin, là ? Le gros baraqué ?

— Ce naze ? Je l'ai fait virer ! Trop nul ! C'est quoi, votre nom ?

— Cricri.

— Cricri, c'est vous que je veux. Si vous êtes à mes côtés, j'irai au bout du monde. Avec ma fiancée de l'autre côté, bien sûr.

— Parce que vous pensez que moi, je vais pouvoir remplacer ce gros balaise ? Faut pas pousser mémé quand même ! J'ai aucune formation dans ce domaine et en plus j'ai pas fait d'art martial.

— Faux.

— Comment ça ?

— Je vous ai vue ce matin, vous lui avez mis un coup de latte en plein dans le mille à l'autre taré qui voulait ma peau. Je ne sais pas à quoi vous jouez, je ne comprends pas pourquoi vous vous dénigrez comme ça. Et puis vous êtes là pour quoi ? Ferrier, elle m'a envoyé un SMS, que vous avez signé le contrat pour ce soir, c'est vrai ou pas ?

— C'est vrai, mais à vous, je dis la vérité. Je préfère. Et puis, au fait, pourquoi vous voulez des gardes du corps ? C'est pas un peu frime comme attitude ?

— Alors là, je craque ! C'est quand même incroyable, personne veut me croire que j'ai besoin de protection. Ni Ferrier, ni les Dorsey, ni même mon agent, Bern. Paul Bern. Vous le connaissez ?

– Euh... Non, pourquoi je devrais ?

– C'est l'agent le plus puissant en France. Un vrai bol de l'avoir. C'est grâce à Paloma. Bref, lui aussi il me traite de parano. Un agent, c'est là pour vous soutenir, non ?

— Vous avez peur de quoi ? Vous êtes pas si connu quand même. C'est vrai, quoi. Vous êtes pas Daniel Craig ?

— Peut-être, pourtant je me sens en danger de mort. C'est l'environnement.

— Vous voyez trop de films, vous !

— Ah oui ? Et ce matin, vous avez vu ces types ? Ils voulaient ma peau, non ?

— Écoutez, n'exagérons rien. Je les connais, ils ne seraient pas allés bien loin. Enfin, si vous le prenez comme ça et si vous me dites vraiment qu'il y a un danger, alors j'aimerais mieux si vous faites venir deux zigotos en plus, des vrais, des pros. Celui de ce matin, pis un autre en plus. Ça me rassurerait. Comme ça, moi je suis rassurée, vous aussi puisque je suis là, la Blanche Dorsey aussi, puisque vous venez à la projection et tout le monde il est content. Ça vous irait comme ça ?

— Et la fête ?

— Quoi, la fête ?

— Il y a une énorme soirée sur la plage après le film. Vous venez aussi. C'est trop chaud. Vous vous rendez compte, sur une plage ? N'importe quel porte-flingue pourra s'approcher de moi et me *dézinguer* !

— Vous vous croyez dans *Les Tontons flingueurs* ?

— Je rigole pas en tout cas. Je risque gros, vous vous rendez pas compte. Ils sont prêts à tout.

— Qui ça ? Et pourquoi ?

— C'est depuis que j'ai pris cette décision. Je fais des cauchemars épouvantables.

— Quelle décision ?

— Je peux encore rien dire, c'est top secret. Ça a un rapport avec mon mariage.

— Vous êtes marié ?

— Justement non. Pas encore.

— Je regrette pour la fête de ce soir, mais on m'a dit que c'était seulement pour le film. Pas pour la fête. C'est pas le même tarif !

— Vous avez mal regardé le contrat ! C'est pour cinq heures de présence, sans précision de lieu ni d'événement. C'est moi qui ai demandé ça à Audrey. Ça commence à 21 h. Vous faites pas de mouron, je serai rentré avant 2 h du matin. J'ai pas que ça à faire. J'ai un truc à écrire ! Maintenant que j'ai un pied dans le cinéma, je vais pas me contenter de faire l'acteur. Je vais écrire sur les coulisses du monde du foot et ça fera un scénario de série. Je vois d'ici le super carton au box-office.

Il grogne quelque chose et il se met à pianoter sur son portable.

— C'est que j'en ai vu, des magouilles, je peux vous le dire, parce que le petit Sergo, le naze, il compte pour du beurre, on peut tout dire, tout faire devant lui. Vous savez quoi, Cricri ? Ne jamais sous-estimer ! C'est le grand secret.

— Justement, à ce propos, j'aimerais bien que vous les gardiez pour vous, ces secrets, parce que moi, j'ai trois gosses et j'ai pas du tout envie d'en savoir plus sur le monde du foot.

— Trois gosses ? À votre âge ?

— Oh, eh, bon, ça va ! Qu'est-ce que vous avez tous ? C'est comme ça et puis c'est tout, cherchez pas à comprendre. Pis je suis plus vieille que j'en ai l'air.

Il continue à marmonner tout seul comme s'il ne m'entendait pas.

— Ils l'ont fait exprès, ça, c'est sûr. Pour me donner une leçon. Je pète plus haut que mon cul, c'est ça qu'ils veulent me dire. Je suis coincé maintenant. Je peux plus faire machine arrière. Et puis je l'aime trop. Mais quel con et voilà, je suis cuit, ils ont des ramifications jusque dans les Gilets Jaunes ! C'est dingue ! On dit que l'amour rend aveugle, en vrai, ça rend con.

Il prononce ces suites de mots sans queue ni tête à toute vitesse et je me demande où il veut en venir et s'il a encore vraiment toute sa raison.

— Monsieur Sergo, je les connais bien, les Gilets Jaunes. Vous m'avez vue avec eux, n'est-ce pas ?

— Oui, et alors ? Vous êtes au courant ? Vous connaissez la taupe ?

— Y'a pas de taupe chez nous ! Les Gilets Jaunes, ils sont pas fichus ni de s'organiser, ni de tomber d'accord sur quoi que ce soit, et ils ont assez de soucis comme ça pour boucler leurs fins de mois. Peut-être qu'ils sont capables de le faire, en tout cas ils ne le veulent pas. Alors, franchement, comment vous avez dit… Des ramifications ? Euh… J'ai un sérieux doute sur vos sources…

Sergo continue. Chaque fois qu'il dit « *mais quel con* », il se tape le front avec le plat de la main. Il tourne en rond dans l'immense salle de bains en marmonnant cette litanie et je commence à m'ennuyer ferme. Je m'assois sur le rebord des chiottes capot fermé avec une lime à ongles que j'ai piquée sur le rebord du lavabo et j'entreprends de me refaire une beauté des mains. Quand il aura fini son cirque, j'imagine qu'il me le dira ?

En effet, il finit par se rendre compte que je ne l'écoute plus et il s'adresse à moi :

— Vous en pensez quoi, vous ?

Je ne veux pas lui montrer que c'était pas trop clair comme exposé, alors j'enchaîne. J'ai l'habitude avec les thèses paranos de l'ami Pascal, le plombier, au Select. Je reprends ma démonstration.

— Euh, si je peux vous rassurer sur un point, les Gilets Jaunes, je veux pas parler en leur nom, mais enfin, ceux que je connais sur mon rond-point en tout cas, ils n'ont reçu aucune directive vous concernant.

Il me regarde d'un air dégoûté.

— Même vous, vous me considérez comme un parano ! Comment voulez-vous que je m'en sorte ?

Il me regarde et il prend soudain une voix caverneuse :

— Bon, en tout cas, votre mission, si vous l'acceptez…

Et le voilà qui éclate de rire.

— Non, faites pas gaffe, j'ai pas pu me retenir, je suis un peu déconneur, faut pas vous fâcher.

Il pique un fou rire qu'il essaie de retenir, et comme j'attends que ça lui passe, il s'exclame :

— Je pensais pas que vous étiez pisse-froid à ce point ! J'aime bien être entouré de gaieté, moi. Tenez, je connais une super blague. Je la mettrai d'ailleurs au début de mon bouquin.

Non, pitié, pas une blague ! J'ai horreur des blagues et encore plus horreur de ceux qui les racontent.

— En Russie, quel spectacle peut rassembler plus de monde qu'un match de foot ?

Je fais un signe d'impuissance pour lui montrer que je ne comprends pas et que sa devinette est géniale puisque je ne trouve pas la réponse.

Il se plie en deux de rire :

— L'exécution publique de l'entraîneur russe !

Ça ne me fait pas rire du tout ! J'en étais sûre. J'attends poliment qu'il finisse de s'esclaffer. Il me regarde, répète plusieurs fois la fin, en essayant de me faire comprendre ce qui est drôle, puis il renonce.

— Bon, vous restez juste à côté de moi tout le temps ce soir, OK ? Je vais prévenir Paloma, qu'elle soit pas jalouse.

— Paloma Girard ? L'actrice qui joue avec vous ? Pourquoi elle serait jalouse ?

— Oui, Paloma Girard. Vous voulez que je vous dise le vrai secret ?

— Euh… Non…

— Je vais vous le dire quand même. Vous le répétez à personne, hein ? Paloma et moi, on s'aime. Ce film est très important pour nous. Il est la clé qui va nous libérer de notre chaîne.

— Je veux rien savoir, dis-je, en bouchant mes oreilles des deux mains, et en chantonnant la la la…

— Personne ne le sait, c'est un secret pour l'instant. Vous savez qui elle est vraiment, n'est-ce pas ?

— La… la… la…

— Et si ce soir vous êtes à mes côtés, vous pouvez être sûre que demain, tous les journaux people diront que vous êtes ma poule et Paloma va piquer une crise.

— Pfff. N'importe quoi ! Vous êtes pas mon genre !

Il a l'air un peu vexé. Faut dire que j'ai exagéré, parce qu'il est pas mal, mais je n'aimais pas le tour que prenait notre conversation.

— Et votre fiancée, elle sera là aussi, elle verra bien qu'il n'y a rien entre vous et moi !

Il me fixe avec reproche.

— OK, je reste à vos côtés tout le temps et ? C'est tout ?

— Oui. Vous ouvrez bien grand vos yeux et vos oreilles et si vous remarquez le moindre truc louche, vous me prévenez, on se couche tous les trois, OK ?

— Comment ça on se couche ?

Il serait pas en train de me proposer un plan à trois, ce pervers ?

— Ben oui, on se met à plat ventre par terre pour éviter les balles perdues… ou pas.

Et soudain, comme si ce n'était pas à cause de lui qu'il venait de perdre du temps précieux, il ajoute sur un ton de reproche :

— Bon, c'est pas tout ça, on a du pain sur la plancha. Il vous faut une tenue de soirée.

Il se dirige vers la porte de sa chambre.

14

Quand il ouvre brusquement, tous les gens qui étaient agglutinés derrière manquent se casser la figure et essaient de prendre une contenance normale. Seule Blanche Dorsey est restée assise sur un fauteuil au milieu de l'agitation. Elle pianote sur un ordi portable qu'elle tient sur ses genoux. Elle lève un œil vers Sergo.

— C'est réglé, Alan ? On peut travailler, maintenant ? Je voudrais revoir quelques points de la conférence de presse de demain matin avec Paloma et toi. Comme son père ne veut pas qu'elle vienne ici avec nous, nous devons nous rendre dans leur suite.

Confus, Sergo lui fait un signe d'apaisement en rejoignant sa chambre.

— Je te rejoins. J'enfile juste une nouvelle chemise.

Blanche se lève et se tourne vers moi :

— Mademoiselle, cette jeune fille de chez Saint-Laurent vous attend pour vous faire essayer votre costume de travail.

Après un rapide regard vers les fringues suspendues à une tringle roulante devant la vendeuse en question, tous dans les tons noirs ou bleu marine, je fais la grimace.

— Désolée, je ne veux pas cracher dans la soupe et puis c'est pas que c'est pas joli, mais moi, bon, euh, je ne porte que des couleurs, quoi. En tout cas, c'est sûr, jamais de noir.

— Ah bon ? Eh ben, on s'en fiche, Maldonne ! s'écrie Audrey, remontée.

Quand elle a crié mon nom, la Blanche a sursauté et elle a ralenti son pas comme pour entendre notre échange.

— C'est une tenue de travail, Maldonne. Il faut que ça mixe le côté *bodyguard* et le côté flirt d'un soir, pour le camouflage.

En voilà une qui ignore que Sergo est fiancé à Paloma Girard.

— Je vous conseille ce smoking en strass très près du corps qui n'entravera pas vos mouvements, avec ce décolleté plongeant dans le dos.

Je m'obstine.

— Je regrette, c'est non. Je ne porte pas de noir.

— Depuis quand vous avez décrété cette absurdité ? demande Audrey. On est en train de perdre du temps, là !

— Depuis que ma mère est *clamsée*, si vous voulez tout savoir. J'ai juré de ne plus jamais porter du noir. Et tu sais quoi, en plus, si vous me parlez comme ça, je…

Je quoi ? Je me demande ce que je vais bien pouvoir dire. J'ai pas envie de rater ce boulot, moi. Je suis vraiment idiote. Qu'est-ce que ça peut me foutre, de porter du noir comme un uniforme ? Je mets bien un tablier quand je bosse au Select.

Oui, mais le tablier en question est fuchsia.

Blanche Dorsey se retourne vers nous au moment de frapper à la chambre de Sergo pour lui dire d'accélérer le mouvement.

— Elle s'appelait comment, votre maman ? me demande-t-elle sur un ton très doux, en m'observant avec une sorte d'attendrissement involontaire.

Qu'est-ce qu'il lui prend à celle-là ? On dirait un vampire qui a repéré un joli petit cou à croquer.

— Charlotte, je balbutie.

Elle regarde Audrey et l'ordre claque dans sa bouche :

— Appelez deux ou trois boîtes, même si on n'a pas d'arrangement avec eux.

Elle se retourne vers moi.

— Vous voulez une tenue de quelle couleur ?

— Je sais pas, moi… Normal… Du fuchsia, du turquoise, du jaune, du rouge, un peu d'or.

— Vous avez entendu, Ferrier ? Vous allez bien lui trouver ça ? Tapez dans de l'Italien.

Mais c'est quoi cette violence ? Qu'est-ce qu'ils lui ont fait les Italiens ? Pourquoi elle veut les taper ?

La porte de la chambre de Sergo s'ouvre et il en sort tout pimpant.

Je n'ose pas ajouter que je préfère les minijupes aux pantalons. Je me dis que ce serait exagéré. Alors je dis rien, mais elle remarque que je n'ai pas l'air complètement satisfaite.

— Qu'est-ce qu'il y a encore, mademoiselle ? Une couleur supplémentaire ?

— Non, c'est pas ça… J'aime pas les *futes*. Je mets toujours que des jupes. Ou des shorts.

Elle lève un sourcil en me fixant comme on regarde un enfant capricieux à qui on sait qu'on va tout céder.

— Un short, OK. C'est plus pratique si vous devez lever la jambe pour envoyer un coup de pied, non ? Je suis au courant pour ce matin, vous ne le savez peut-être pas, vous êtes sur tous les réseaux sociaux.

— Ah oui ? Euh non, je le sais pas. Parce que mon téléphone il a ni la 3G ni la 4G, il a pas le forfait Internet, quoi…

— Ah bon, pourquoi ? me demande-t-elle avec candeur.

Je vais quand même pas lui raconter ma vie et passer pour la *looseuse* de service en lui disant que j'ai pas de quoi me payer le forfait Internet, alors je rétorque :

— C'est un choix, pourquoi ? La décroissance, vous avez entendu parler ?

À ce moment, un homme passe la tête par la porte d'entrée. La cinquantaine, cheveux poivre et sel, yeux candides, jean et T-shirt noir. Il a aussi une barbichette grise, des lunettes au bout du nez et une casquette vissée sur la tête. Un sosie de Spielberg. Il les appelle avec un accent *angliche* à couper au couteau. :

— Mais qu'est-ce que vous faites ? Ça fait une heure que j'attends, Blanche. Je te dis pas de quelle humeur va être Girard. T'es prêt, Alan ?

Blanche et Sergo le rejoignent.

— C'est qui ? je demande à Audrey.

— Tu connais pas Dorsey ? Le réalisateur ?

— Il a un rapport avec elle ?

— C'est son mari, répond-elle. Je te l'ai déjà dit.

La petite vendeuse repart avec son roulant plein de smokings noirs strassés et Audrey, en soufflant et en me fusillant du regard, appelle une stagiaire chargée de me trouver la tenue travail-short-*bodyguard*-camouflage-petite-amie, couleur arc-en-ciel pailleté.

Je m'assois sur un canapé au milieu de la cohue pour attendre et je demande à une sorte de vieille secrétaire occupée à son ordi sur la petite table :

— Vous pourriez pas me prêter votre mobile ? J'ai un message à envoyer.

J'aimerais bien raconter à mes béguins virtuels que je suis au Festival de Cannes, que je fais la une du *buzz* sur YouTube parce que j'ai sauvé un acteur d'un danger mortel et que j'ai participé à une action révolutionnaire digne de la prise de la Bastille au supermarché du coin. Comme je ne veux pas qu'ils sachent qui je suis pour l'instant, je vais juste leur envoyer la blague sur le foot que m'a faite Sergo, histoire de leur faire savoir que je suis toujours vivante, que je reste connectée et que je suis rigolote.

Enfin, si je parviens à me faire prêter un téléphone ou un morceau d'ordinateur. La dame à côté de moi ne daigne pas me répondre. Je renonce à communiquer. Elle finit par enfin lever un œil sur moi comme si elle sortait d'un long sommeil.

Son regard s'arrondit en me voyant :

— Mais… Mais… C'est vous qui… C'est vous qui…

— Vous avez avalé un perroquet ? Alors, vous me prêtez votre appareil ou pas ?

Elle me tend son téléphone tout en continuant à pianoter sur son ordinateur et en me jetant parfois un regard en biais. C'est bizarre, l'effet que je leur fais ici. La Blanche qui s'étrangle quand elle entend mon nom. Pourtant, il n'est pas si original ! Et l'autre, à côté, on dirait qu'elle n'a jamais vu une rouquine en minijupe. Sans parler du Sergo qui me veut comme *bodyguard*. Ça doit leur décaler les neurones, de bosser dans le cinoche.

— Quoi ? je finis par lui demander.

Elle comprend tout de suite que ma question s'adresse à elle et elle me dit, la mine réjouie :

— Vous êtes partout. Des tas de vues. Super Woman ! Vous me signez un autographe ?

Je hausse les épaules. Ils commencent à me chauffer les oreilles tous avec leur superwoman.

Elle entreprend d'imprimer une capture d'écran où on me voit sauver Sergo et elle me la tend. Je signe : Pas Super Woman.

15

Je ne sais pas pourquoi, je m'étais toujours imaginé que la préparation d'une soirée de gala au Festival de Cannes se déroulait dans un tourbillon de champagne et de cocaïne. Le tout entrecoupé de caprices de stars qui demandent des fraises ou du caviar livré à la minute depuis l'Alaska.

En fait, l'atmosphère est plutôt pro et studieuse. Pour ne pas dire ennuyeuse. Tous ces gens qui entrent, qui sortent, qui s'affairent. Ils parlent peu ou alors c'est pour marmonner. Et ils n'ont même pas de BD pour faire passer le temps. Ils se font livrer des mini sandwichs-club et ils boivent du thé. Quand j'essaie d'adresser la parole à l'un d'eux, je suis balayée d'un geste.

Autrement dit, à part la séquence où ils m'apportent des fringues et des bijoux, j'ai l'impression que je vais me transformer en statue assise sur le canapé à me ronger les ongles, tellement je m'ennuie. Au bout d'un moment, je décide d'aller dans le couloir, histoire de passer le temps.

— Attendez ! me dit Audrey.

Elle appelle Blanche Dorsey et elle met le son :

— C'est la superwoman. Elle veut sortir.

J'entends la voix de Blanche Dorsey qui claque :

— Suivez-la, Ferrier. Qu'elle prenne pas la tangente.

— C'est une geôle, ici, ou quoi ? je demande, pour manifester ma contrariété d'être pistée comme ça.

Mais dans le fond, je les comprends. Je me connais. Si jamais je croise un papillon sur ma route – c'est-à-dire n'importe quoi qui pourrait distraire un tant soit peu –, je suis cap d'oublier Sergo et la projection.

C'est vrai, aussi, il fallait me dire que ce serait si *boring*. Quand je pense que ça fait trois jours que je dois faire ma lessive ! Les enfants n'ont plus rien à se mettre de propre pour l'école, lundi ! Tout ce boulot qui m'attend et je traînasse à rien branler ici !

Nous voilà donc, Audrey et moi, à arpenter la moquette du couloir du troisième étage. Je marche jusqu'à l'ascenseur, pas pour le reprendre, juste parce que c'est un coin sympa avec un distributeur de glaçons et une machine qui cire les chaussures. J'examine les appareils comme si ma vie en dépendait, c'est fou ce qu'on trouve à faire quand on s'ennuie. Et c'est là que j'entends un drôle de bruit. Comme un reniflement.

— Eh, Audrey, je demande, vous avez entendu ?

Elle lève le nez de son téléphone.

— Comment ? Vous m'avez parlé ?

— Oui, ce bruit… Là…

Elle tend l'oreille.

— Arrêtez de faire votre intéressante, Maldonne.

— Vous devriez entrer dans la police, vous avez vraiment les mêmes réflexes que mon pote Borelli. Chaque fois que je lui signale quelque chose d'important, il pense que c'est pour me faire remarquer.

— Et ? C'est pas la vérité ?

Je m'apprête à lui river son clou quand soudain le reniflement se transforme clairement en un sanglot ravalé. J'ouvre la porte de l'escalier de service et là je découvre une petite poupée de chiffon froissée et accroupie par terre, le visage ravagé par les pleurs.

Quand je dis poupée, je parle de Vanessa qui est arrivée avec nous tout à l'heure. Audrey s'énerve.

— Oh, non, c'est encore ce salopard. Y'en a marre aussi, elles sont trop connes ces gamines. Elles croient quoi ? Elle ont jamais entendu parler du hashtag *mi-tout* ?

— De quoi tu causes ?

— C'est ce gros porc, à côté. Il fait venir des gamines en leur promettant d'en faire des stars et ensuite…

— Ensuite quoi ?

— Tu veux un dessin ? Elles passent à la casserole, d'abord, et ensuite, elles seront célèbres et riches, soi-disant.

— Tu veux dire : *pas de cul, pas d'écus* !

— C'est pas tout à fait du meilleur goût, ta blague, là. Et en plus, en réalité, le voyage pour elles s'arrête là.

— Tu veux dire sur la cuisinière ?

Devant son air ahuri, j'explique :

— Ben oui, casserole, cuisinière, faut suivre. Bizarre, je croyais que c'était fini, tout ça, qu'ils osaient plus, depuis ces affaires, là… Tu sais ? En Amérique ?

— C'est peut-être fini en Amérique, mais je peux te jurer qu'en France, euh… Pas vraiment… Y a bien eu l'histoire du LOL chez les journalistes, mais nous, dans le cinoche… Bon, OK, y'a eu aussi Adèle, heureusement. Bref, c'est quand même encore l'omerta dans l'ensemble.

Je ne comprends rien à son monologue. Les reniflements ont cessé pendant notre échange et ils reprennent soudain de plus belle. Je tends la main à la petite.

— Viens, ma belle, on va s'occuper de toi.

Je la soutiens pour l'emmener vers notre suite.

— S'il t'a violée, faut aller porter plainte.

— Non, j'ai réussi à courir, il m'a seulement *draguée*. Enfin… Tu vois ?

J'ai pigé. On appelle ça *draguer* en France. Comprenez mains baladeuses, haleine pourrie insistante, gros porc qui croit que non c'est oui et plus si le temps le permet.

je me suis pas laissé faire. J'ai vu ce que t'as envoyé ce matin au rond-point, j'ai essayé de faire pareil. Ça a pas vraiment marché, mais quand même, il s'y attendait pas, ça l'a refroidi, et comme il avait tout son barda sorti, il a perdu du temps à le remettre. C'est comme ça que j'ai réussi à me barrer. Je suis partie en courant et je me suis planquée ici.

— T'appelles ça une planque ?

— De toute façon, dit Audrey, il va pas essayer de la rattraper. Tu sais, il en trouve à la pelle, surtout pendant le Festival. Ça leur fait tourner la tête, toutes ces paillettes, ces limousines, le champagne.

— Mais il va continuer comme ça longtemps ? Maintenant que je suis sur les réseaux sociaux, faut que j'en profite. Je vais le dire à tout le monde.

— Et te retrouver avec un procès sur le dos ? Y'a pas de preuves, tu veux faire quoi ? Ta petite, là, elle tiendra pas trois minutes devant des flics. Et je te parle pas de ses avocats. T'attendras que ton contrat avec nous soit fini, OK ?

Arrivées dans notre suite, on fait sensation. Les Dorsey sont revenus dans l'intervalle.

La Blanche lève les yeux au ciel en disant qu'on va pas récupérer tous les coups foireux de l'autre obsédé. Elle se met à gueuler après Vanessa en lui demandant ce qu'elle a dans le crâne pour se laisser enfermer seule dans une chambre d'hôtel avec un producteur. Elle lit jamais les journaux ? La gamine pleure de plus belle.

— Je suis si bête !

Dorsey, le réalisateur, avec son accent british, me félicite :

— C'est vous, la superwoman ! dit-il. Vous avez bien fait de la ramener ici, pauvrette.

Un vieux qui les accompagne, avec des dossiers sous les bras, une sorte d'avocat, s'énerve en disant qu'il a une fille du même âge et qu'il va aller lui casser la gueule à ce connard. Trop c'est trop.

Tout le monde est survolté et chacun y va de sa théorie et au final personne ne fait rien. Je prends Vanessa dans un coin et je lui fais boire un café en lui nettoyant le visage.

— Allez, allez, c'est l'heure ! crie Audrey. Tout le monde est prêt ? La voiture nous attend en bas.

Je vois que Vanessa me regarde avec dans les yeux un mélange d'admiration, d'envie et de sentiment d'abandon. Les yeux de Pastis quand je pars le matin.

Je peux pas résister à ça, moi !

16

— J’y vais pas si la petite, elle vient pas avec nous, je dis. Je vais pas la laisser seule ici. Ni rentrer seule chez elle. Ni rien de seule, en fait !

— Je rêve ! On va jamais s’en sortir ! dit Audrey.

— Elle a raison, dit Dorsey. On doit l’écouter. C’est Super Woman. C’est elle qui commande.

Il se met à chanter avec l’accent de Shakespeare :

— *C’est la justicière interplanétaire, Elle jaillit comme un éclair, Elle accourt à l’aide, De ceux qui sont faibles...*

Il a l’air de beaucoup s’amuser. Notre productrice me regarde, comprend que je suis déterminée, lève les yeux au ciel, regarde son mari.

Sergo, qui dans l’intervalle a disparu dans sa chambre et est ressorti en smoking avec nœud pap, s’écrie :

— On aura tout vu ! C’est l’autre qui couche et c’est nous qui passons à la caisse.

— C’est quoi, cette réflexion *nazebrock*, là ? je demande, énervée.

La Blanche fusille Sergo du regard :

— Alan, je t’en prie, n’en rajoute pas. C’est pas le moment de faire des blagues déplacées.

Ah, parce que c’était une blague ?

— Filez-lui la robe lamée or Gucci, elle enchaîne. On n’a pas de temps à perdre avec ces enfantillages, là. Allez, on fonce, on fonce.

Je lis dans les yeux de Vanessa un émerveillement qui n’est pas prêt de s’éteindre. Elle enfile la robe en question, fourre ses propres fringues en boule dans son sac à main, exactement ce que j'ai fait tout à l'heure avec les miennes, se remaquille en rajoutant une couche de son mascara qui avait coulé et la voilà toute vaillante.

Sergo m'interpelle, soudain alarmé :

— Eh, Cricri, n'oubliez pas de rester près de moi, hein ?

Je lui fais un salut militaire, un clin d'œil et je me place à ses côtés. L'acteur respire mieux. Le monde de l'illusion.

Audrey annonce :

— Paloma est déjà en bas.

En nous dirigeant vers les ascenseurs, la porte du 320 s'ouvre et un type genre constipé suivi de deux assistants fébriles, de trois gros malabars et d'une dame très droite sort de la pièce. C'est sûrement le fameux réalisateur abuseur.

Sergo, quand mon attention est attirée de ce côté, me saisit le bras et se serre contre moi.

— Ne vous dispersez pas. Restez avec moi.

La petite Vanessa, devant, se rapproche d'Audrey tout en glissant un regard revanchard sur la bande en question. Elle triomphe.

L'autre violeur est interloqué en voyant Vanessa, et même un peu vexé. Mais quand il me découvre, moi, avec mon short en lamé rose et mon faux gilet dos-nu pailleté orange, j'ai l'impression qu'il se transforme en loup de Tex Avery. Les yeux lui sortent de la tête et il chuchote à l'oreille d'un assistant en me désignant.

Le geste de propriétaire de Sergo à mon encontre ne lui a pas échappé et il s'approche de nous. Il parle à mon patron. Je pige bien que c'est un moyen pour entrer en communication avec moi.

— Ça va, Alan ? Il paraît que tu casses la baraque dans ce film ! C'est ton heure de gloire ! J'ai hâte de voir ça !

Et il me lance des regards en coin.

Je fais celle qui l'ignore.

— Ouais, marmonne Sergo.

— C'est pour de vrai que tu veux te lancer dans le cinoche ? Passe demain à la 320, j'ai peut-être un rôle qui pourra t'intéresser, c'est pour mon prochain film.

— Attention, je glisse à l'oreille de Sergo. Il va vous faire passer à la casserole.

Mais Alan Sergo n'a pas le cœur à sourire. Il est de plus en plus angoissé à l'idée d'affronter une foule potentiellement dangereuse et il entend à peine ce qui se dit. On se sépare aux ascenseurs, chaque boîte de production prend le sien.

Puis c'est le ballet de limousines. On perd de vue le satyre.

Tout est hyper organisé et *timé* à la seconde près pour que notre fine équipe se retrouve en bas des marches du Palais, sur le tapis rouge, au moment pile où elle doit faire son entrée. Une petite brune mutine avance vers Sergo. Elle est vêtue d'une robe de chiffon de voile d'organdi vert jade, couverte de diamants, perchée sur des talons de trois mètres, et ses cheveux noir de jais coupés au carré font penser au cinéma muet.

Elle se pend au bras de Sergo et sourit à la foule. C'est sûrement la Paloma en question.

Je suis tellement obnubilée par ma mission – *si je l'accepte* – que je profite mal du moment. Boh, pas grave, j'aurai le temps de visionner ça en replay, c'est sur toutes les télés du monde.

Je fais comme Sergo m'a demandé. Je me colle à lui – de l'autre côté de la brunette –, tout en envoyant mon regard de lynx sur tout et tout le monde. Cet idiot a réussi à me refiler sa nervosité. Je m'attends à voir des largueurs de bombes, un sniper, un fou à l'arme blanche, un *serial killer*, un terroriste, un lanceur de tartes à la crème, Dupont de Ligonnès, bref n'importe quoi. Si ces types-là passent à l'action, ça voudrait dire, petit a, que j'ai failli à ma mission et petit b que je ne serai certainement pas payée.

Finalement, notre tour arrive. Crépitement de flashes, montée des marches, applaudissements, appels des photographes. Mais mon Sergo n'est vraiment pas dans son assiette. Il m'agrippe très fort le bras et tout le monde se demande qui je suis. Paloma le regarde en souriant. On dirait que le voir paniquer l'attendrit.

Je remarque que deux ou trois personnes me montrent du doigt. Moi. Particulièrement. Pas Dorsey, le réalisateur. Pas Sergo ou Paloma, les acteurs du film. Moi, l'obscure garde du corps. Décidément ! Me voilà devenue aussi célèbre que Clint Eastwood.

Audrey me chuchote :

— Ça, c'est la vidéo de tout à l'heure. Ils vous ont reconnue.

— N'importe *nawak* !

— Euh pas vraiment, non. Les hashtags #FestivaldeCannes, #Giletsjaunes, #Superwoman et #Sergosauvéparunemeuf, s'avèrent un cocktail explosif. Vous en êtes à 700 K et ça n'arrête pas de grimper.

Elle me tape sur le système. Elle me distrait et je risque de pas repérer le danger s'il se pointe. Elle ne comprend pas que je me suis transformée en chien de garde ?

Je lui réponds en grondant et en montrant les dents. Elle prend peur, se demande ce qui m'arrive et s'écarte un peu pour parler avec la Blanche qui me jette un regard nonchalant en haussant les épaules.

C'est au moment où les organisateurs de la soirée nous accueillent dans la salle et nous indiquent nos places que je les vois.

17

Ils sont à deux rangs devant nous, debout, tournés vers notre équipe.

Leurs yeux se transforment en billes de loto. Je dois faire la même tête qu'eux, et pour cause. Nous nous sommes reconnus, eux et moi.

C'est le Russe ! Mon Russkov à moi ! Celui des enveloppes, du trafic de diamants et d'armes. Le parrain de la Bratva. On dit aussi la mafia rouge. Un vrai parrain comme dans les films. C'est quoi déjà, son nom ? Quand je pense à lui, je pense Kalach.

Je le croyais à l'ombre pour un moment. On dirait qu'il est sorti et que ça va plutôt bien pour lui, puisque le voilà dans la grande salle Louis Lumière du Festival de Cannes !

Et devinez qui sont les deux *gusses* qui l'entourent ? Piotr et Marco. Eh oui. Crétin et Abruti. On prend les mêmes et on remet ça. Pourquoi changer une équipe qui a fait ses preuves, hein ?

J'ai comme une impression de déjà-vu. Les yeux de Kalach lancent des éclairs mais il détourne la tête et fait celui qui ne m'a pas vue. Quant à Abruti et Crétin, leur mâchoire va se décrocher. Je remarque que mon parrain russe discute avec un petit trapu aux petits yeux méchants qui dégage un air d'autorité indéniable.

Le petit râblé fait un signe de la main de notre côté. Je cherche autour de moi et je vois Paloma Girard, gloussante et frétillante, qui lui répond d'un geste discret. Elle a lâché le bras de Sergo, qui fait semblant de ne rien voir de cette petite comédie.

Ce type doit donc être le père Girard dont il m'a parlé ! Le fameux Girard, Henri de son prénom, propriétaire de plusieurs clubs de foot en Europe, dont celui de Monaco. Il se penche vers un Chinois qui est à ses côtés. C'est une pub Benetton ou quoi ? Grand, élancé, allure jet-set, le gars est entouré de plusieurs escort girls de différentes ethnies. La pub continue. Le Girard lui désigne sa fille avec fierté. Sergo se penche vers mon oreille :

— Ne le regardez pas… ce salopard… Ne le regardez pas… Il veut que Paloma épouse ce type fourbe et salace.

— C'est qui ?

— Quoi ? Vous ne le connaissez pas ? C'est Henry David Hu. L'étoile montante du foot chinois. Son père est à la tête d'une triade. Il est à la fois héritier du trône et propulsé artificiellement dans le monde du foot.

— Un peu comme vous, alors, monsieur Sergo ?

— Très drôle.

— Hum, ne vous dispersez pas, monsieur Sergo. Nous sommes en terrain découvert. Vigilance, c'est tout. Concentrez-vous.

Je continue à superviser toute la salle au cas où, et ça carbure sous mon ciboulot. S'ils sont là, c'est qu'il y a une bonne raison. Je dois redoubler de vigilance. C'est sûrement pas pour rien qu'un type de la mafia rouge et un Asiatique fils à papa se pointent comme par hasard à cette projection, et s'affichent aux côtés d'un président français de club de foot, qui, probabilité incroyable, est le père de la jeune première. En principe, ils n'ont rien à voir avec le cinoche, ces gogos-là !

Je me penche vers Sergo toujours accroché à mon bras :

— Vous les connaissez ?

— Hein, quoi ? Qui ?

— Les types, là, le parrain russe, et l'autre, le petit gros ?

Il pouffe de rire et demande :

— C'est votre parrain ?

À croire qu'il fait l'idiot exprès.

Audrey a entendu notre conversation et me glisse dans l'oreille :

— Ce sont nos sponsors. Mais pourquoi vous dites que c'est un parrain ?

— Ah, parce que la Dorsey, elle a accepté ce pognon sans même vérifier le CV des donateurs ? C'est pas très sérieux. Croyez-moi, il y en a un que je connais bien. Le Russkov. Il sort de taule.

— Oh, vous savez, de nos jours, tout le monde y fait un tour un jour ou l'autre. Ce qui compte, c'est d'en sortir. Et il nous a été présenté par Henri Girard, une sommité respectable dans le monde sportif, alors… Lion Queen Productions est une société habituellement spécialisée dans les documentaires sur le foot. Vous le savez, n'est-ce pas ?

Alors, là, elle m'en bouche un coin. Donc ils ont fait leur film avec du fric qui pue. C'est bon à savoir si jamais l'autre parano, le Sergo, se fait rétamer, je filerai le tuyau à Borelli.

Soudain, les lumières s'éteignent, une musique suave nous enveloppe et sur l'écran, des marches rouges sortent de l'eau pour gagner un ciel nocturne étoilé et une palme dorée. J'ai l'impression que c'est moi qui gravis ces marches et qui à présent vole dans les cieux magiques.

Je m'installe confortablement dans mon fauteuil pour regarder le film, à gauche de mon nouveau boss, quand il me tire brutalement par le bras.

— Qu'est-ce que vous faites ? me rabroue-t-il. Debout, on y va !

Tous les membres de l'équipe, courbés en deux pour ne pas trop se faire remarquer, sortent rapidement de la salle. Vanessa ne veut pas partir et elle reste seule au milieu de la rangée.

— Tu me raconteras ? je lui dis.

— D'accord, promis, Rosie ! répond-elle, toute fière d'avoir une responsabilité.

18

— Vous ne regardez pas le film ? je demande aux autres une fois dans le grand hall.

Personne ne daigne me répondre.

— C'est déjà fini ? j'insiste.

— Ça va, dit Blanche Dorsey, ne vous faites pas plus idiote que vous le paraissez.

Je ne sais pas comment je dois prendre sa remarque. J'ai envie de protester, mais une petite voix me dit de me la boucler et de faire profil bas et pour une fois je l'écoute. J'ai déjà passé trop de temps avec ces nazes, et il est hors de question que cela ne débouche pas pour moi sur un salaire.

Je reprends mon rôle de *bodyguard*. Des hôtesses nous guident dans un dédale de couloirs en sous-sol, puis nous revoilà sur la Croisette.

— Personne ne vient nous chercher en limousine ?

— On ne va pas loin, dit Audrey.

Comme je suis vexée, je n'ose pas leur demander ce qu'il va se passer ensuite.

C'est comme ça que tout le monde se retrouve dans la partie privatisée d'une plage privée, derrière une pancarte VIP.

Audrey m'explique qu'il s'agit de la fête du film, sauf que

comme le film n'est pas fini, il n'y a encore personne. Sauf nous.

Je reste debout derrière Sergo qui s'enfile champagne sur champagne, faisant tout son possible pour s'éloigner le plus possible de Paloma Girard, en étant attiré par elle comme par un aimant, tandis que la jeune actrice le repousse, s'écarte de lui, lui tourne le dos systématiquement. Je surprends leurs bribes de conversation :

— Pas encore, mon bébé en sucre, dit-elle. Il n'est pas prêt. Attendons que la projection soit terminée. Si le film marche bien, je me sentirai plus à l'aise pour lui parler.

— Tu avais promis, pleurniche-t-il.

— Pleure pas, mon bonbon baveux.

Bonbon baveux ? Beurk…

— Je te promets que tout ça ne sera bientôt plus qu'un mauvais souvenir.

— Mais tu avais dit que tu lui parlerais avant, au cas où le film ne marcherait pas…

— T'inquiète, on trouvera une solution. Il faut mettre toutes les chances de notre côté. Allez, continuons à faire comme si… On ne se colle pas, tu sais bien qu'il a des espions partout. Va jouer avec ta *bodyguard*, elle est parfaite.

Elle me fait un clin d'œil et s'éloigne de nous.

Je remplis ma mission du mieux possible. Je guette un ennemi invisible tout autour de nous. Au décor, ils se sont surpassés. Thème : le foot. Et l'amour. Il y a des ballons partout. Et des cœurs. *Love So Cœur*. Je pige à ce moment-là le jeu de mots : *So Cœur… Soccer…* Finauds, les gens du ciné !

— Ne picole pas trop, dit Dorsey à Sergo, tu dois encore retourner saluer.

19

Au bout d'une heure, nous voilà tous repartis dans l'autre sens. Cette fois, c'est la bonne. Nous entrons dans la salle obscure, toujours penchés pour que personne ne nous remarque, et récupérons nos places juste avant que le générique de fin ne commence.

— Vous étiez où ? me demande Vanessa.

— Ils avaient tous déjà vu le film. Ils ont préféré aller à la plage. Alors ? C'était bien ?

— Pas mal. Un peu lent. J'ai dormi quelques minutes au milieu. Pour un film d'amour, j'ai trouvé qu'il y avait trop de matchs de foot au milieu…

— C'est normal, Vanessa. C'est une histoire d'amour qui se déroule dans le milieu du foot.

— Ah oui. Maintenant que tu le dis !

Je la regarde avec intérêt. Je comprends enfin pourquoi parfois quand je dis des trucs, les gens me regardent bizarrement. J'en ai trouvé une pire que moi.

Pendant le générique de fin, silence de mort dans l'assemblée.

Quand les lumières s'allument, il n'y a aucun applaudissement. Sergo salue comme s'il était acclamé, alors que les spectateurs qui sont autour de nous semblent plutôt le regarder avec haine. Paloma, plus futée, ne bouge pas, pétrifiée. Elle est toute pâle. Je remarque que la moitié de la salle est déjà vide.

Toute l'équipe se lève et ne sait comment se comporter. Ils avaient répété des saluts normaux. Au pire, des saluts de politesse. Mais personne n'applaudit. Que faire ?

Pire, quelques bruits hostiles se font maintenant entendre, puis soudain c'est un déchaînement. Des huées, des vociférations, des sifflements hargneux, des cris.

— Va te rhabiller, Sergo !

Ils scandent :

— Dor-sey, psycho-sé !

Ça dure un bon moment.

Dorsey, le mari, je veux dire Michael, n'a pas l'air spécialement traumatisé par l'accueil réservé à son film. Comme s'il avait l'habitude. Il est désinvolte, désabusé. Blanche lui fait un petit sourire désolé de consolation. Il lui répond par un clin d'œil.

Tout le reste de l'équipe du film est comme paralysé. Un groupe de vigiles du Festival nous entoure pour nous protéger, car quelques personnes nous jettent des projectiles. Des cartons d'invitation, des mouchoirs de soie, une chaussure à talon lamé or, un sac de soirée en perle, et même des nœuds papillon.

Je proteste sur le mode blague :

— Mais c'est des malades !

Je n'avais jamais assisté à un lynchage en direct, maintenant je comprends ce que c'est. Je continue à sourire :

— Des Louboutin ? Sérieux ? Elle va rentrer à cloche-pied, la meuf ?

Personne ne rit autour de moi, occupés qu'ils sont à se protéger le visage.

J'écarte les hommes de la sécurité d'un geste et je me mets en position kung-fu façon Bruce Lee. J'imite les cris de Pastis quand il a faim. Il faut bien que je justifie mon salaire.

C'est là que je constate qu'Henri Girard, le petit trapu, avec mon Russkof, ses deux imbéciles, le jeune Asiatique arrogant et ses escort girls, tous sont déjà partis.

Je redouble de vigilance et quand nous sommes les derniers, nous regagnons la plage en troupeau groupé.

Sur la route, quelques quolibets fusent, certaines personnes se moquent de nous. Des qui ont assisté à la projection, bien sûr.

20

Cette fois, la plage qui accueille notre fête grouille de monde. Ils n'ont pas aimé le film, mais ils ne vont pas cracher sur leurs invitations au cocktail pour autant !

Le DJ se défonce, les lasers de toutes les couleurs balayent l'espace et chaque invité tient à la main des ballons de foot gonflables. Des ballons-cœurs aussi. De temps en temps, l'un d'eux pète, ce qui nous fait sursauter, Sergo et moi. J'ai décidément les nerfs en pelote.

Paloma Girard reste assise dans son coin, indifférente à l'atmosphère générale. De temps en temps, des serveurs lui présentent un verre de champagne qu'elle avale cul sec. Sergo et elle font le maximum d'efforts pour ne pas se regarder.

Les Dorsey restent un petit moment, histoire de ne pas perdre la face, puis ils s'en vont en douce, avant la fin.

Sur le coup de 1 h du matin, après avoir refusé de serrer des paluches, craignant des moqueries ou des affronts, Sergo se lève et prend ostensiblement ma main en faisant un mouvement de la tête à sa chérie.

Immédiatement, c'est le signe de la débandade. Notre petite troupe se fait des signes, se prépare à partir. Soudain, je me raidis. Piotr et Marco viennent d'entrer dans notre espace VIP. Ils prennent Paloma par le bras sous le regard frustré de Sergo. Elle se laisse faire avec docilité et douceur et nous envoie à tous un baiser de la main, tandis qu'elle quitte la fête encadrée par ces deux abrutis.

Audrey réunit son monde et en quelques minutes, l'espace VIP est vide.

Je décide de faire mon boulot jusqu'à la chambre, dans l'espoir de récupérer tout de suite la tune qu'ils me doivent. Sergo, un peu parti, pleurniche :

— Il va jamais vouloir. Tout est foutu. Il m'a pas tué cette fois mais ça va pas tarder.

— De quoi vous parlez ?

— Je me comprends ! Et je vais faire comment, moi, maintenant, sans elle ?

Je le console comme je peux.

— Un peu de cœur, *soccer* !

Il ne sourit même pas.

— L'amour triomphe toujours à la fin, vous le savez bien !

Arrivés dans la suite, on y trouve Blanche Dorsey, occupée à envoyer des e-mails à l'autre bout de la planète. Son mari est sûrement déjà couché. Sergo avale encore quelques verres.

Tout le monde se dit au revoir, les uns et les autres récupèrent leurs affaires, les stagiaires et autres assistants repartent de leur côté. En quelques minutes il ne reste que la star, Sergo, la productrice, Dorsey et la cheffe de communication, Audrey. Ceux qui dorment dans la suite.

Apparemment, personne ne songe à me payer. Non mais, sérieux ? Est-ce qu'il y en a un seul là-dedans, qui sait à quel point j'ai besoin de ce pognon ? Toute la soirée, j'ai rêvé du moment où j'allais pouvoir aller pour de bon faire des courses avec les filles, pour remplir les placards de choses à manger. De vraies choses. Consistantes. Épaisses. Grasses. Sucrées. Qui tiennent au ventre. Et maintenant que j'ai fini mon boulot, personne ne pense à me payer ? Alors, ça a servi à quoi, de signer tous ces contrats ?

— Euh… Pour la paye, on fait comment ?

Pas de réponse.

Audrey allume la télé.

Sergo, complètement bourré, ne veut plus que je reparte.

— T'es trop forte, Cricri ! Il n'y a pas eu d'attentat. Un dernier verre ?

Bon, j'ai compris, pour la paye. C'est pas pour tout de suite.

— Désolée, c'est pas que je m'ennuie avec vous – *tu parles Charles* –, mais je dois rentrer, là. Merci pour tout et faites gaffe à vos fesses, mon vieux. Je repasse demain pour la paye.

Il finit par me lâcher et au moment d'aller se coucher, il lance à la ronde en nous regardant tous l'un après l'autre dans les yeux :

— Je vous préviens, pas intérêt à me réveiller demain, compris ?

— N'oublie pas la presse, Alan ! dit Dorsey.

— Désolé, Blanche, c'est pas dans le contrat, alors tu me laisses dormir, OK ? Pas envie d'affronter ces fauves. Si je me réveille, tant mieux, je veux bien venir avec vous, sinon, les journalistes de mes deux iront se faire voir. De toute façon, c'est la honte. Et j'ai pas envie de leur servir de *punching-ball*.

Blanche Dorsey, dégoûtée, hausse les épaules et lui tourne le dos pour donner un autre coup de fil.

— Aucun professionnalisme, murmure-t-elle en attendant que son interlocuteur outre-Atlantique décroche.

— Cricri, tu peux venir un moment ? me demande Sergo au moment de disparaître dans sa chambre.

21

— T'as compris le drame, Cricri ? T'as compris ce qui se passe ?

— Pas vraiment, non…

Pendant qu'il radote en délirant sur sa parano, je pense à comment je vais faire demain pour nourrir ma smala.

— Ben, son père, là, le Girard. Il va plus vouloir que je l'épouse, maintenant que le film est un bide, tu piges ? Je suis rien, moi, tu vois ? C'était ma seule chance, devenir star, pour avoir Paloma.

— Ben, elle non plus, elle est pas devenue star, du coup.

— Oui, mais elle, elle a pas besoin. C'est l'héritière.

Cette histoire commence à me filer des fourmis partout. J'ai qu'une envie : rentrer et faire une bise à mes filles, et réfléchir à mes propres problèmes, un peu plus concrets. Et si je lui empruntais de l'argent à lui ?

— Vous voulez quoi de moi, monsieur Sergo ? Je peux pas rembobiner le temps et d'un coup de baguette magique transformer le film en grand succès.

— Je veux que tu restes ici cette nuit. Avec moi. On te met un matelas par terre et tu dors dans ma chambre.

— Et puis quoi encore ? Vous voyez bien qu'il n'est rien arrivé ! C'est fini, maintenant. Vous n'êtes pas en danger. D'ailleurs, vous l'avez jamais été.

— Justement non. Tu comprends rien. Ça fait que commencer.

Des larmes dégoulinent sur ses joues.

— Promets-moi que s'il m'arrive quoi que ce soit, tu veilleras sur elle.

Je souffle, j'ai pas envie de promettre. Je me connais. Si je promets, après je vais me sentir obligée de tenir ma parole.

— Et si je prolonge le contrat, hein ? Si je te paye 250 par jour pour continuer à veiller sur moi, et sur Paloma ?

Le calcul est vite fait. Veiller sur un parano qui s'imagine victime de complots imaginaires, y'a pas plus cool comme boulot, surtout quand c'est payé aussi royalement. Ça fait de moi une arnaqueuse vénale ? Peut-être bien. J'y réfléchirai plus tard.

— OK. J'accepte, je dis immédiatement.

Il n'en revient pas.

— Ah oui ?

— Oui, mais…

— J'en étais sûr !

— Quoi ?

— Qu'il y aurait un mais…

— Non, c'est rien, euh… Vous me payerez quand ? Vous pouvez pas me faire une avance tout de suite ?

— C'est que ça ? *Of course* ma chère !

Il entreprend de fouiller ses poches. Que dalle. Il ouvre les tiroirs des tables de nuit, il fouille les poches de tous ses pantalons et vestes dans les placards, nada.

— Merde ! Désolé, j'ai que mes cartes.

Il brandit un portefeuille accordéon rempli d'une dizaine de cartes de crédit.

— Bon, pas grave, laissez tomber, j'ai pas la machine. Allez, j'accepte le boulot. Juste, je rentre chez moi, là, tout de suite, sinon ils vont s'inquiéter, je les rassure et je reviens demain, OK ? En attendant, vous ne risquez rien ici. Vous dormez, c'est tout.

— OK.

Il me prend dans ses bras et continue à pleurer.

— T'es la plus gentille, Cricri. C'est toi que je devrais aimer si mon cœur n'était pas déjà pris. Mais tu vois, l'amour ne se commande pas…

— Je sais.

— Au fait, motus et…

— Quoi ? Pour quoi ? À propos de quoi ?

— Ben, de notre accord. Que tu travailles pour moi. Ne le dis à personne, moins les autres en savent, plus on est forts, nous deux, OK ? Même à Paloma, il faut rien lui dire…

Et soudain il se remet à pleurer.

— Non, non, non. J'ai comme une prémonition. Tu dois rester avec moi cette nuit. Je suis sûr qu'il va m'arriver quelque chose si t'es pas avec moi.

Il m'emmouscaille, celui-là, avec ses pressentiments.

— Désolée, monsieur Sergo, ça serait volontiers, mais j'ai pas prévenu mes enfants, et c'est pas possible pour moi. Je dois rentrer.

Le voilà qui perd l'équilibre, sa tête tombe sur mon épaule, et soudain il ronfle comme une locomotive. Il s'est endormi debout. Il en tient une couche, c'est sûr !

Je le dépose délicatement sur le lit, j'enlève ses chaussures, je lui mets une couverture dessus et je quitte la pièce sur la pointe des pieds.

22

— Chuuut, je dis aux autres en passant. Il dort.

Je me change et au moment de partir, j'avise sur la table tous les clubs sandwiches qui vont être gaspillés.

— Euh… Vous n'avez pas une petite faim ? je demande. Qui veut encore un sandwich ?

— Personne, vas-y, sers-toi si tu en veux, me répond Audrey.

Je saisis sous ses yeux ébahis un sac publicitaire du Festival et je le remplis de toutes les boîtes en carton contenant tout de qui reste de sandwiches. Je sais au moins quoi donner aux petites pour le petit déjeuner demain.

— Boh, quoi, tu veux ma photo ? je lui demande.

Elle se secoue :

— Non, non, de toute façon on allait les jeter, alors je t'en prie, fais comme chez toi !

— T'as jamais vu d'affamée ?

J'ai rajouté ça comme ça, je ne savais plus quoi dire et j'aime bien avoir le dernier mot. Elle hausse les épaules et je quitte les lieux, tournant définitivement le dos aux paillettes, sans un regret. Il est temps que je retrouve ma vie normale, loin de ces fadas.

Au moment où je vais franchir la porte, j'entends la voix de Blanche Dorsey :

— Rosie ! Attendez-moi, je vous raccompagne.

C'est soudain la consternation dans les rangs. C'est-à-dire entre Audrey et moi. On échange un regard étonné. Depuis quand c'est les patrons qui raccompagnent les gardes du corps ?

— Euh, pas besoin, merci. Je suis pas très loin, je rentre à pied. J'en ai pour une demi-heure à tout casser.

Franchement, ça ne s'arrêtera jamais, cette foutue journée ? J'en ai ma claque, moi. Je veux revoir mon *sweet home*, mon chat et mes filles.

Habituée à commander et à ne faire que ce qu'elle veut, Blanche Dorsey prend son sac à main et me rejoint sur le palier en courant un peu pour me rattraper.

Devant la machine à glaçons, nous croisons l'autre obsédé, le harceleur de Vanessa, qui sort de l'ascenseur et qui s'arrête devant nous.

— Tu ne me présentes pas, Blanche ? demande-t-il en tendant la main vers moi pour me la serrer.

Comme Blanche ne répond rien et entre dans l'ascenseur et que je m'apprête à faire de même, sans lui avoir pris la main en retour, il s'adresse directement à moi avec un sourire charmeur, en me mangeant du regard de la tête aux pieds :

— Nicolas Rotzak, réalisateur... Enfin... producteur... Enfin...

Faudrait savoir ! Producteur ou réalisateur ? Il sait pas qui il est, le monsieur ?

— Je vous trouve ravissante. Ça vous dit de venir faire un essai pour mon prochain film ? Une audition ? Avez-vous un agent ?

— N'insiste pas, Nico, dit Blanche. Elle n'est pas actrice.

— Vraiment ? C'est dommage ! Elle a du potentiel.

Je n'ai pas l'habitude qu'on parle de moi comme ça à la troisième personne comme si je n'étais pas là.

— C'est pas bientôt fini, votre sketch ?

Rotzak sursaute. J'ai peut-être parlé un peu fort. Blanche retient un sourire.

— Elle est garde du corps. Tu risquerais gros avec elle.

Il rit d'un air suffisant en regardant ma minijupe et mes talons.

— Garde du corps, vraiment ?

Je rejoins ma patronne dans l'ascenseur. Juste avant que la porte ne se ferme, elle ajoute :

— Regarde sur Internet, hashtag #Sergosauvéparunemeuf, tu vas comprendre.

Je suis assez fière de moi. J'ai réussi à retenir ma langue qui voulait le remettre à sa place et mon poing qui voulait s'écraser sur son nez. Mais comme j'ai pas eu ma paye et que je cherche toujours du boulot parce que la proposition de Sergo, je n'y crois qu'à moitié, je demande à Blanche Dorsey :

— C'est payé combien, une audition ?

— C'est pas payé, répond la productrice.

Du coup, je me désintéresse du sujet.

23

Derrière l'hôtel, la Tesla nous attend comme par magie, avancée par les petits gars du *car service*. Blanche prend le volant.

Elle conduit en prenant tout son temps. Je vais peut-être enfin connaître son secret. Pourquoi elle a complètement changé d'attitude envers moi quand elle a entendu mon nom, hein ? Et pourquoi a-t-elle tenu à me raccompagner en tête à tête si ce n'est pour m'avouer quelque chose de pas net ?

Elle a beau rouler lentement, on se rapproche de la caravane et elle n'a toujours pas parlé. Ou plutôt si, mais de rien d'important. Elle babille, elle papote, elle jacasse, bref, elle remplit le vide.

Elle n'y arrive pas. Ça ne veut pas sortir.

— Bon, alors, madame Dorsey, vous voulez me dire quoi, hein ? Il est où, le *blême* ?

— Comment ça ?

— C'est pour mes beaux yeux que vous vouliez me raccompagner ? Ou pour vous retrouver seule avec moi et tout me dire ?

Elle sursaute.

— Comment, tout vous dire ?

— Boh, oui, tout me dire, enfin, je ne sais pas, ce lourd secret qui vous pèse. Vous avez connu des Maldonne, c'est ça ?

Vous avez sursauté quand vous avez su mon nom. Vous avez connu qui chez les Maldonne ? En plus, vous avez vécu dans la région ? Si ça se trouve, vous avez connu la famille de mon père, c'est ça ? Mon père lui-même, qui sait ? Il a été votre amant ? C'est à cause de vous qu'il a quitté ma mère et qu'il nous a abandonnées ?

Devant son air abasourdi, je sens que je gèle. J'essaie un autre angle.

— Non, ça n'a pas l'air d'être quelque chose de ce genre. Pire encore ? Vous l'avez tué ? Allez, accouchez, on n'a pas toute la nuit. D'ailleurs, arrêtez-vous là, on est arrivées.

Elle voit la caravane et stoppe pile devant. Elle n'a répondu à aucune de mes suggestions. Derrière la vitre du fenestron, Pastis, assis sagement, guette mon arrivée.

— Je voulais juste vous demander si ça vous intéresserait de travailler pour moi de façon un peu plus… indéterminée.

Décidément, les offres d'emploi s'accumulent ces temps-ci. On dirait que le temps des vaches grasses est arrivé pour Rosie Maldonne ! Alléluia ! Si la paye pouvait tomber aussi vite que les propositions, ça serait parfait.

— Un CDI, vous voulez dire ? Comme garde du corps ?

— Euh, non… Comme… euh…

— Vous avez besoin de quelqu'un ? Pour faire quoi ?

Elle hésite.

— Bon, vous le crachez, le morceau ?

— Un peu de secrétariat ? J'ai besoin d'une collaboratrice pour les lettres, les e-mails, le rangement des dossiers, tout ça. Vous serviriez de secrétaire à Audrey.

Alors, là, j'en rosis de bonheur sans jeu de mots. Moi, secrétaire ? C'est une véritable promotion. C'est vrai, on me propose toujours des boulots de serveuse, femme de ménage, à la rigueur dame de compagnie… OK, une fois, j'ai été psy mais c'était à l'insu de mon plein gré et c'est Sabrina qui a vraiment traité le plus grave de mes patients ! Comme proposition de boulot, là, je suis vraiment fière.

— C'est vrai, madame Dorsey ? Secrétaire ? Là, je dis oui tout de suite. Ça me botte à l'avance. Secrétaire dans le cinoche ? La classe ! C'est Ismène qui va pas en revenir ! Et Gaston, qu'est-ce qu'il va être content ! Vous allez voir, je suis la reine du rangement. Et j'aime bien écrire des e-mails aussi. Je suis pas mauvaise en ordinateur, j'ai fait un stage Pôle emploi il y a quelques années.

Blanche Dorsey a l'air gênée devant ma joie.

— OK, vous commencez demain ?

— Demain ? Un dimanche ? Mais…

— Oui, je sais, je me suis dit : autant en profiter pendant que le staff de la prode est à Cannes. On fera connaissance. Et ensuite, pour Paris, ça sera plus simple.

— Paris ?

Dans ma tête, la marche arrière s'enclenche, les trompettes de la gloire passent au ralenti nauséeux, mes rêves d'emploi stable s'évanouissent. Euh, vivre à Paris ? C'est quoi, cette mauvaise blague ?

— Pour l'instant, voyons sur Cannes, OK ? Et pour demain, je ne crois pas que… Vu que vous payez à la Saint-Glinglin !

— Comment ? Non, enfin ! Vous craignez de ne pas être payée ?

Je hausse les épaules.

— Laissez tomber, allez… J'accepte le boulot, mais demain, c'est dur… J'ai mes mioches le dimanche.

— Pourquoi vous demandez pas à votre baby-sitter ?

— Demain, il ne peut pas.

— Pas grave, emmenez les enfants.

En même temps je me rends compte que finalement, ça serait pas mal ; ça me permettrait d'honorer la mission que j'ai promis de remplir auprès de Sergo, en secret. Je serai dans la place sous la couverture de secrétaire.

Ce qui est bizarre, c'est qu'elle a l'air enchantée que je vienne avec les enfants. Quelle est la patronne qui serait ravie que son employée amène tous ses gosses avec elle ? Son gros mystère plus ce truc-là, hum… Son dossier s'alourdit.

— Vous me raconterez l'histoire de votre progéniture, Rosie.

— Euh… Appelez-moi Cricri. Je préfère.

— Je vous envoie une voiture vers quelle heure ?

— Euh… Je ne sais pas… Vous avez besoin de moi quand ?

— Le matin va être très pris par la presse. Et si vous déjeuniez avec nous sur la plage de l'hôtel avec les enfants vers 13 h ? On discutera du contrat ?

La Tesla repart sans un bruit. La seule chose que j'ai en tête, c'est : le repas de midi de demain est assuré ! Même si j'aurais préféré un vrai salaire.

En franchissant mon seuil en parpaing je me dis : *flûte de crotte, je lui ai pas demandé combien je serai payée.*

Pastis saute à ma rencontre et se frotte à mes chevilles. Puis il entreprend de renifler le sac que j'ai rapporté, et je lui mets quelques morceaux de poulet dans sa gamelle. Je regarde tendrement tout mon petit monde qui ronfle. Quand je me couche, il vient m'écraser le ventre de tout son long.

Ça fait du bien de rentrer chez soi et de retrouver les bonnes habitudes loin des projecteurs.

Je récapitule ma journée et je me dis que ma mère avait raison. Finalement, l'événement le plus marquant, c'était bien l'épisode du supermarché. Dommage que je n'aie pas pu participer au débriefing.

Dimanche – Le jour de la disparition

24

Le dimanche matin ressemble à tous les dimanches matin habituels. J'ouvre un œil vers 9 h, réveillée par les miaulements désespérés de Pastis. Je comprends sa détresse. Tout le monde est parti, nous sommes seuls tous les deux.

Léo a déjà emmené les enfants au parc à jouer du McDo. Il a laissé un mot sur le miroir de la salle de bains.

Il est trop fin, ce garçon. Il a pigé que j'étais rentrée tard et il m'a laissée dormir. C'est gentil, mais mes filles me manquent, il faut que j'aille vite les retrouver. Avant de me lever, je constate que même s'il semble que j'aie du travail, peut-être même un double travail, il faut que je trouve des *radis* assez rapidement.

Tout en réunissant le linge sale qui traîne un peu partout, je me surprends à fredonner. C'est une chanson qui parle de cinoche. Un peu jazzy, ça swingue dans ma tête… « *Flash-back, tu regardes en arrière Toutes les choses que t'as pas pu faire Tu voudrais disparaître dans l'rétroviseur Mais personne n'a jamais arrêté l'projecteur Ainsi soit-il Tel est le nom du film…* » Cette fois, c'est le père à Matthicu Chedid. Décidément, je suis dans les pères !

Pour une fois, ma mère a un jour de retard avec son thème de cinéma ! *Maman, t'es à la traîne, là ! C'est fini, pour moi, le Festival ! J'ai fait mon job ! Je remonte pas le tapis rouge ce soir. Bon, OK, je bosse encore pour un acteur, mais c'est loin d'être une star, plutôt un toquard à ce que j'ai compris ! Ah oui, c'est vrai, je vais aussi faire la secrétaire pour une boîte de prode, là, c'est un peu comme être enfermé dans un placard, tu vois ? Pas de paillettes, pas de flashes, pas de soirées de gala !*

Je nourris mon Pastis qui me colle depuis que je suis debout comme s'il se doutait que j'allais moi aussi déserter le navire. Ensuite, je mets mon linge dans un sac poubelle et j'emporte le tout à la laverie automatique.

Puis je rejoins les mômes et on grignote ensemble les restes des sandwiches du Majestic, dans le jardin du McDo. Tout le monde apprécie, c'est délicieux. Quelques clients, leur burger à la main, nous jalousent, se demandant pourquoi ils ne voient pas ces succulents petits pains sur la carte. Il est un peu tôt et il manque un petit café pour que le brunch soit parfait. Je n'ai pas d'argent pour m'en prendre un.

Léo m'explique que Sabrina a eu son heure de gloire la veille pendant le débriefing avec les Gilets Jaunes.

— Elle leur a tenu le crachoir un quart d'heure et elle leur a expliqué l'impact que leur action allait avoir sur leur destin à présent.

— C'est vrai, ma puce ?

Que faire, à part l'encourager ? Je ne veux pas étouffer l'étincelle de la confiance en elle.

— Oui, maman. Je les ai aussi prévenus que cette action allait apporter des perturbations dans leur vie. Qu'ils s'attendent à des turbulences pas toujours agréables.

— Ah bon ?

— Oui, tu sais, un changement dans le quotidien, une prise de conscience, et hop ! Les dominos se cassent la figure.

Je note que son mot du jour doit être prise de conscience. Ou peut-être turbulence ? Ou perturbation ? Je répète, bêtement :

— Prise de conscience ? Vraiment ?

— Arrête de faire la psy avec moi, dit-elle en riant avant de partir jouer avec les jumelles qui la tirent par la manche.

Léo me prête son téléphone pour que j'entretienne la flamme de mes relations sentimentales avec mes pseudos amoureux virtuels, puis les enfants exigent de raccompagner Léo jusqu'au Select.

Dès l'entrée, je suis estourbie de questions par Mimi et Pascal. Il n'y a que Tony qui se renfrogne derrière son comptoir. Il fait semblant d'être plongé dans l'examen d'un magazine d'annonces immobilières. Je vois bien qu'il a ouvert ses oreilles comme des feuilles de chou pour ne rien perdre de mon récit.

Quand j'aborde la parano de Sergo et ce qu'il m'a confié la veille sur son futur mariage encore confidentiel, Pascal réagit au quart de tour. En tant que complotiste paranoïaque tous azimuts, il connaît par cœur tous les ragots sur les *people,* célèbres ou non, et il voit dans cette histoire un rapport direct avec le monde du foot et sa mafia. Les matchs truqués, les achats de footballeurs d'un club à l'autre, les arbitres vendus, les joueurs allongés, les pontes de la FIFA compromis, les enveloppes occultes russes, chinoises ou qataries d'un club à l'autre et les coups montés. Il me sort en vrac toutes ces données avec son analyse perso. J'écoute d'une oreille distraite parce que le foot, la politique et la mafia, c'est pas ma tasse de thé.

En ce moment, avec l'entrée en sixième de Sabrina qui se profile, je préférerais avoir des conseils sur les filières à suivre au collège, les erreurs à ne pas commettre dans la jungle de la navigation scolaire, comment éviter le racket et ce genre de gracieuseté qu'elle va rencontrer. Parce que c'est clair que là, je surfe à l'aveugle ! Heureusement, il y aura Simon pour la – je devrais dire pour nous – guider.

C'est bientôt l'heure de mon rendez-vous de boulot. Quand Tony apprend que je ne reste pas travailler chez lui, il se renfrogne encore plus.

— C'est pas possible de râler autant !

— Non, mais je voudrais juste savoir si je dois m'inscrire sur une liste pour que tu daignes venir bosser au Select de temps en temps.

— Écoute, Tony, t'es adorable, tu sais bien que c'est pas mon genre de cracher dans la salade.

— Soupe, dit Mimi.

— Quoi, soupe ?

— On dit cracher dans la soupe.

— C'est exactement ce que j'ai dit. Bon, puisque c'est comme ça et que vous vous êtes tous donné le mot pour me bassiner, je vous laisse entre raseurs. Sur ce, *morue pourrie te salue tant* [1] !

C'est un petit jeu de mots à ma sauce sauf que personne ne rit ou personne ne comprend, à part Sabrina qui me dit :

— C'est drôle, maman !

Tony détourne la tête, boudeur, les petites font la bise à Léo et nous rentrons tranquillement à la maison en faisant un détour vers la laverie.

Tout est lavé et séché. Je prends quelques minutes pour bien plier, c'est grâce à ça que je n'ai jamais besoin de repasser.

---

1. « *Ave, Caesar, morituri te salutant* » : Expression latine signifiant *Salut, César, ceux qui vont mourir te saluent*, paroles que prononçaient, en s'inclinant devant la loge impériale, les gladiateurs qui défilaient dans l'arène avant le combat.

Pastis nous guettait depuis sa petite lucarne. Au moment où il nous voit, il effectue un demi-tour à une vitesse éclair, fonce par le fenestron de derrière, et se précipite à notre rencontre. Il saute dans les bras de Sabrina qui craque.

— T'as vu, maman, de plus en plus, c'est sur moi qu'il saute maintenant.

— Je t'avais dit que c'était juste une question de taille. Maintenant que tu as grandi, il peut mieux s'étaler, avec toi. Il aime bien ses aises.

Douche, enfilage de fringues propres et pile-poil on est prêtes à temps.

Pastis est tellement écœuré de voir qu'on l'abandonne à nouveau qu'il se barre dans les cimes de notre arbre, devant la caravane, pour nous observer de loin avec dédain.

Au moment même où je ferme la porte de ma caravane à clé, j'entends des gravillons écrasés tout près. Pas de bruit de moteur, normal, c'est la grande prêtresse elle-même qui s'est déplacée pour venir nous chercher.

Indécrottable optimiste, je me dis qu'elle a peut-être compris l'allusion hier soir et qu'elle va me donner une enveloppe avec mon salaire dedans ?

Les petites s'engouffrent à l'arrière et je m'assois à côté de la conductrice. Au lieu de lui demander si elle a des sous pour moi, je me mets à l'engueuler.

— Excusez-moi, ça commence vraiment à m'inquiéter, votre délire, là ! Qu'est-ce que vous avez après moi ? C'est vrai, vous aviez parlé d'un chauffeur et vous venez vous-même me chercher ? Depuis quand une productrice n'a rien de mieux à faire que le taxi pour une secrétaire ?

— Tu vas être secrétaire, maman ? a demandé Sabrina, contrariée.

Blanche a ajusté son rétro pour l'observer.

— Pourquoi ? Tu n'as pas l'air contente que ta mère travaille.

— C'est pas ça, mais maman, elle est mieux comme psy ou comme serveuse au Select. Secrétaire, c'est pas pour elle.

— Pourquoi ça ?

— Elle a besoin d'action. Elle pourra jamais rester prisonnière d'un bureau, c'est mauvais pour sa lumière et moi je veux pas qu'elle s'éteigne.

Emma demande :

— La dame, elle veut t'éteindre, maman ?

— Vous arrêtez, un peu ? C'est quoi, ce ciné ? Justement, la dame, elle fait des films, alors vous ne pourrez pas l'avoir comme ça. Elle en connaît un bout plus que vous.

Lisa ronchonne :

— Je veux pas aller chez la dame si elle veut t'éteindre, maman.

— Ça tombe bien puisqu'on ne va pas chez moi, dit Blanche. On va à la plage. Déjeuner. Vous avez faim ?

Elle sait les prendre parce que le vent de mutinerie qui a failli souffler retombe aussi vite.

— Je voudrais vous présenter mon mari, si Rosie est d'accord ? dit Blanche.

— Cricri. Je préfère. Pour quelle raison vous voulez leur présenter Dorsey ? C'est de plus en plus louche, votre histoire.

Elle fait comme si son souffle lui manquait, elle ouvre la bouche sur un mot qui ne veut pas sortir et juste à ce moment-là, nous arrivons derrière l'hôtel. Un jeune stagiaire *car park valet service* prend les clés et nous parcourons au pas de course le hall de l'hôtel de l'arrière vers l'avant. Toujours au même rythme et en courant derrière la Dorsey, nous traversons la Croisette et nous descendons jusqu'à la plage où quelques personnes nous attendent à une table ronde.

Jusqu'à présent, j'ai pas vu l'ombre d'un radis !

25

Je m'attendais à un banquet avec tout le personnel de la boîte de prode, en fait il n'y a qu'Audrey et un bonhomme. Même s'il est de dos, je reconnais tout de suite Dorsey. Ils sirotent leur spritz tous les deux. Quand il me voit, il se lève en faisant tomber sa chaise. Un serveur se précipite pour la ramasser.

Blanche présente le réalisateur aux enfants comme pour une cérémonie. C'est très étrange comme situation. Les jumelles pouffent de rire nerveusement.

— Michael Dorsey, mon mari. Et voilà les enfants de notre superwoman. Attention, Michael, Rosie veut qu'on ne l'appelle que Cricri.

Elle émet alors un drôle de rire aigu de fausset.

Audrey nous fixe tous comme si on était tombés sur la tête. Je ne sais pas quoi faire. Ce type m'a à peine regardée hier pendant toute la soirée sauf pour répéter en boucle *superwoman superwoman* et soudain, le voilà tout ému devant les filles et moi. Comme s'il me rencontrait pour la première fois.

Bon. C'est là qu'on dit « How do you do ? » ou « Enchantée » ? « Ravie » ? Mais de quoi ? Je me demande à quoi rime tout ce cirque. Emma et Lisa, hissées sur leur chaise, réclament des frites à cor et à cri. Sabrina observe le mari de Blanche avec méfiance.

— Sabrina, arrête de dévisager monsieur Dorsey. C'est le mari de ma patronne et c'est un réalisateur célèbre, alors essaie d'être bien élevée.

— Maman, je crois que tu es trop naïve, me répond Sabrina.

— Arrête de faire ta psy, toi aussi et choisis une boisson pour commencer.

— Pourquoi a-t-elle dit ça ? demande Audrey.

Sabrina plonge son regard dans les yeux de la responsable de la communication comme si elle voulait l'hypnotiser et elle lui dit :

— C'est simple. Une patronne, ça mange pas avec sa secrétaire. Ça présente pas son mari. Alors, je crois que madame Dorsey, elle fait semblant d'être sa patronne.

Mari et femme échangent un regard mal à l'aise et Audrey ne sait pas quoi répondre. Pour une fois, je ferme mon clapet. Il va falloir que je creuse sérieusement ce que me veut la meuf au chapeau. Les Dorsey me font signe de m'asseoir entre eux deux.

Ce repas est étrange. Décidément, le film d'hier continue. On nage en plein scénario fantastique. La chanson de ma mère n'était pas tout à fait en retard. Le cinoche continue. Chacun semble perdu dans ses pensées.

De mon côté, c'est normal, ça turbine sous mon couvercle. Audrey est repartie dans ses plans marketing. La patronne et le génie, c'est pas normal. D'ailleurs, leur mutisme est très bavard. Des milliers de mots se bousculent au portillon de leur bouche et n'arrivent pas à sortir. Ils voudraient mais n'osent pas. C'est flagrant.

Quand on arrive au dessert, je donne un coup de pied dans ce silence :

— Et vous faites quoi dans la vie, monsieur Dorsey, quand vous ne réalisez pas des films qui se cassent la figure ?

Tout le monde a sursauté au son de ma voix. Dorsey éclate de rire.

— Je joue dans des séries, dit-il avec son accent de la doublure des Laurel et Hardy. Chaque fois qu'il y a un second rôle anglo-saxon dans une de vos séries françaises, c'est moi, l'Anglais de service. Ou l'Américain.

— Au départ, vous êtes anglais ou américain ?

— Je suis canadien.

— Canadien ? J'en ai connu un, il y a quelques années.

— Il s'appelait Linus Robinson, dit Sabrina. C'était l'amoureux de maman.

— Oh, l'amoureuseeeee, oh, l'amoureuseeeee, chantent en chœur les jumelles.

— Vous avez connu Linus ? demande Blanche. C'est drôle, j'ai fait un documentaire sur lui il y a quelques années. C'est devenu un ami.

Je change de conversation parce que je n'ai pas envie de ressasser certains mauvais souvenirs. Quand j'y pense d'ailleurs, *mes histoires d'amour finissent toujours mal en général.*[1]

C'est en grande partie ma faute. L'idée de me retrouver liée à un même bonhomme toute ma vie me paralyse d'horreur. Et puis je ne sais pas pourquoi, la plupart du temps, au bout de quelques jours, l'attrait disparaît. J'ai envie de retrouver mes pénates, tranquille, et surtout que personne me demande des comptes sur mon emploi du temps.

Tony le fait assez tout le temps, c'est suffisant ! Lui, j'accepte parce que c'est pas privé, c'est professionnel.

— Donc vous êtes spécialisé en plantages ?

---

1. « Les *histoires d'amour, finissent mal, en général.* » est une chanson des Rita Mitsouko qui ouvre l'album *The No Comprendo* sorti en 1986. C'est l'un des trois « tubes » de l'album, avec *Andy* et *C'est comme ça*.

Blanche Dorsey prend la défense de son mari.

— Je connais bien mon métier. Les films sont remboursés avant leur sortie. S'ils marchent bien, c'est formidable et s'ils ne rencontrent pas leur public, nous ne perdons rien. Bien sûr, c'est toujours mieux quand un film marche, mais c'est la vie, j'en ai vu d'autres, et Michael aussi.

— C'est pratique comme système. Tous les autres sont des cons, vous êtes des génies et en plus vous ne perdez rien.

— Oui. C'est un système qui permet de faire des films parfois difficiles, exigeants, sans être forcément tributaires des ventes et du public.

Je sens une migraine qui commence à me serrer le front. Elle ne se rend pas compte, elle continue :

— Les gens ont de la merde dans les yeux, ils ne savent pas reconnaître le génie. L'argent n'est pas le plus important !

— Oui, l'argent peut même être un gros mot parfois.

Elle ne relève pas mon sarcasme. Tout à coup je remarque l'absence de notre star footballistique.

— Ça s'est bien passé, vos conférences de presse, ce matin ? Sergo était en forme ?

— On a fait sans lui. Il n'est pas venu ! dit Blanche Dorsey, furieuse.

— Faut dire qu'avec la cuite qu'il a prise hier soir, je dis, je comprends que… Vous n'avez pas essayé de le réveiller ?

— Non, dit Audrey. Il est hyper chatouilleux sur ce point-là. Il nous l'a interdit. On a réussi à se passer de lui. OK, bon, les journalistes n'ont pas vraiment apprécié son absence. Surtout qu'ils avaient aiguisé leurs crocs. Ils avaient prévu de le manger tout cru. Ils voulaient aussi lui poser des questions sur son altercation avec les Gilets Jaunes hier.

— Et vous, monsieur Dorsey, ça s'est bien passé avec les journalistes ?

— Oh, moi, j'ai l'habitude des lynchages. Et puis certains critiques aiment mon travail, alors à la fin d'une conférence, en général, ils s'insultent entre eux. Vos filles sont vraiment mignonnes. Vous devez être heureuse.

Le pauvre. Il ne sait pas que sur le sujet de mes filles comme sur celui de Pastis, je suis intarissable. Tout en parlant, je guette chez lui le signe du premier bâillement d'ennui, mais non. Il a l'air passionné par mon histoire. Et je vois bien que Blanche Dorsey écoute aussi, tout en prenant un air indifférent.

Les jumelles ont fini frites et glaces et elles trouvent soudain Dorsey très attirant avec sa barbiche et sa casquette et elles se mettent en tête d'envahir sa place forte. La reddition est acquise. Il se laisse faire avec délice tout en écoutant mes histoires dithyrambiques sur ma smala.

Sabrina met son grain de sel de temps en temps, suscitant un grand intérêt. Les époux Dorsey se regardent, ravis et admiratifs. En général, c'est moi qui ai ce regard-là en regardant mes enfants. Je ne sais pas ce qu'il se passe dans leur caboche, s'ils croient endormir ma méfiance en me faisant parler des filles, ils se fourrent la cuillère à dessert dans l'œil jusqu'au manche. Oui, je sais, c'est pas l'expression exacte mais tout le monde a compris.

Michael Dorsey n'a plus de casquette sur son crâne, ses cheveux sont en pétard, sa barbichette tiraillée, son T-shirt tire-bouchonné. Et il affiche un sourire béat. Ils veulent tous nous adopter ou quoi ? Désolée, j'ai déjà Gaston qui joue ce rôle dans ma vie. Comme un père adoptif. J'en ai pas besoin d'un autre. Et ma mère, je veux pas la remplacer. Ou alors, ils veulent m'embobiner pour me forcer à un acte délictuel ! Et quel rapport avec mon nom de famille, puisque tout a commencé quand je l'ai prononcé ?

Le temps passe vite quand je parle de mes gosses et soudain Audrey se lève. Elle, elle a bâillé plusieurs fois.

— C'est pas pour jouer les rabat-joie, on a du pain sur la planche, dit-elle. Vous venez, Blanche ? Le type de la Warner nous attend au Carlton.

— J'y vais, dit Blanche. À mon avis il veut annuler le précontrat qu'il avait signé avec nous en confiance. Ferrier, soyez gentille d'accompagner Ros… euh, Cricri, à nos bureaux à l'hôtel pour la présenter à votre équipe. Ils lui donneront du travail de secrétariat en retard, OK ? Les classements, quelques e-mails basiques à envoyer, etc.

— Comment ? Mais… elle est… ?

— Oui, je l'ai engagée hier soir, j'ai oublié de vous le dire. Vous direz qu'on établisse un contrat.

Des malades du contrat, ces gens-là.

— Et ses enfants ? balbutie Audrey.

— Elle les emmène avec elle.

— Mais… Mais…

Blanche Dorsey ne l'écoute plus et part en avant.

— Je vous accompagne, dit Michael. Je m'occuperai des enfants.

Audrey roule des billes incrédules.

Je jette un regard sur notre table et je constate qu'il reste des tas de frites et de la tourte niçoise. Je glisse deux mots au serveur à part.

Nous voilà tous partis vers l'hôtel. J'essaie de marcher à la hauteur d'Audrey et je lui glisse :

— Vous savez quand je recevrai ma paye pour hier soir ?

— Aucune idée. Ça dépend pas de moi, c'est le comptable qui…

Je me tais un moment, puis dans l'ascenseur, je me penche vers elle et je lui demande :

— Vous croyez que je pourrais avoir une avance sur mon salaire ?

Cette fois, elle me regarde exaspérée.

— Je vous l'ai déjà dit ! Faut demander au comptable.

— Il est où ? C'est qui ?

— Il est à Paris. Vous ne l'aurez pas avant demain, il ne travaille pas le dimanche.

26

Quelques minutes plus tard, après qu'Audrey m'a présentée à son équipe et en particulier à la cheffe de ses collaboratrices, une certaine Florence, me voilà affublée d'un casque sur la tête et d'un ordinateur devant moi. Je dois faire partir plusieurs e-mails après avoir retranscrit des textes enregistrés par la patronne. Bien entendu, avant de les envoyer, je dois les montrer à Flo, pour qu'elle les vérifie.

Il y a toujours un bourdonnement dans la pièce, des gens affairés. Mais il me semble que la tension est plus élevée. Une sorte d'effort désespéré pour faire comme si. Comme si le film était toujours dans la course. Comme si tous les partenaires n'appelaient pas pour décommander les rendez-vous. Comme si le bébé avait encore toutes ses chances.

Michael Dorsey m'a demandé la permission d'emmener les enfants au manège. Après avoir pesé le pour et le contre, je me dis qu'il n'y a aucun risque qu'il les fasse disparaître ou qu'il les enlève et je l'autorise à les emmener pour mieux me concentrer sur mon travail. En s'éloignant, il me crie :

— Vous venez à la fête sur le yacht, ce soir ?

Sans bien comprendre de quoi il s'agit, je fais non de la tête. Je n'aime pas trop me faire coincer dans des traquenards soi-disant festifs, entourée de gens que je ne connais pas. Et puis je serais pas à ma place ! Un yacht ? Franchement ? De toute façon, le soir, j'aime bien rentrer chez moi et m'occuper des filles.

Avant de commencer le boulot, je demande des nouvelles de mon patron de la veille.

— Il s'est réveillé, monsieur Sergo ?

— Non, il dort toujours.

On frappe à la porte. Je vais ouvrir. C'est le room service qui apporte un paquet pour Rosie Maldonne. Je sais qu'il s'agit du *doggy bag* contenant les restes du repas que j'ai demandé au serveur tout à l'heure. Personne n'ayant rien remarqué avec le remue-ménage qu'il y a ici, je glisse le paquet dans mon sac ni vu ni connu. J'aime pas le gaspillage.

Toute fière, je termine assez rapidement la rédaction des messages et j'appelle ma cheffe Flo pour lui montrer mon travail.

— J'arrive ! me répond-elle, agacée d'être dérangée. Prenez donc une pause en attendant.

Je me fais un café à la machine, puis j'admire la vue et je passe et repasse devant la porte de la chambre de Sergo.

J'ai envie de le réveiller pour discuter un peu. C'est vrai, je pourrais lui demander qu'il aille retirer de l'argent à un distributeur pour m'en prêter un peu en avance sur mon salaire…

Je regarde autour de moi. Tout le monde est occupé. J'entre rapidement dans la chambre.

D'abord, je ne vois rien, tout est sombre. Puis je m'habitue peu à peu à l'obscurité et je distingue quelques détails. C'est le choc. Premièrement : le foutoir. Tout est sens dessus dessous. Des chaises renversées, des guéridons par terre. Ça craque sous mes pieds. Du verre brisé. Je fonce vers la fenêtre pour ouvrir grand les rideaux occultants. Je me retourne. Le lit est défait, vide ! Les draps emmêlés traînent par terre. Pas de Sergo se prélassant la bouche pâteuse, le regard glauque après une bonne nuit de biture.

J'appelle doucement puis de plus en plus fort :

— Monsieur Sergo ? Monsieur Sergo ? Vous êtes là ?

Je me penche pour regarder sous le lit. Personne. Les placards ? Personne.

Soudain, la porte s'ouvre. La cheffe de la bande à Audrey me toise.

— Mais... Mais... qu'est-ce que vous faites là ?

— Sergo a disparu ! je m'écrie. Il n'est plus dans son lit.

Je pense à ma mère et à sa chanson. On est passé d'un film intello à un film d'espionnage sans m'avertir ?

— Il a dû rejoindre la patronne, répond la Florence en question, désinvolte.

— Et vous ne l'auriez pas vu passer ? Et ces verres cassés ? Et ce mobilier renversé ? Vous trouvez cette scène normale ? je lui demande en désignant la grande chambre d'un geste circulaire.

— C'est un spectacle ordinaire quand les gens rentrent bourrés de leur folle nuit, dit-elle, blasée.

Elle frappe à la salle de bains privée :

— Alan, Alan, tu es là ?

Elle ouvre. Même topo, il n'y a personne.

— Bon, OK, je préviens la patronne. D'abord, venez, j'ai deux mots à vous dire à propos de votre boulot.

Mes e-mails de rien du tout sont plus importants pour elle que la disparition de Sergo ?

Elle me précède et m'emmène vers mon ordinateur. Elle se penche et lit à haute voix.

— Enfin... Quand même... Recevoir avec un S ? Vraiment ? Cher avec AI ? Sortie avec un Y ? C'est une blague ?

Je me décompose. Encore un boulot qui va me passer sous le nez ! Tout ça pour quelques mots orthographiés à ma façon. Ça va, c'est pas un crime !

— Non, c'est pas une blague, je balbutie.

— Vous avez quoi comme diplôme ? Pigier ? Un BTS ? Gestion ?

— Euh, non...

— Vous avez le bac ?

— Non, je... Je me suis arrêtée en quatrième, je dis, piteuse.

Et puis, je me souviens que j'ai un atout :

— Mais ma quatrième, je l'ai faite trois fois ! Je la connais par cœur !

À ces mots, elle m'observe soudain avec plus d'intérêt. Elle se gratte le coude puis la cheville. Elle ouvre et referme la bouche plusieurs fois, puis sa sentence est émise :

— Virée. Allez, ramassez vos affaires et sortez. Comment voulez-vous qu'on travaille ensemble si je dois tout refaire derrière vous ? C'est une perte de temps. Vous êtes une perte de temps pour moi.

— Je comprends.

Elle se radoucit.

— Ce n'est pas personnel, comprenez-moi bien. Enfin... Je ne vois pas comment je...

— OK, n'en rajoutez pas, j'ai compris.

C'est pire, quand elle essaie d'être gentille.

Je prends mon cabas recyclable et je me dirige vers la porte. Je l'entends composer un numéro et communiquer l'info sur la disparition de Sergo. Pas un mot sur mon renvoi. Je ne vaux même pas la peine qu'on en informe ma patronne.

Je sors.

27

Dans le couloir, je passe devant la porte de l'autre obsédé sexuel de la 320 et je me dis que je pourrais peut-être essayer de négocier la possibilité d'une audition payante. Il avait l'air mordu, hier ! Il sait que je suis Super Woman, donc je ne pense pas qu'il oserait tenter quoi que ce soit avec moi. Je ne suis pas une petite sans défense.

Et si je lui dis que je suis OK pour passer une audition, faire un essai pour tourner dans un film, mais que je prends quinze euros par audition ? Pas con !

Toute fière de mon idée, je frappe à la porte et sans attendre, je rentre. Le gros ponte est assis sur un immense canapé, entouré d'une armée d'assistants et de stagiaires qui s'affairent à on ne sait quoi.

Quand j'entre, tous les regards se tournent vers moi. La vieille grincheuse qui l'accompagnait la veille me toise :

— Qui êtes-vous ? Vous avez rendez-vous ?

Un des assistants, d'une voix excitée, murmure assez fort pour qu'on l'entende :

— C'est la superwoman. Celle qui a fait le *buzz* hier.

Le salopard se lève et s'avance vers moi tout sourire, comme un serpent qui voit la souris entrer dans son périmètre d'hypnose.

— Sortez, dit-il doucement.

Le temps que je me demande à qui il parle, comme par magie, la pièce se vide. Ils sont tous partis comme une tornade dans une autre pièce de leur suite.

— Vous avez reconsidéré mon offre ? demande Rotzak. Vous acceptez de passer une audition ?

Je sens la ruse dans ses yeux. Comme *qui ne risque rien n'a rien*, je murmure :

— Euh… Oui, je veux bien passer une audition, euh… C'est quinze euros.

Il a l'air étonné et amusé.

— Quoi, quinze euros ?

— Ben, pour que je passe l'audition, c'est quinze euros.

Il a l'air de se payer ma tête.

— Vous savez, ce n'est pas la coutume. Enfin… j'accepte, dit-il.

Je réfléchis à toute vitesse. Ça pue l'arnaque. Je sens qu'il n'a pas du tout l'intention de me donner quoi que ce soit. Il a dit oui trop vite. Il me prend pour une petite starlette comme Vanessa. Il veut sûrement me faire passer à la casserole, comme toutes les autres. Je me suis surestimée.

Ce qu'il faudrait, c'est le piéger. L'enregistrer en pleine action. Seulement, mon téléphone est tellement foireux que je ne peux rien faire de ce genre avec. J'ai trouvé. Je vais revenir avec le téléphone de Léo et le faire tomber dans mon traquenard. Je le laisserai commencer sa drague salace et je filmerai en douce, puis je me tirerai vite fait. Flûte et crotte de bique, j'aurais dû y penser avant d'entrer ici et mieux préparer mon coup.

Comme je n'ai pas envie qu'il me touche pour rien avec ses sales pattes, alors qu'il s'approche dangereusement de moi, je recule jusqu'à la porte d'entrée.

— OK, j'auditionne, mais là, tout de suite, je suis pas prête. Donnez-moi un rendez-vous précis, je ne veux pas vous déranger maintenant.

Il se colle à moi.

— Aujourd'hui, c'est parfait. Maintenant, tiens, pourquoi pas ? Tu as déjà joué ? Tu as fait du théâtre peut-être ? Des courts-métrages ? Je sens un vrai talent chez toi.

Il commence à se frotter et à défaire sa ceinture. « *Ainsi soit-il, Tel est le nom du film...* » En trois minutes, on est passés dans un film de cul. Je suis tétanisée. Oui, moi, Rosie Maldonne. Je réponds :

— J'ai chanté. Dans un opéra. C'était un défilé de mode aussi.

— C'est bon, ça, c'est bon, dit-il.

Pourtant, je vois bien qu'il ne sait plus ce qu'il raconte. Je commence à paniquer et je me débats. On dirait que c'est le signal qu'il attendait pour démarrer. Il me fout une baffe et appuie sur ma tête tout en me tenant fermement le bras.

Je me mets à gueuler.

— Oh, là, hé ? Vous vous croyez où ?

Mince, je suis en train de foutre en l'air tout espoir de le piéger un jour. *Laisse-toi faire un peu et promets-lui tout ce qu'il veut, tu reviendras avec ta caméra,* me dit la petite voix raisonnable et intelligente qui parfois se fait entendre en moi et que je n'écoute jamais.

Comme à mon habitude, elle a parlé pour rien, c'est plus fort que moi. Je gueule un bon coup tout en saisissant une carafe d'eau que je lui casse sur la tête.

En une seconde, le voilà refroidi. Il se met à brailler comme un gosse, il dégringole et se retrouve à quatre pattes au sol, tout mouillé.

— Ouille, ouille ! Je saigne !

C'est pas vrai, il ne saigne pas, ça doit être l'eau qui dégouline qui lui donne cette sensation. Je me penche vers lui, je le retourne comme une crêpe et je finis de lui défaire son pantalon et son boxer en les tirant sur ses genoux, pour qu'il n'y ait aucune équivoque sur la situation de légitime défense au cas où il voudrait m'accuser d'agression.

En même temps, je sais bien que personne dans sa bande ne raconterait ce qu'il s'est vraiment passé. Je ne suis pas contente de moi. Je ne peux rien faire avec tout ça, c'est ma parole contre la sienne et en plus je n'avais vraiment pas à être ici, je me suis jetée toute seule dans la gueule du loup.

— Qui m'a foutu une hystérique pareille ? continue-t-il de gueuler. Elle a ses règles ou quoi ? Floriane ! Floriane ! Apporte des pansements !

Je lui assène un coup de pied dans les côtes. « *Ainsi soit-il, Tel est le nom du film...* » Cette fois, c'est sûr, on est dans un film d'action.

Je vois la vieille qui se précipite vers lui avec empressement.

— Tout de suite, Nico !

Un regard furtif vers moi. J'ai comme l'impression d'avoir surpris une étincelle de moquerie dans ses yeux. Elle ne me dit rien, fait comme si je n'existais pas.

J'en ai un peu marre d'interpréter tout ce qui m'arrive en termes de cinéma. C'est la faute à ma mère et à cette chanson. Dans la famille Chedid, cherchez le père !

Je quitte la pièce en claquant la porte avant que toute la bande de vendus ne rapplique.

28

Je descends par l'escalier pour ne pas attendre l'ascenseur au cas où l'autre déciderait de me courir après. Je vais aller au manège récupérer les enfants puis on rentrera tranquillement. J'ai soudain besoin de repos. Heureusement que j'aurai toujours du boulot chez Tony. C'est un roc, lui. Pas de risque qu'il me vire un jour.

Je croise Michael Dorsey rentrant à l'hôtel avec les enfants. Tout le monde a une glace à la main, les petites tiennent d'énormes boîtes contenant de la pâte à modeler et des animaux de la ferme et Sabrina a au moins dix mangas dans un sac de librairie.

Quand il voit mon regard, il baisse la tête, piteux.

— Oui, je sais, j'aurais dû vous demander avant, mais elles sont tellement adorables, je n'ai pas pu résister à l'envie de les chouchouter un peu. Vous avez déjà fini le boulot ? demande-t-il.

— Oui. Merci pour les petites. Vous direz à Blanche qu'elle déduise vos frais de mon salaire.

Tout en disant cela, je me dis qu'en fait, ce salaire, je ne le verrai jamais.

Il me regarde, médusé.

— Tout va bien ?

Je marmonnc une réponse et je m'éloigne avec les petites sans leur laisser le temps de dire au revoir.

— Je sais pourquoi on rentre, me dit Sabrina.

— Moi aussi, dit Emma.

Et Lisa, qui fait toujours tout comme Emma, répète après elle :

— Moi aussi.

— Parce qu'ils ont voulu t'éteindre et toi, t'as pas voulu, dit Sabrina.

Emma fait un bisou sur ma main. Et Lisa pleurniche :

— Moi, je veux pas qu'on éteigne maman.

Cette petite scène a mis du baume à mon cœur de mère et on rentre en chantonnant l'air de la mienne, de *mother* : « *Mais personne n'a jamais arrêté l'projecteur, Ainsi soit-il, Tel est le nom du film...* »

En arrivant devant chez nous, j'ai la surprise de trouver Tony assis sur les parpaings qui me servent de perron. Pastis est sur ses genoux et il lui fait une séance complète de papouilles.

Quand je lui demande ce qu'il fait là, il me dit qu'il avait une visite professionnelle dans le coin.

— J'ai acheté une grosse tarte à l'abricot sur mon chemin pour les filles.

— Et Pastis ? Depuis quand tu aimes les chats, toi ? C'est nouveau ?

— J'aime pas LES chats, Cricri. J'aime TON chat. C'est pas pareil.

Houlaaaa ! C'est une attaque frontale ou je ne m'y connais pas !

Il lui arrive de plus en plus souvent de transformer le Select en garderie quand j'ai un truc à faire et que Léo n'est pas disponible. Les gamines l'aiment beaucoup et le café est pour elles un terrain de jeu infini. C'est pratique aussi pour les faire manger car il y a tout ce qu'il faut sur place, ou pour faire les devoirs, au fond de la salle.

De là à passer un dimanche parce qu'elles lui manquent, et à entreprendre de séduire Pastis, je soupçonne une carambouille.

— Dis-moi la vérité. T'es venu pour quoi ?

Le voilà qui se trouble, ça doit être grave. En même temps, impossible de le faire parler. Il évite, il louvoie, il contourne le sujet.

Sabrina lui raconte leur emploi du temps et il s'assombrit quand elle arrive au passage où Michael Dorsey a payé des tours de manège aux petites, des glaces et des cadeaux.

— Moi, je suis trop grande pour le manège, dit-elle sur un ton supérieur, seulement une glace, je ne dis jamais non.

— Le sucre, c'est très mauvais, dit Tony. C'est du poison. Tu veux finir avec du diabète ?

Depuis qu'il est végan, il se pique aussi de diététique et il est devenu un véritable ayatollah du bien-manger.

— Et ta tarte, alors ? lui rétorque Sabrina. Tu veux nous empoisonner ?

Les jumelles hurlent de peur.

— Tony veut nous empoisonner !

— Pas la peine de pousser des cris d'orfraie, leur dit-il, vous n'avez pas l'air très malignes. C'est une tarte au sucre de coco, aux abricots du marché, avec une pâte sans gluten à la farine de châtaigne bio. Alors y'a pas photo avec vos glaces pourries.

Non mais je rêve ? Un vrai gosse, ce Tony !

— Depuis quand l'or est frais ou pas ? je lui demande. Tu es vraiment prêt à tout pour te faire remarquer !

Il me fixe avec des yeux ronds en se demandant si je le fais exprès. Il finit par éclater de rire. C'est assez rare pour le noter. J'ai parfois cet effet sur lui. Ou je l'énerve grave, ou je le fais rire.

— Maintenant que je suis là, tu peux m'inviter à entrer, non ?

— Entre donc !

J'ouvre et les jumelles foncent dans leur cabine pour déballer leurs jeux tandis que Sabrina envahit la banquette pour lire ses BD.

Nous voilà comme deux empotés au coin du petit canapé.

— Tu veux quoi ?

Je fouille les placards, c'est un peu la *dèche*. Finalement, je trouve des sachets de thé au fond d'un tiroir. Ça sera donc du thé datant de Mathusalem.

— La prochaine fois que je viens, je t'apporterai un peu du stock en trop de jus de tomate qu'on a à la cave. Ça te fera des boissons pour recevoir. C'est pratique.

Je hoche la tête. Je trouve ça sympa. Et je ne peux pas m'empêcher de remarquer qu'il a parlé de revenir.

— Pourquoi t'as à faire dans le quartier ? Tu comptes revenir souvent ?

Il bredouille :

— Euh… Oui… Euh… Non…

De plus en plus louche. Il change de sujet.

— Et avec l'autre, là ? Le footballeur reconverti en clown ? Comment ça s'est passé, hier ? J'ai vu des images de votre montée des marches.

Ma parole ! Il est jaloux de Sergo ! C'est pour ça qu'il est venu jusqu'ici. Je fais celle qui n'a rien remarqué selon ma politique *autruchienne* qui a fait ses preuves : ce qu'on fait semblant de ne pas savoir, c'est comme si ça n'existait pas. C'est Mémé Ruth qui me l'a appris.

Je sors le *doggy bag* de mon sac. Tony refuse la tourte (végan oblige, elle est bourrée d'œufs et de crème), mais il accepte les frites. Il trouve une vieille tomate dans le bac à légumes et il l'écrase pour en faire un jus cru qu'il partage avec tout le monde. Les petites font la grimace. Je sais quoi lui faire la prochaine fois qu'il viendra.

— T'as pas un verre de vin dans tes placards ? me demande-t-il.

— Désolée, c'est la débine complète en ce moment. Ils m'ont pas encore payée, les autres *Parigots*, là !

— Si j'avais su, j'en aurais apporté une, dit-il en souriant. Je voulais pas que tu penses que je m'invitais de force à casser la croûte. Il y a toujours des fonds de bouteille au Select ! Tu pourrais les prendre des fois, pour avoir un peu de vin pour quand t'invites des amis à manger. Et ça me dépannerait bien, je peux pas tout boire tout seul et ça fait quand même mal au cœur de jeter !

Je pourrais me vexer car il me propose seulement ce que laissent les clients et me dire que pour moi y'a que les restes qui sont bons, mais je sais que c'est par délicatesse qu'il me les offre. Il ne veut pas me donner l'impression qu'il me fait de vrais cadeaux, il me connaît bien. Il sait que je lui en voudrais de lui devoir quelque chose. Tandis que là, pour lui rendre service, c'est lui qui m'est redevable.

Je pense à la rumeur qui court sur le fait qu'il ait été patron de café si jeune.

— C'est vrai que le Select, c'est ton ancien patron qui te l'a légué quand il est mort ?

— Et mon cul, c'est du poulet ?

Les jumelles pouffent de rire et se mettent à chanter :

— *Une poule sur un mur, qui picore du pain dur, picoti, picota, pète un coup et puis voilà !*

Sabrina prend ses grands airs :

— Tony, surveille ton langage devant les petites, s'il te plaît.

Tony se moque :

— Quoi, tu voudrais que je dise mon derrière ? Mon popotin ? Mon postérieur ? Mon arrière-train ?

— Puisque tu es dans les poulets, tu n'as qu'à dire ton croupion, rétorque-t-elle.

Elle se replonge dans son manga, vexée.

— Alors, tu l'as hérité ou pas ?

— Je l'ai payé à crédit jusqu'au dernier centime, tu veux dire ! À son neveu qui avait hérité. Il vit à Paris. Il travaille dans les assurances. T'es contente ? C'est quoi, cette question ?

— Non, c'est comme ça, je voulais savoir, c'est tout !

— Et toi, ton *footballeux* ? Raconte !

— Toi, quand t'as une idée dans la tête tu l'as pas dans le...

Sabrina lève un œil de son livre et m'envoie un regard glacé. Je me rattrape de justesse pour finir ma phrase :

— ... croupion !

Au moment où je vais commencer à lui raconter ce qu'il s'est passé, qu'on ne retrouve plus Sergo et tout le cirque, mon grillon se met à grillonner. C'est ainsi que mon téléphone sonne, je l'ai déjà dit, mais je préfère quand même répéter pour être sûre que tout le monde suit !

29

C'est mon pote Borelli qui a été promu commissaire l'an dernier après avoir passé des tas de diplômes.

— Oh ! Co-mmi-ssai-re Borelli ! Que me vaut l'honneur ?

— Maldonne, ne faites pas la doucereuse. Je suis sûre que vous savez pourquoi j'appelle.

— La disparition de Sergo ? je demande tout à trac.

Tony ouvre de grands yeux et hausse les épaules. Il attrape Pastis qui traîne sur la table et le caresse maladroitement. Normal, il est entièrement concentré sur ma conversation téléphonique.

— Pile-poil ! s'exclame Borelli. Bon, ça vous dérange si je passe vous voir tout de suite ?

— Passer maintenant, euh, pas vraiment envie, j'ai du monde là…

— Depuis quand vous faites des réceptions ?

— Ola ! Calmos, l'artiste ! Je fais ce que je veux chez moi ! On est encore en République ou pas ?

Il ne relève pas et continue sur sa lancée :

— Et vous savez ce qui ne m'étonne pas du tout dans cette histoire ?

— Que je sois dans les parages de ce nouveau fait divers ?

— Bingo ! s'exclame-t-il en hurlant. C'est quand même dingue, non ? Dès qu'il se passe quelque chose d'un peu chaud dans le coin, cherchez l'erreur : Rosie Maldonne n'est pas très loin.

— Bon, si vous appelez pour m'engueuler, c'est même pas la peine, je raccroche, hein ? J'ai pas que ça à faire ! Y'a école demain et les petites ne sont pas encore au lit. Et si vous crachiez le morceau ? Vous voulez quoi ?

— Tout, Maldonne. Tout !

Je me mets à lui raconter toute l'histoire de Sergo de mon point de vue, mais je garde toujours une poire pour la soif, comme me l'a appris ma mémé. Il ne faut pas dévoiler toutes ses batteries d'un seul coup. On sait jamais, à notre époque de guerre de données, ça peut servir.

Je ne lui dis donc pas qu'à la projection, il y avait un mafieux russe, deux malabars, un jeune Chinois arrogant qui avait l'air louche et un trapu milliardaire connu pour de sombres histoires de corruption, qui plus est, le père de la star du film. Je raconte pas non plus comment j'ai rencontré le footballeur-acteur, ni comment la productrice est venue me chercher au supermarché durant l'action des Gilets Jaunes. Je sais que la police, ils en ont gros après eux et j'ai pas envie de me faire mettre en garde à vue.

À ce propos, il faut que j'appelle mes potes pour savoir ce qu'ils ont décidé après cette action. C'était quand même excitant, en y repensant, tous ces chariots remplis de rêve.

Je lui dis juste deux ou trois trucs :

— Bon, je vous fais la version courte. J'ai été le garde du corps de Sergo hier soir pour la montée des marches et leur fête de film. Aujourd'hui, la productrice m'a invitée avec les petites pour me remercier du boulot bien fait.

— Quel boulot ? ricane-t-il. Garde du corps ? Vous ? On aura tout vu !

Tony, ce faux-cul, ricane lui aussi en douce. Le bruit déplaît à Pastis, qui agite nerveusement la queue en feulant dangereusement. Tony ferait bien de se méfier s'il ne veut pas recevoir un coup de griffe parti sans faire exprès !

— Vous avez raison, je réponds à Borelli. Je n'ai rien fait, il ne s'est rien passé, j'ai juste accompagné le type. Ce n'est pas ironique, c'est la vérité, je pense comme vous, mais bon, ces gens-là se sont mis en tête que c'était mon job.

Tony a l'air de bouillir en avalant son riz rose tout en triturant le chat. Quand il est comme ça, c'est que la jalousie le dévore. Je ne comprends pas pourquoi ce type se met dans des états pareils avec moi alors que je lui ai jamais rien laissé sous-entendre. J'apparais régulièrement avec d'autres chéris à mon bras, bref, il n'y a pas eu l'ombre d'une ombre d'une amourette entre nous !

Pastis hésite entre un coup de griffe sur le nez ou sur la main de Tony.

— Laisse le chat, s'exclame Sabrina. Il veut plus tes caresses.

Pastis saisit l'invitation et il saute des genoux de Tony à ceux de Sabrina, ravie de l'aubaine.

Les filles ont fini leur repas, Sabrina découpe la tarte à l'abricot qu'elle distribue à tout le monde. Je refuse ma part d'un froncement de nez, juste pour embêter Tony. C'est vrai, quoi ? C'est quoi, son plan de venir chez moi m'acheter avec de la tarte ? Il a quoi en tête ?

Borelli, au bout du fil, s'impatiente :

— Bon alors, et la suite ? Aujourd'hui ?

— Tout le monde a parlé de Sergo qui ne s'était pas réveillé le matin. Dans l'après-midi, ils se sont rendu compte qu'il n'était pas dans sa chambre. En fait, il s'est volatilisé. Il ne répond pas au téléphone. Personne ne sait ce qu'il est devenu.

— OK, vous ne m'apprenez donc rien de plus, quoi. Il paraît que son film a fait un four ? C'est vrai que l'action se déroule dans un club qui appartient à un milliardaire dont la fille jouait dans le film ? Pensez-vous que Sergo aurait pu lui faire des… euh… avances qui n'auraient pas été appréciées, ni par la jeune fille, ni pas son père ? Pouvez-vous me confirmer qu'Henri Girard a financé une partie du film avec de l'argent russe ?

— Russe ? Quel Russe ?

C'est vrai que mon parrain russe était à la séance au Palais. Il est concerné de près par ce film. Ce Russe-là, il ne fait pas dans la dentelle quand quelque chose le gêne sur son passage. Je suis bien placée pour le savoir. Si le Chinois est pareil, et en réalité il a l'air pire, ça promet pour ce couillon de Sergo.

D'un autre côté, ils n'en ont rien à foutre si la fille de Girard couche avec leur star. En quoi ça les concernerait ? Fausse piste ! En tout cas, Sergo a bel et bien disparu. Sa chambre ressemble à une scène de crime genre kidnapping. Il est où en ce moment ? Vraiment enlevé ? Parti ? Est-il mort à l'heure actuelle ?

Le pauvre, et moi qui ne le croyais pas. Quand je pense qu'il m'a suppliée en pleurant de rester avec lui la nuit dernière. Je ne sais pas ce qu'il leur a fait, mais…

— Comment ça, quel Russe ? Vous en connaissez un ? Plusieurs ?

— Non, non, je sais pas pourquoi j'ai dit ça. Un réflexe.

Tony lève les yeux au plafond.

— Jouez pas à la plus fine avec moi, Maldonne ! Alors, vous êtes au courant de quelque chose ?

— J'ai même pas vu le film, Borelli ! Et j'ai passé qu'une soirée avec ce footballeur.

— Ancien.

— Oui, ancien footballeur ! Personne n'est resté pendant la séance. Mon job était d'accompagner Sergo partout jusqu'à 2 h du matin. C'était dans mon contrat !

Il éclate d'un rire franc !

— Ils vous ont fait signer un contrat ? Ces gens-là sont toqués. Bon, ça ressemble fort à une petite fugue mise en scène pour faire du *buzz*. Vu ce qui s'est passé le matin même sur votre rond-point !

Aïe ! Il est au courant. Il sait sûrement aussi que j'étais au supermarché. Je me mords les lèvres. Il enchaîne :

— Alors, ça vous plaît d'être une star des réseaux sociaux, Maldonne ?

Et il éclate encore de rire.

Il commence à m'énerver.

— Bon, Borelli, c'est tout ?

— Et au fait, cette brillante idée complètement efficace, attention, je dis ça d'un point de vue révolutionnaire, hein, rassurez-moi, elle est bien de vous, n'est-ce pas ?

— De quoi vous parlez ?

— Mais oui, voyons, vous vous souvenez bien ! Imaginez : une grande surface, des caddies et pirouette cacahuète !

Il sait donc déjà tout, j'ai fait de la rétention d'information pour rien !

— Bon, quand vous aurez fini de faire le malin… Allez, salut la compagnie, j'ai encore la cérémonie du coucher de mes princesses ! À la revoyure !

Je raccroche aussi sec. J'espère qu'il ne va pas insister.

30

Tony me fusille du regard :

— C'est vraiment louche, ta relation avec ce flic, tu sais ?

— Écoute, Tony, tu sais que je t'adore et tu sais aussi qu'il n'y aura jamais rien entre nous et tu sais pourquoi ?

— Parce que je suis trop vieux pour toi ?

— Trop vieux ?

Alors, celle-là, je m'y attendais pas du tout. Il a environ 35 ans, moi 30, franchement, c'est pas ce que j'appelle une différence d'âge !

— T'y es pas du tout, mon vieux ! C'est parce que t'es mon patron au noir, voilà ! Pourquoi tu fais toujours comme si t'avais oublié ? J'arrête pas de te le répéter. J'ai pas envie de tout gâcher entre nous et de perdre mon boulot épisodique et bouche-trou à la carte, bien pratique, avec toi. Et je parle pas des spectacles du samedi soir où je peux chanter, des fois ! Ça me plaît trop.

— Au Select, maman, elle aime bien travailler, dit Sabrina.

— Ah bon, dit Tony, soudain souriant. Et pourquoi ?

— Parce que tu essaies pas de lui éteindre sa lumière, dit Emma.

— C'est vrai, dit Tony. Comment t'as deviné ?

Il fait le fier-à-bras ? On aura tout vu !

— Moi, je veux pas qu'on éteint la lumière de maman ! dit Lisa, avec la lèvre qui tremble.

— T'inquiète, je dis en lui lavant les mains et la bouche toutes collantes. Il est pas encore né, celui qui pourrait un jour éteindre ma lumière. Allez, Sabrina, aide-moi à mettre tout le monde au lit. On s'occupe des cartables demain. J'espère que vos devoirs ont été faits hier avec Léo ? Tony, tu peux débarrasser pendant ce temps ?

La cérémonie du coucher des princesses. Pastis préfère venir avec nous plutôt que rester avec Tony, que tout compte fait il trouve trop nerveux à son goût.

Une fois les filles endormies après les histoires et tout le tralala, Pastis allongé entre les jumelles, je reviens dans mon petit salon découvrir que tout est nickel. Tony a tout rangé. Il m'attend devant un verre d'eau en guise de café.

— J'ai une idée, dit-il, il suffirait que je t'embauche en CDI et tout serait réglé ! Tu n'aurais plus peur de perdre le boulot au Select !

— Arrête de dire des conneries, Tony ! On fait pas un CDI à une fille juste pour pouvoir la sauter !

Je profite que Sabrina dorme pour parler comme je veux.

— Si j'ai bien compris, je dois juste rester là à te regarder sortir avec tous les mecs de la Terre et attendre mon tour ?

— T'auras jamais ton tour, Tony, cherche pas. Maintenant, on se connaît trop. C'est le destin. C'est comme ça.

Et arrête un peu avec ce refrain, tu finis par être lourd. Et c'est pas la peine d'être jaloux de tout le monde, je sais très bien que c'est un genre que tu te donnes ! T'as la 4G sur ton téléphone ?

Il sursaute à la question parce que je passe du coq à l'âne.

— Oui, pourquoi ?

— Tu peux me le prêter ? J'ai un message à envoyer. C'est pour le boulot, justement.

Il me passe son mobile et je fonce sur ma messagerie amoureuse. J'ai eu des réponses à ma blague. Certains voudraient qu'on se voie, mais je les trouve un peu rapides. Je fais durer les choses, c'est plus rigolo. Je rends le téléphone à Tony avec le sourire.

Il le reprend en boudant.

— Bon, faut que je rentre, dit-il. Je dois encore aller fermer le café.

— Tu m'as pas dit finalement ce que tu étais venu faire dans le quartier ?

— Ouais. Fais pas semblant de t'intéresser.

— Je viens à quelle heure, demain ?

— Viens faire les petits déjeuners ; comme ça, Mimi pourra rester un peu chez elle, vu qu'elle a fait la fermeture ce soir !

Il se lève et quitte la caravane en claquant la porte. Mon Tony a des états d'âme maintenant ?

Une fois allongée sur ma banquette, je réfléchis aux derniers événements. Plusieurs choses me chiffonnent : tout d'abord, je ressens une sorte de vexation personnelle. Mon ego est comme qui dirait froissé. Après tout, il en va de mon honneur. J'ai été embauchée comme garde du corps et le lendemain le type disparaît ? Pardon, je le prends un peu perso quand même. En creusant bien, mon malaise est plus profond. Comme un vertige dans le ventre. La culpabilité, voilà ce que c'est. Je lui ai promis un truc à ce gars-là, et j'ai failli.

En plus, tout le monde semble s'en foutre royalement, et ça, j'aime pas. Ils partent tous sur un yacht se biturer au champagne comme si de rien n'était. Le *gonze* a disparu et sa prode dit que c'est normal, ou habituel ou… Bref, ils ne creusent pas vraiment. Ils n'y croient pas. Tellement qu'ils ont sûrement orienté les impressions de Borelli lui-même, puisque lui aussi il pense qu'il s'agit pour l'acteur de faire du *buzz*.

Borelli, si méfiant habituellement, qui ne lâche jamais une piste et qui fonce même quand ses supérieurs lui disent qu'il ne doit rien faire, Borelli croit aussi que cette disparition a été orchestrée.

Eh bien, moi qui n'ai aucune opinion sur la question, ça ne me plaît pas.

C'est le moment de mes réflexions que choisit Pastis pour venir m'examiner de près les points noirs sur le nez. Qu'il entreprend de lécher consciencieusement.

Je trouve que Sergo, tout bêta qu'il est, il ne l'est pas assez pour croire qu'une fausse disparition pourrait faire un *buzz* et ferait marcher un film qui n'a plus de jambes. Et puis, flûte et crotte, il a droit à une vraie enquête comme s'il avait vraiment disparu. Merde ! C'est pas de sa faute s'il est cabotin, mytho, snobinard, donneur de leçons, pétochard, plein de pognon et m'as-tu-vu. Je ne dois pas oublier qu'il est amoureux de sa Paloma. Et les amoureux, ils me font toujours craquer.

Et puis, il m'a embauchée. En principe, OK, c'était pour veiller sur lui. À présent qu'il a disparu, ça va être coton pour le retrouver. Et il faut aussi que je veille sur sa chérie. Où est-elle passée, celle-là ? J'espère qu'elle n'est pas disparue, elle aussi…

Pastis, épuisé par la séance soins du visage, finit par s'étaler sur mon ventre. Je prends une grande décision : demain, j'essaie de me faire donner mon salaire par Blanche Dorsey.

« Ainsi soit-il, Tel est le nom du film... »

Lundi – Le jour de l'agression

31

C'est un lundi ordinaire chez les Maldonne. Finis les rêves glamour de strass et de cinoche. La vie a repris son cours pour tous ceux qui ne sont pas dans l'univers magique du grand écran. C'est-à-dire nous, maintenant que je ne travaille plus pour une productrice de cinéma.

C'est bizarre parce que même si je m'en tape complètement de ce monde-là, je me sens comme abandonnée tout à coup. J'entends à la radio parler du Festival de Cannes avec une pointe au cœur. Je ne fais plus partie du grand tralala.

Pas grave, il va juste falloir me réadapter au monde normal.

Juste avant mon réveil, mon sommeil est rythmé par une vieille chanson qui date plus de l'époque de Mémé Ruth que de celle de ma mère, mais sûrement qu'elle devait l'amuser quand elle était petiote : « *La tac tacatac tac tique, Du genda-arme, C'est d'être toujours là, Quand on ne l'attend pas…* » Ça me trotte dans la tête, c'est gai, c'est entraînant, ça m'apporte le sourire. Et je revois la bonne tête de Bourvil dans *Le Corniaud*. Cool. Je vais sûrement rencontrer des gendarmes aujourd'hui ? *Wait and see…*

Pastis ne vient même pas renifler sa gamelle. Il n'est pas là. Il a dû partir faire un tour dans la nuit et il n'est pas revenu.

Heureusement que maintenant, les filles sont bien rodées pour se préparer le matin et chacune fait ce qu'elle a à faire pour aller à l'école. Bon, d'accord, Lisa s'occupe particulièrement d'Emma, car celle-ci est un peu plus fantasque. L'un dans l'autre, nous sommes prêtes dans les temps, lavées, habillées, cartables bouclés et céréales avalées.

Je les pousse vers la sortie et pendant que je ferme la porte à clé, j'entends des cris de joie. Le temps de me retourner, je constate que la Tesla est garée devant la caravane. Les jumelles sautent dans les bras de Michael Dorsey, qui leur tend un sac rempli de viennoiseries.

Dans la voiture, au volant, madame Dorsey en personne, vitre ouverte.

Les paroles de Tony ont dû faire leur effet, car Sabrina refuse les croissants en disant qu'elle ne mange plus de sucré à partir d'aujourd'hui. Le père Dorsey est tout déçu.

— Qu'est-ce que vous foutez là ? Vous savez pas que je suis virée ? je leur demande.

Blanche hausse les épaules.

— Vous n'êtes pas virée, c'est moi qui vire les gens, et personne d'autre. Je peux vous tutoyer, Rosie ?

À mon tour de hausser les épaules.

— Cricri ! je rectifie.

— Montez vite, dit son mari. Blanche vous emmène à l'école.

Ça ne me dit trop rien, mais je ne veux pas gâcher le plaisir des filles, alors nous voilà toutes montées à l'arrière du véhicule, les Dorsey devant.

— Vous me guidez, n'est-ce pas ? dit Blanche.

— Ouiiiii ! crie Emma.

Tout en conduisant, Blanche m'explique :

— Le test secrétariat n'ayant pas été concluant, je te propose celui d'hôtesse dans la suite. Nos bureaux au Majestic.

— Ça consiste en quoi ? Qui fait ça en ce moment ?

— Justement, personne, et j'ai constaté que ça manque. Un régisseur va t'installer une sorte de comptoir. Tu auras des documents imprimés présentant nos dernières productions. Tu recevras les visiteurs avec le sourire et en leur disant d'attendre, éventuellement en leur offrant un café, ou simplement en les renvoyant d'où ils viennent avec nos coordonnées, des dépliants, etc. Tu leur donneras les dates des projections du film au Marché. Qu'en penses-tu ?

J'en pense que c'est vraiment *strange* de projeter des films au marché au milieu des courgettes, mais je ne dis rien. S'il n'y avait que ça de bizarre dans ma vie ! Comme cette manie de tout le monde, en ce moment, de vouloir me donner du boulot ! Tony qui me propose un CDI, Sergo qui m'a embauchée sérieusement et maintenant Dorsey qui ne veut plus me lâcher et qui incente carrément pour moi des choses à faire.

Elle cherche quoi, celle-ci, avec moi, exactement ?

— Je peux m'habiller comme je veux ?

— Oui.

Ça alors ! Elle n'a pas moufté. Et elle n'a rien dit ce matin en voyant ma minijupe orange à sequins, mon sweat à fines résilles turquoise, et mes espadrilles compensées à paillettes vertes.

— On va juste te mettre un badge à ton nom.

— Payé combien ?

— Vingt euros l'heure, ça te va ?

— Rien à voir avec le salaire du *bodyguard*.

— C'est vrai. C'est pas le même registre de spécialisation. Bon, allez, je peux aller jusqu'à vingt-cinq euros, parce que c'est le Festival, pas plus. Si je pousse trop le bouchon, le commissaire aux comptes va me tomber dessus.

— Cool. OK. Bon, j'accepte. Je vous demande pas pourquoi vous voulez me refiler n'importe quel boulot, mais méfiez-vous, je finirai bien par percer à jour votre jeu. Et puis je vous ai à la bonne. Il faut juste que je prévienne mon patron, Tony, au Select. Je lui avais dit que je viendrais faire les petits déjeuners ce matin, je ne peux pas le laisser tomber. Mais comme vous, c'est mieux payé, je vais juste aller le dépanner ce matin et accepter ensuite votre offre. Il faut que je vienne quand ? Cet après-midi, ça ira ?

— Quand tu veux, Cricri. Cela nous laissera le temps de préparer ton petit coin pour l'accueil.

Nous déposons les filles à l'école. J'essaie d'éviter la directrice pour qu'elle ne me réclame pas ce que je dois pour la cantine. Je dis à Sabrina qu'elles rentrent seules ce soir. Elle devra s'occuper des petites. Elles iront toutes les trois au Select puisque je ne sais pas à quelle heure je finirai.

— Je passerai vous prendre au café après et on rentrera ensemble, OK ? Mimi vous donnera le goûter et vous ferez vos devoirs en m'attendant.

Je me dis que je rembourserai Tony plus tard.

— Moi, je veux des frites au goûter, dit Emma.

— Toi, t'es trop gâtée, je sais que Tony il te refuse jamais rien, mais franchement, tu peux pas manger que des frites à chaque repas !

Sabrina s'en mêle :

— Il vaut encore mieux des frites que des viennoiseries, si on pense au sucre raffiné, dit-elle.

Embrigadée par les théories de Tony. Elle continue :

— Pour garder une complexion robuste, il ne faut pas se fatiguer le foie avec…

Je ne veux pas mettre les jumelles en retard, alors je cède :

— Vous réglerez ça avec Tony.

Tout en notant que je regarderai dans le dico ce qu'elle a voulu dire avec ce nouveau mot : *complexion*. Elle serait pas en train de devenir un peu frileuse, cette gamine ?

Les filles disparaissent derrière les grilles de l'école primaire, je me tourne vers les Dorsey pour les saluer avant de les quitter.

32

— Monte dans la voiture, nous t'accompagnons au Select.

— Je suis née avec des jambes, j'aime bien les utiliser. J'ai pas envie de rouiller.

Je vois les Dorsey échanger un regard à la fois dubitatif et amusé. Au moment de les quitter, je pense à mon footballeur-acteur en danger :

— Et Sergo, toujours pas revenu ?

— Non. Sergo ? Pffffuiiit ! Plus de Sergo ! Il a complètement disparu !

— Je sais que la police a été prévenue, car mon copain Borelli m'a appelée, ils vous ont dit quoi, à vous ?

— En fait, ils disent comme nous. Ils sont persuadés que Sergo a mis en scène sa disparition et j'avoue que comme ça lui est déjà arrivé une fois… Pas une fausse disparition mais une mise en scène foireuse. Il était en virée chez des potes et comme il n'était pas venu à temps pour son entraînement, il avait raconté qu'il avait eu un accident. Henri Girard a vite éventé son excuse bidon.

— Oui, tout de même, est-ce que vous avez donné des pistes ? Parce que s'il a vraiment été enlevé, nous perdons un temps précieux.

— Comment ça nous ?

— Oui, c'est vrai, je sais, euh, je sais pas pourquoi j'ai dit nous, il faut toujours que je me mêle de ce qui me regarde pas. Bon. OK. J'ai compris. Au temps pour moi.

— Je ne comprends pas pourquoi la police t'a appelée, toi ?

— Borelli voulait savoir si j'avais un indice, étant donné que je l'avais accompagné à la projection. Pas Borelli, Sergo ! Déjà, il voulait connaître la substance des relations qu'il a soi-disant avec son club de foot. Ils ont dû vous poser les mêmes questions, non ?

— Oui, bien sûr, et ce ne sont pas des révélations si sulfureuses que ça ! Ils enfoncent des portes ouvertes, à la police. Il a des relations normales comme n'importe quel footballeur avec un président de club.

— Sauf que là, le président le transforme en acteur et il continue à miser sur lui, donc.

— C'est vrai, mais…

— Et sauf que dans le financement en question, il a comme partenaires des gens pas recommandables… D'ailleurs, lui-même, l'est-il ?

— Girard ? Eh bien, tout ce qu'il traînait comme casseroles a été rendu public et il n'y a eu aucune poursuite judiciaire. Il y a eu des procès pour corruption, des articles de journaux, des mises en examen, pour des histoires qui durent depuis des années et qui dépassent le cadre du foot. Après tout, il s'agit d'un homme d'affaires avec une sphère d'action multibranche. Tout le monde sait bien que l'univers du foot intéresse les grandes fortunes. Il y a tellement d'argent ! Tout est clean à présent. Et tu lui as dit quoi à ton… commissaire ?

— Rien ! Qu'est-ce que vous voulez que je lui dise ? Premièrement, c'est vrai, Sergo m'a baragouiné quelque chose du genre qu'il se sentait menacé, mais vous savez bien qu'il était complètement parano. C'est même pour ça qu'il m'a engagée, non ? Il a cru que les Gilets Jaunes faisaient partie d'un complot qui le visait. De toute façon, je n'ai rien compris à ce qu'il m'a dit.

Dorsey, le mari, intervient :

— Cette discussion est complètement oiseuse, je me demande ce qu'on fait là sur le trottoir à parler de ce con de Sergo. De toute façon, vous savez bien qu'il a tout mis en scène. Allez, montez, Rosie, on vous emmène au Select.

— Cricri. Je vous ai déjà dit non. Allez, ciao, à tout à l'heure, à l'hôtel.

Et me voilà partie vers la vieille ville, tandis que ma nouvelle patronne et son génie de mari rejoignent leurs pénates de luxe dans leur caisse silencieuse.

Flûte, j'ai oublié de lui demander mon avance ! Tout en marchant et en me rapprochant du Select, je ressens une sorte de malaise.

Ce n'est pas seulement la disparition de Sergo qui me gêne, c'est aussi l'insistance de ce couple, les Dorsey, à vouloir à tout prix m'embaucher. Je ne comprends pas ce qu'ils me veulent. Et si Dorsey voulait faire un film sur les filles et moi ? Hum. Je deviens mégalo ou quoi ?

Mais c'est vrai. Ça a commencé quand j'ai dit mon nom. Ensuite, bon, j'ai rempli mon contrat, tout aurait dû s'arrêter là et au contraire, ça continue contre toute attente. Elle me propose un autre boulot, son mari change de comportement avec moi, elle m'invite avec les filles dans un super resto sur la plage de l'hôtel et alors que je suis virée par sa cheffe secrétaire, elle me trouve un nouveau job sorti du chapeau.

Je vois bien qu'elle n'a pas vraiment besoin d'une hôtesse dans sa suite. D'ailleurs, la preuve, c'est qu'il n'y avait personne occupant cet emploi avant moi. Ils vont le créer de toutes pièces. Tout cela est bizarroïde.

Perdue dans mes pensées, je ne les vois pas qui obstruent la ruelle. Je sens d'abord leur ombre sur moi et quand je lève la tête, c'est trop tard pour me barrer en courant.

33

Crétin et Abruti. Abruti et Crétin. Piotr et Marco. Marco et Piotr. Autrement dit, les Dupont et Dupond en méchants en plus d'être idiots. J'ai comme une impression de déjà-vu, de déjà vécu. Qu'est-ce qu'ils me veulent, ces deux tarés ? Se venger ?

Je lis dans leurs yeux une lueur d'hyène qui découvre un petit lapin. On dirait que l'expérience ne leur a pas suffi. Ils ne se souviennent pas que c'est grâce à moi qu'ils ont passé quelques années de vacances aux frais de l'État ? Ils devraient se méfier au lieu de m'affronter en direct comme ça !

Une petite voix me souffle que justement ils s'en souviennent très bien et que ça les rend doublement dangereux. Une autre voix me dit : « *Ne compte pas sur leur bêtise pour t'en sortir ; plus un homme est bête, plus le risque est gros.* »

Il n'y a rien à faire, je ne peux pas m'empêcher de l'ouvrir !

— Oh, salut les copains ! Je suis bien contente de vous revoir ! Ça y est, ils vous ont laissés sortir ? C'était bien, les vacances ?

Ils deviennent tout rouges, ils sont au bord de l'apoplexie et une sorte de fumée leur sort des naseaux.

— Ta gueule, grognasse, on t'a pas encore sonnée.

— Ça fait toujours plaisir. Vous savez que vous avez pas le droit de vous approcher de moi à moins de cinquante mètres ? Ce que vous ignorez peut-être, c'est que je suis directement reliée à la police, par un système de détection spéciale super virtuel planqué dans mes talons.

— Ah ouais ? Première nouvelle ! J'ai jamais entendu parler d'un truc comme ça. Et pour quelles raisons que tu serais reliée à la police, toi ?

— Parce que je suis devenue pote avec le commissaire, je lui ai rendu plein de services, alors je vous préviens, si vous touchez à un seul de mes cheveux ou un seul des cheveux de mes filles, ou de mon chat, ou de ma caravane, ou du café où je bosse, ou à mes copines, ou à mon patron, aux enfants de mes copines…

— C'est pas bientôt fini, ta chanson ? Tu vas t'arrêter quand ? Je crois pas à ta connerie, là.

— Bon, de toute façon, c'est pas le sujet, si j'ai bien compris ?

— Depuis quand tu sais c'est quoi le sujet, toi ?

— Boh, justement, je suis en train de dire que je sais pas. C'est vous qui allez me le dire. Qu'est-ce que vous foutez là ? Qu'est-ce que vous voulez ?

— C'est moi que je pose des questions, Maldonne, tu percutes ?

C'est reparti comme en 40. J'ai jamais rencontré des ergoteurs pires que ces deux-là. Il faut toujours, toujours, toujours, qu'ils reprennent tout ce que je dis. Bon, autant que je sois patiente ! Je regarde quelques nuages passer, je pianote sur mon bras gauche avec les doigts mal manucurés de ma main droite et j'attends.

— Qu'est-ce que t'attends ?

Il vaut mieux que je ne réponde pas, parce que sinon on va pas s'en sortir. Finalement, le second, je ne sais plus si c'est Crétin ou Abruti parce que je ne me souviens plus lequel est qui ou quoi, fonce sur moi et m'attrape par le bras.

Je ne m'y attendais pas, alors je me fais avoir comme une bleue. En cinq secondes, il m'a tordu l'épaule vers l'arrière et il m'a coincée contre lui. En plus, il met son autre main sur ma bouche.

Pendant ce temps, le premier regarde tout autour pour être sûr que personne nous a vus.

Ils avaient bien préparé leur coup, puisqu'ils me poussent jusqu'à un renfoncement dans un mur qui comme par hasard était juste à côté. Ça ressemble à un début de cave. Ils sortent un gros rouleau de scotch et ils m'en collent un morceau sur la bouche pour m'empêcher de crier. Je me débats comme une diablesse, j'envoie des coups de pied dans tous les sens, mais je ne peux bouger ni la tête, ni les bras, ni le torse.

— Bouge pas, je vais chercher la caisse, je reviens ! Tiens-la bien ! Méfie-toi, c'est une teigne, lui tourne jamais le dos.

— T'inquiète, je fais gaffe.

L'autre disparaît dans la ruelle.

Mille scénarios naissent dans mon cerveau.

Ils veulent vraiment se venger ? Franchement ? Les premiers responsables de leur emprisonnement, c'est eux-mêmes et leur ânerie crasse ! Je n'ai été qu'un élément hasardeux qui a facilité l'intervention de la police. Et puis c'était pour sauver ma peau et celle des enfants ! Non, ça doit pas être ça.

J'enchaîne sur la projection, quand je les ai vus l'autre jour à la séance du Palais. Tout se mélange comme un tourbillon dans ma tête. Et s'ils pensaient que je sais quelque chose sur Sergo ? Que va dire Tony quand il ne va pas me voir ? Qui va aller chercher les enfants à l'école ce soir, si j'arrive pas à me débarrasser de ces deux pots de colle ? C'est évident que c'est mêlé à cette histoire de film. Et les Dorsey ? Ils vont m'attendre tout l'après-midi ? C'est pas possible. J'arrive pas à croire que je me suis fait avoir par ces deux tarés. Allez, allez, Rosie, active tes méninges, tire-toi de ce guêpier !

Franchement, à moins d'une intervention divine, je ne vois pas comment je peux me sortir de ce coup fourré. Tout en surchauffant ma matière grise, je gigote, je gigote, tant et si bien que je parviens à faire lâcher prise à mon assaillant pendant quelques secondes, le temps qu'il me mette un gnon bien senti sur la joue. Sa prise a glissé mais il m'a vite récupérée. Je vois quelques chandelles et ma pommette gauche bouillonne.

Si au moins je pouvais me retourner et lui envoyer un coup de pied là où je pense. Comme j'ai fait avant-hier pour sauver Sergo.

Mon téléphone se met à sonner. C'est sûrement Tony qui veut savoir ce que je fais, pourquoi je suis en retard pour ses petits déjeuners. Je tourne la tête dans tous les sens et je roule des yeux, pour essayer de faire croire au type derrière moi que c'est indispensable de me laisser répondre, sinon on va me chercher et il va être dans la merde.

Il a eu la même réflexion, puisqu'il quitte enfin sa position dans mon dos, il me pousse par terre et il fouille dans mon sac.

— Je te préviens, tu vas répondre comme si y'avait rien, genre : « Justement, ça m'arrange que t'appelles, j'allais le faire ». Comme ça, ils te chercheront pas. Tu vas dire à cette personne que tout va bien, et si c'est quelqu'un qui t'attend, tu diras que tu as simplement changé d'avis et que tu ne viendras pas tout de suite. Trouve une vraie excuse. Et à la moindre entourloupe, je t'assomme. Je te dégomme. Je t'écorche vive.

Qu'est-ce qu'il lui prend ? Jamais il fait de si longs discours !

J'ai envie de répliquer, mais c'est impossible, j'ai toujours le scotch sur la bouche. Il se penche et l'arrache d'un seul geste en décrochant et en me tendant le téléphone. C'est le moment que je choisis pour lui filer un coup de tête sur le nez. Il ne s'y attendait pas. Bon, c'est vrai, je ne suis pas vraiment une grande guerrière. Malgré tout, à force, j'ai fini par intégrer quelques petites notions. En tout cas, j'entends quelque chose qui craque, et il commence à pisser le sang par le nez. De douleur, il lâche mon téléphone qui tombe par terre. En même temps, il se met à gémir et à se tenir le visage.

— Putain la salope, putain la salope, il me l'avait bien dit, de faire gaffe ! Qu'est-ce que je peux être con !

Je ramasse mon téléphone et je cours au triple galop vers le Select.

— C'est toi qui l'as dit, je crie sans me retourner. Pas la peine de me chercher, je vais tout balancer aux flics et en plus je sais vos noms ! Pas de bol !

En sprintant, je regarde derrière moi, mais apparemment, il a renoncé à me suivre. Il doit attendre son copain, sûrement pour décider de la suite. Ces gars-là sont incapables de prendre la moindre initiative perso.

34

Sur le chemin, entre deux pas de course, je regarde de qui est venu ce coup de fil inopiné au bon moment. Finalement, ce n'était pas Tony mais le fixe de la police. Sûrement Borelli. Il tombe bien, celui-là ! La conversation n'a pas été coupée. Il doit s'inquiéter, s'il a entendu notre échange et les bruits de coups.

— Allô ?

Un type me répond. Je ne reconnais pas sa voix.

— Maldonne Rosie ? demande l'homme anonyme au bout du fil.

Tout essoufflée, je hache mes mots.

— Oui… c'est… moi.

— Vous êtes convoquée demain matin à 10 h pour l'affaire de la disparition de monsieur Sergo Alan. Au commissariat.

Un sous-fifre. Décidément, j'ai chuté bien bas dans l'estime du commissaire Borelli.

— Justement, vous tombez bien, je viens de me faire agresser et…

— Vous parlerez de tout ça au commissaire demain matin.

— Non, c'est urgent, je vous dis que je viens de me faire attaquer ! Vous avez pas entendu les bruits de la castagne tout à l'heure ? Et comment il me parlait ? Peut-être que mes assaillants sont encore après moi !

— Est-ce que c'est dans le cadre de cette même affaire ?

— Sûrement pas qu'un peu, mon n'veu !

— Alors, c'est parfait. C'est pour demain.

— Mais enfin… je suis en danger !

Clic crac, il a raccroché !

« La tac tacatac tac tique, Du genda-arme, C'est d'être jamais là, Quand on a besoin d'eux… »

Ah, d'accord ! Ah voilà ! Maintenant, je pige le pourquoi de la chanson de ma mère !

35

Comme une oasis au milieu du désert, la porte du Select apparaît au bout de la ruelle. À bout de souffle, je la pousse et je fais une entrée remarquée dans le café.

Les rares clients se figent en me regardant. Léo, assis seul à une table devant un ordinateur, me fixe avec des yeux ronds. Tony, tout à coup, s'agite dans tous les sens.

— Qu'est-ce qu'il t'arrive ? Qu'est-ce que tu as à l'œil ? Cricri ! Cricri ! Qu'est-ce qu'il se passe ? Je te l'avais bien dit, que tu ne devais pas accepter quoi que ce soit dans le monde du cinéma. Ce sont des sauvages. Des fous ! Justement, je m'inquiétais, je me demandais pourquoi tu étais en retard. Si j'avais su, je serais venu à ta rencontre !

Il fouille sous le comptoir, en ressort une quantité industrielle de serviettes en papier, avec une bouteille de vodka. Il arrose les serviettes avec l'alcool blanc, me dit de m'allonger sur une banquette et me pose sa compresse sur la joue.

— Tiens ça, pour désinfecter. Je reviens.

— Ouille, ça pique !

Il retourne en courant au frigo, il revient avec des glaçons dans un torchon qu'il pose sur la première couche. Les soins *made by* Tony. *Vodka on the rocks*.

— Léo, viens nous aider, tu veux ? Tiens bien les glaçons comme ça, pour que ça n'enfle pas trop.

— Ouille, aille ! C'est une séance de torture ? je demande par-dessous le tas de papier alcoolisé et de torchon glacé.

— Tiens-toi calme, tu veux ? Je vais te servir un petit rhum pour te remonter, OK ?

— Un rhum à cette heure-ci ? Tu travailles du chapeau ou quoi ? Tu me prends pour une pocharde ?

— Il t'est arrivé quoi ? T'es tombée ?

— Tu te souviens des deux malabars qui travaillaient avec le Russe ?

— Quel Russe ?

— Mais mon Russe, enfin ! Kalach !

— Ceux que les petites appelaient Abruti et Crétin ? Parfois les balais de la sorcière ?

— C'est ça ! Ceux que j'ai fait envoyer en taule ! C'est eux !

— Quoi ? Ils sont sortis ?

— Ouais ! Et même leur patron, Kalach, il est sorti !

— Quoi, celui qui dirigeait cet énorme trafic de…

— Cherche pas, il trafiquait de tout. Son truc, c'est la diversité. Ils lui avaient saisi des armes, des diams, de la came…

— Et avec tout ça, il est déjà sorti ?

— Arrête de faire l'étonné, Tony, ta naïveté me fait rire, et quand je ris, ça me tire le coin de l'œil et ça me fait mal.

— Faut croire qu'il y avait un vice de forme ! Comme le type qui est sorti au bout de trois ans après avoir tué sa femme et écopé de trente ans incompressibles. Vice de forme.

— Sûrement, ça doit être ça !

J'en profite pour dire à Léo de me prêter son téléphone pour la 4G.

Tony se penche vers Léo et lui chuchote :

— Pourquoi elle veut encore Internet ?

— Eh, oh, Tony, je t'ai entendu ! Les gars, je suis là ! Pourquoi vous faites comme si j'étais aux abonnés absents ?

— Sûrement qu'elle a un boyfriend en ligne, cafte Léo à Tony qui manque s'en étrangler.

— Quoi ? Comment ? Rosie, tu as un petit ami virtuel ?

— Mais non, je dis à Tony en fusillant Léo du regard. C'est juste pour le boulot. Tu sais, maintenant, c'est devenu très dur. Pour n'importe quoi, on te demande de remplir des trucs en ligne, de savoir faire marcher certains logiciels, bref, avec mon téléphone basique, j'ai du mal.

Tony, agacé par mon mensonge flagrant, retourne derrière son comptoir. Je me lève comme un ressort.

— Écoute, de toute façon, je vois qu'il n'y a pas grand monde au café aujourd'hui, et tu n'as pas besoin de moi pour les petits déjeuners. En plus, on m'a proposé un boulot très bien payé ce matin même. Et en plus encore, il faut que j'y aille. Et en plus toujours, il faut que j'aille raconter à Borelli ce que je sais sur l'affaire Sergo, parce que je lui ai pas tout dit l'autre jour.

— T'en as combien, des *en plus* comme ça ? Vas-y, puisque ça te brûle de rejoindre les fadas du Festival ! Là, je peux rien faire pour toi. Pour le passage par la case police, je t'accompagne. On sait jamais, des fois que tu tombes dans les pommes. Au fait, c'est quoi, cette fois, le boulot qu'on t'a proposé ?

— Hôtesse d'accueil !

— Hôtesse d'accueil ?

Il éclate d'un bon rire franc, aussitôt accompagné par les deux pelés et trois tondus qui prennent leur café, par Pascal, notre parano de service et par Léo.

Là, je suis franchement vexée.

— Boh, quoi, vous croyez que je saurais pas ? C'est pas compliqué !

— Non, c'est pas ça, c'est que... t'as vu ta tête ? Avec ton coquard et ta prune, là, franchement... Euh, pour une hôtesse, ça le fait pas vraiment...

C'est le moment que choisit justement Pascal, le complotiste tous azimuts, pour s'en mêler.

— Oh, ça, c'est rien, y'a un site qui donne des conseils aux femmes battues sur comment maquiller les traces de coups. Tu connais pas ?

— Comment ? C'est quoi, cette horreur ? C'est légal, ça ? Aider les femmes à masquer le fait qu'elles se font frapper ? Tu veux dire que tout le monde va croire que je suis une femme battue ? Depuis quand tu sais un truc aussi *chelou*, toi ? Je croyais que tu te cantonnais au domaine des grands complots, les chemtrail, les reptiles extraterrestres à l'allure humaine gouvernant secrètement notre planète et tutti quanti ?

— Tu trouves pas que c'est un grand complot, toi, Cricri ? Tu me déçois ! Pourtant, le complot qui a décidé que les femmes n'avaient pas d'âme, ou qu'elles étaient trop connes pour voter, comme pour avoir un compte en banque, ou un chéquier et je parle pas des autres pays ou religions, là, je te parle que de notre douce France…

— Qu'est-ce qui t'arrive, Pascal ? demande Tony, abasourdi. Je savais pas que t'étais féministe !

— Et pourquoi pas ? T'es bien végan et spéciste ! De toute façon, j'appelle pas ça féministe. Je traque les complots depuis un sacré moment et c'est un des plus gros au monde ! Tellement gros qu'on voit plus que c'en est un ! Et il dure depuis des millénaires !

Je réfléchis un moment et je réponds :

— J'ai jamais vu tout ça sous l'angle d'un complot. Dans ma famille, j'ai connu que des femmes. C'est comme qui dirait un matriarcat, chez nous, alors… je me rends pas compte des problèmes. Tu pousses pas un peu ?

— Tu veux une liste des mutilations physiques faites aux femmes au nom de la raison d'État ? Les pieds bandés, les femmes girafes, les excisions…

— Arrête, arrête ! L'horreur ! Ça, c'est comme quand on me montre les élevages de poulets ou les gavages d'oies. Je supporte pas.

— Moi, j'appelle ça un gros complot, Cricri ! La moitié du ciel contre l'autre moitié et sans compter les femmes collabos dans le système. Bon, allez, faut que j'y aille !

Et voilà notre plombier spécialiste des complots qui sort avec un clin d'œil.

— Léo, tu me remplaces un moment au bar en attendant ta mère ? demande Tony.

— Désolé, je ne peux pas, j'ai cours dans un quart d'heure.

Tony entreprend alors de mettre dehors tous les clients, même ceux qui n'ont pas fini leur café, pour fermer sa boîte.

— Tu trouves pas que t'en fais un peu trop ? je lui demande.

— J'ai pas envie que tu recroises la route de ces deux frappés, dit Tony. Je pense à tes gosses, moi.

Là, il commence carrément à me galoper sur la fève avec ses sous-entendus comme quoi moi je penserais pas à mes gosses !

Après avoir fixé sur ma pommette un sparadrap qui ne cache pas l'étendue du désastre, je me dirige vers le commissariat, Tony à mes côtés, comme s'il avait peur que je disparaisse.

Moi qui pensais qu'on allait me recevoir avec les honneurs chez les flics, vu que je devance leur convocation, je suis bien douchée dans mes illusions !

On me dit même pas d'attendre :

— Vous êtes convoquée demain.

— Oui, ça, je savais. Mais comme je passais par là, je me suis dit que ça ferait avancer l'enquête si je me pointais maintenant. Est-ce que vous pouvez prévenir le commissaire Borelli ?

— Nous avons des consignes précises. Désolé.

Il m'énerve tellement que je décide de les laisser se débrouiller tout seuls.

— Écoutez, vous direz à Borelli, premièrement que je ne suis pas à sa disposition et surtout que de toute façon je ne sais rien de cette affaire. Voilà. Puisque c'est ça. Vous l'aurez voulu. Ça ne sert donc à rien que je vienne demain. Vous pouvez noter : je reviendrai pas demain.

Tony me fait des gestes désespérés pour que je me calme. Je sens qu'il se met derrière moi et qu'il jette des regards complices au policier, pour lui expliquer qu'il ne doit pas faire attention, qu'il ne doit pas prendre la mouche, que je suis une nerveuse, qu'il ne faut pas tenir compte de mes propos.

— Écoutez, mademoiselle, ce n'est pas vous qui décidez du protocole d'une enquête. Si le commissaire Borelli a décidé de vous convoquer demain, c'est demain qu'il faut venir. Et maintenant, veuillez passer votre tour, vous n'êtes pas la seule ici, j'ai d'autres chats à fouetter.

Je quitte la pièce à grands pas, je me cogne dans la porte vitrée et je pars en boitillant dans la rue. Tony me court derrière. Juste à ce moment-là, mon grillon se met à sonner. C'est Borelli.

— Maldonne ? Qu'est-ce que c'est que ces manières de venir faire des esclandres dans mon commissariat ?

— Des esclandres, moi ? C'est la nouvelle façon de s'exprimer dans la police ? Des esclandres ? Simplement parce que je veux venir témoigner ? Et que j'ai une déposition à faire ?

— Écoutez, Maldonne, je vais vous expliquer calmement. Vous n'êtes pas encore commissaire de police, est-ce que vous en avez conscience ? Vous n'êtes pas mon supérieur hiérarchique non plus ! Ce qui sous-entend quoi, Maldonne, hein ? Vous en avez une petite idée ? Je vais vous le dire, moi : ce qui sous-entend que c'est moi qui décide le temps et le lieu des interrogatoires, l'ordre de déroulement des enquêtes, si une enquête est plus importante qu'une autre ou pas…

— Pfffff !

— Donc la convocation est pour demain, donc je vous attends demain au commissariat ! C'est clair ?

— Donc vous vous en fichez complètement de savoir ce qu'il m'est arrivé ce matin ? Et surtout, surtout, vous ne m'enlèverez pas de la tête que tout le monde se fiche carrément en ce moment de l'enlèvement de ce pauvre Sergo.

— Le mot enlèvement est de trop, Maldonne ! Rentrez bien dans votre petite tête que l'enquête ne fait que commencer. Nous pourrons déclarer qu'il y a eu enlèvement dans cette affaire, seulement lorsqu'elle sera terminée. C'est compris ?

— Grrrrrr !

— Ah ! Je reconnais bien là votre façon de vous exprimer. Vous êtes revenue à votre état de base ? Vous me rassurez.

J'hésite entre raccrocher tout de suite, ou lancer une dernière réplique, histoire d'avoir le dernier mot. C'est toujours très important pour moi.

— Gardez vos sarcasmes à la noix de coco pour vos collègues de pétanque, monsieur Borelli.

Là seulement je lui raccroche au nez. C'est vrai, pour qui il se prend ?

D'ailleurs, ils commencent un peu tous à me courir sur le flageolet ! Je demande qu'une chose, moi : bosser un peu et être payée beaucoup. Et sûrement pas me ramasser tous les cactus de la terre !

36

Je fonce dans les rues jusqu'à mon nouveau boulot, suivie de Tony qui prend au sérieux son rôle de garde du corps. Décidément, on ne va pas s'en sortir.

Tout en marchant, je lui dis :

— Si maintenant, les gardes du corps doivent avoir des gardes du corps, jusqu'où irons-nous ? C'est comme les psys qui ont besoin de psys et les avocats qui ont besoin d'avocats. À la fin, ça fait un monde rempli d'avocats, de psys et de gardes du corps.

Il prend tellement son rôle au sérieux qu'il ne me répond pas. Il s'est mis en mode chien de chasse. Son regard effectue des tours à trois cent soixante degrés partout où on passe, il scrute chaque personne, chaque visage. Il guette les bombes, les terroristes, les agresseurs en trottinette. Comme moi l'autre soir à la projection avec Sergo : mode *bodyguard*, quoi

— Calme-toi, Tony ! Ils ont raté leur coup ce matin, ils ne recommenceront pas. J'en suis sûre.

À vrai dire, je n'en mettrais pas ma tête à couper, mais je n'ai pas envie qu'il me colle comme ça toute la journée. Quand nous arrivons devant ou plutôt derrière l'hôtel, à la porte de service, je me retourne vers lui et je lui dis carrément :

— Écoute, Tony, j'apprécie, vraiment. Je sais que ça part d'un bon sentiment, même si je ne comprends pas très bien pourquoi tout d'un coup tu t'intéresses tellement à ma santé. Là, maintenant, il faut que tu me laisses.

— Pourquoi tu me parles si lentement, comme à un étranger qui ne comprendrait pas le français ? T'inquiète pas, je vais pas te coller longtemps. Bon allez, je rentre. Appelle-moi quand tu auras fini ton boulot, je reviendrai te prendre.

Je hausse les épaules, et, disparaissant derrière la lourde porte, je le plante au milieu des *car park valet services*.

37

À mon arrivée dans la suite royale de mes collègues de cinoche, je trouve, juste à deux mètres de la porte, qui reste ouverte toute la journée, un joli petit bureau tout blanc, recouvert de dépliants qui présentent le travail de Lion Queen Productions. Jusque-là, tout semble logique.

Tous les gens qui bossent et qui courent dans tous les sens me regardent par en-dessous. Personne n'ose faire une remarque sur mon coquard. Je sens la pitié contenue dans les expressions. Il avait raison, Pascal. Tout le monde pense que je suis une femme battue.

Je relève le menton, et très fière, je m'installe derrière mon bureau.

Et là, je découvre avec ravissement une tablette électronique juste devant moi. Avec la wifi. Ils ont vraiment pensé à tout. Je me retiens de toutes mes forces de foncer sur mon site de rencontres pour discuter avec mes petits amoureux, il faut quand même que je bosse un peu. Et pendant la première heure, je me tiens bien droite sur ma chaise, un sourire plaqué sur le visage, prête à accueillir les moindres visiteurs et à leur transmettre les horaires de projection de notre film, *Love So Cœur*, au Marché du Film.

Le problème, c'est qu'il n'y en a aucun, de visiteurs. Qui s'adressent à moi, je veux dire : tous les gens qui entrent dans cette suite ou qui en ressortent n'ont absolument pas besoin de moi. Ils ont tous une fonction, un rôle bien défini, beaucoup mieux que le mien. Ils savent ce qu'ils doivent faire, ils entrent en coup de vent, courent dans tous les sens, s'agitent et repartent sur le même rythme. Comme les autres jours.

En général, ils foncent sur quelqu'un qui est dans la pièce en criant son prénom et en échangeant des tas de bisous. Mais surtout, en passant devant mon comptoir sans me regarder.

Au bout d'une heure, je m'autorise une petite incursion sur la tablette, pour *checker* mes messages et sans m'en rendre compte, je plonge avec délice dans un échange amoureux platonique et littéraire rempli de blagues foireuses et de jeux de mots ineptes avec plusieurs interlocuteurs en même temps.

Tout à coup, la porte de la chambre s'ouvre et Blanche Dorsey en sort précipitamment. Je sursaute avec un vague sentiment de culpabilité. Elle fonce vers moi, et s'assoit à mes côtés.

— Je… Euh… Cricri… Il faut que je te dise quelque chose.

Je ris nerveusement.

— Je n'aime pas beaucoup les phrases qui commencent comme ça. Vous allez encore me virer ?

— Non, non. Il ne s'agit pas de ton boulot. C'est parfait. Tu le fais très bien.

— Bon, alors, ça tombe bien, moi aussi j'ai quelque chose à vous dire.

C'est le moment, demande-lui cinquante euros, allez, vas-y !

Et soudain elle découvre mon visage.

— Oh ! Mon Dieu ! Ton œil ! Ta joue ! Ta pommette ! Mais qu'est-ce qui s'est passé ? Qu'est-ce qu'il t'est arrivé ?

Il y a soudain un long silence. Je vois passer dans ses yeux le spectre de la femme battue, celle qui meurt tous les deux jours sous les coups de son conjoint en France. J'entends la voix de mon complotiste préféré : « *Tu fais bien de rajouter en France, parce qu'ailleurs c'est encore pire* ».

Et voilà que j'ai honte. Je comprends l'effet que ça doit faire et pourquoi la plupart du temps, ces femmes ne veulent pas avouer ce qui s'est passé. J'ai honte, simplement à cause du regard des autres.

— Tu… Tu vis avec… Tu vis avec quelqu'un en ce moment ?

J'éclate d'un rire forcé.

— Non, non, madame Dorsey, ne vous inquiétez pas. Vous savez, les bonshommes, chez moi, c'est plutôt le contraire. N'oubliez pas que je suis garde du corps. Je sais placer les coups de pied là où il faut pour maintenir les hommes à leur place. Et puis vous savez, j'ai été élevée par une dynastie de femmes fortes.

Étrangement, elle change soudain d'expression et me demande sur un ton rêveur :

— Ah oui ? Comment ça, par des femmes fortes ? Tu n'as pas eu de père ?

— Pas vraiment, non. J'aurais peut-être pu avoir des oncles de passage, c'était juste pas le genre de ma mère. Elle a été la femme d'un seul homme : mon père.

— Et alors ?

— Alors, eh bien, je ne sais pas trop. Il semble qu'il ait paniqué quand il a su que j'allais naître. Bref, je ne l'ai jamais connu.

— Et… il ne t'a pas… manqué ?

— Manqué ?

En même temps que je lui réponds, je me demande à quoi rime cet interrogatoire. Pour une fois, j'essaie d'être maligne et de ne pas lui montrer que je trouve son comportement louche.

— Bonne question. À vrai dire, je me la suis jamais posée. J'ai été élevée par ma mère et par ma grand-mère. Mémé Ruth a toujours continué à avoir des tas d'amants, bien sûr, tandis que ma mère menait une vie de bonne sœur. Je l'ai toujours connue avec une radio vissée à ses oreilles, en train d'écouter la dernière chanson à succès.

Blanche a soudain un sourire vague et nostalgique.

— C'est vrai. J'avais oublié comme elle aimait chanter.

Même si elle a chuchoté ces mots, j'ai très bien entendu.

— Vous avez connu ma mère ?

Elle se trouble, baisse les yeux.

— Oui, je l'ai connue. Tu lui ressembles beaucoup, Cricri. Elle a été ma… euh… comme une sœur pour moi.

Les derniers mots sont sortis dans un souffle.

— C'est bizarre, elle ne m'a jamais parlé de vous. Telle que je la connais, si elle avait eu une amie productrice, elle aurait fait des mains et des pieds pour me convaincre de vous contacter pour avoir un boulot. Elle se faisait tellement de souci pour mon avenir ! Surtout quand j'ai redoublé ma quatrième trois fois !

— Tu as redoublé ta…

— Oui, enfin, pas la peine d'en faire un fromage !

— Je comprends son inquiétude. Si elle ne m'a pas écrit, c'est certainement parce qu'elle n'a pas su que j'étais devenue productrice. On s'est connues avant ta naissance. Et ensuite on s'est perdues de vue. Tu sais, ce sont des choses qui arrivent. Surtout quand les gens bougent.

— Et vous, vous avez bougé ?

Elle me regarde fixement, et la vue des marques sur mon visage la fait retomber dans le réel.

— Qu'est-ce qu'il t'est arrivé exactement ? D'où viennent ces marques ?

— Vous n'allez pas me croire ! Vous savez, l'espèce de sponsor russe de votre film, celui qui était à la projection l'autre soir, avec Girard et le Chinois ? Vous n'avez peut-être pas remarqué ? Il était entouré de deux gardes du corps.

— Oui, oui, je les connais. Enfin, je les connais, c'est un grand mot. Je les ai toujours vus à ses côtés.

— Eh bien, c'est eux. Ils me sont tombés dessus ce matin.

— Comment ? C'est quoi, cette histoire ? Tu veux dire… Tomber dessus ?

— Eh bien, c'est très simple, ils m'ont sauté dessus, ils m'ont fait une clé au bras, ils m'ont filé une beigne, ils m'ont foutue par terre et je n'ai réussi à m'en sortir que parce que je suis une super *bodyguard*. Contrairement à ce que tout le monde pense.

— Mais… C'est très grave, ce que tu racontes. Que voulaient-ils exactement ?

— Exactement, je ne sais pas. C'est peut-être une vengeance, parce qu'il se trouve que je les ai connus il y a quelques années. Ils ont fait de la prison grâce à moi.

J'éclate d'un rire carnassier.

— Voyons, ce n'est pas drôle du tout, cette histoire ! Ça ne m'amuse pas. Tu es en danger. Tout le monde est en danger, d'ailleurs, ici. Penses-tu que cela a un rapport avec Sergo ? Son… *évaporation* ?

— Si vous voulez mon avis, ça a un rapport direct. Je ne suis pas du tout d'accord avec votre diagnostic comme quoi Sergo a mis en scène sa disparition. Je pense qu'il a été vraiment enlevé. Par le Russe, lui-même téléguidé par Girard, qui ne veut pas qu'il épouse sa fille. C'est certainement ça qu'il m'a baragouiné l'autre jour dans la salle de bains, avec son long discours où j'ai rien compris.

— Tu as peut-être raison, Cricri. Tout ce que tu peux faire, c'est te mettre sous la protection de la police.

— Je ne lui parle plus.

— À qui ?

— À Borelli !

Elle entame alors un long sermon sur la prise de risque, le danger que je cours, la nécessité d'aller voir la police.

Au milieu du tourbillon des branchés-cinés très affairés, je n'écoute plus le laïus plombant qui sort de la bouche de madame Dorsey. Elle se prend pour ma mère, ou quoi ?

Tandis que mon regard se fait lointain, je vois soudain mon Ismène qui passe dans le couloir. Ismène ? Qu'est-ce qu'elle fait ici ?

Je laisse en plan la sermonneuse pour courir après mon amie.

38

— Ismène ! Ismène ! Qu'est-ce que tu fous ici ?

Elle se retourne et me regarde un long moment avant de me répondre. Puis elle écarte les bras en faisant des deux mains le signe de la victoire et elle chante :

— Pa pa pa paaaaam ! Pa pa pa paaaaam ! Pa pa pa pa pa pa pa pa pa pa paaaaaam !

— Mais qu'est-ce qui t'arrive ! Pourquoi tu chantes ce truc, là ?

— C'est la *Cinquième* de Beethoven, tu connais pas ? Ça veut dire Victoire !

— Pourquoi tu chantes Victoire ?

— Pour te dire bravo, façon Radio Londres.

— Arrête un peu avec tes messages codés de la Seconde Guerre mondiale BBC. Je vois pas le rapport, là ?

— Tu vois pas ? Ton œil au beurre noir, là, ben voilà, bravo ! T'as bien réussi à te faire amocher ! C'est bien ! Chapeau ! Comme d'habitude, t'es la meilleure ! J'ai vu tes exploits sur Internet ; franchement, tu te surpasses. Ça ne pouvait que finir comme ça ! Au lieu d'appeler les copines, hein ?

Ismène fait de la boxe française et du catch avec Gaston, alors elle est persuadée d'être devenue une vraie superwoman, elle !

— T'es jalouse !

— Moi, jalouse ?

— Oui, parce que toi, tu fais pas le *buzz* comme Super Woman ! Crois-moi, j'aurais préféré que ça arrive pas. C'est sûrement à cause de ça que les Russes m'ont retrouvée !

Blanche Dorsey, intriguée par mon comportement, apparaît soudain dans l'embrasure de la porte. Elle salue Ismène, me demande de la présenter et si elle peut l'aider.

Ismène la regarde des pieds à la tête. C'est son côté dragueur. Enfin, je reconnais que depuis qu'elle est avec Véro, ma meilleure amie, elle file le parfait amour et elle s'est rangée des voitures. Ce qui ne l'empêche pas de jeter des regards appréciateurs sur les jolies femmes. Pourtant, je n'ai pas l'impression que Blanche Dorsey soit vraiment son genre. En réalité, son regard, cette fois, est plutôt inquisiteur.

— Je cherche une boîte de production pour leur transmettre une invitation de la part du maire. Vous êtes qui, vous ?

— Lion Queen Productions, pourquoi ?

— Vous avez le film romance sur le foot qui s'est écrasé en vol, c'est ça ? *Soccer* quelque chose ?

— *Love So Cœur* ! Oui, mais nous avons d'autres productions… Nous…

Alors que la productrice va se lancer dans la description de toutes les activités de sa boîte, Ismène la coupe brutalement.

— Si c'est vous, *soccer*, je vous donne l'invite. Bon, moi, je dois y aller, là. Tu viens avec moi, Cricri ? J'aimerais bien que tu me racontes ce qui est arrivé à ta joue. *Le grand-duc vole la nuit* !

Repartie dans ses délires codés.

— Désolée, Ismène, je peux pas venir, là, je suis en plein boulot.

— Comment ça en plein boulot, tu fais quoi ?

— Hôtesse d'accueil pour Lion Queen Productions.

Ismène éclate de rire. Le même rire que Tony le matin.

— Depuis quand on prend des gueules cassées pour faire l'hôtesse ? demande-t-elle.

— Quand nous l'avons engagée, son visage était intact, dit Blanche sur un ton pincé.

— Qu'est-ce que vous voulez dire, madame Dorsey ? Est-ce que vous regrettez de m'avoir embauchée ?

Confuse, elle essaie de se rattraper et je me demande de nouveau ce qu'elle cache. Depuis quand une patronne se soucie de ne pas blesser son employée par un propos déplacé ? Elle finit par rentrer dans la suite.

— Méfie-toi, Cricri, je la sens pas, cette femme-là.

— Arrête avec tes délires paranos, Ismène. Tu veux juste te faire remarquer parce que tu n'as pas été sacrée superwoman par le *buzz* ! Du coup, tu vois des punaises là où il n'y en a pas.

— Poux ! Et c'est pas tu vois, c'est tu cherches…

— Ouais, c'est exactement ce que j'ai dit. Tu m'as très bien comprise. C'est agaçant, ces gens qui me reprennent tout le temps alors que c'est leurs oreilles qui sont cradingues.

Elle tourne les talons et s'éloigne vers l'ascenseur.

— Allez, ciao, tu sais où me trouver !

Je rejoins mon petit comptoir d'hôtesse un peu mal à l'aise. J'ai plutôt confiance dans le jugement d'Ismène et là, franchement, ce qu'elle m'a dit m'inquiète. D'autant plus qu'elle ne fait que confirmer ce que je ressens depuis le début.

Il y a quelque chose qui cloche chez les Dorsey. Et puis ce prénom, là, non mais… Blanche ? J'y crois pas. Une amie de ma mère ? Blanche ? Sérieux ?

Songeuse, je plaque un sourire sur mon visage amoché, prête à tendre un dépliant au premier visiteur qui se pointerait.

Blanche Dorsey ressort en coup de vent de son bureau, se précipite vers moi en me tendant un iPhone :

— Tenez, c'est un téléphone de fonction. Regardez les SMS, je viens de vous envoyer tous les codes et les numéros dont vous pouvez avoir besoin dans l'exercice de vos fonctions, etc. Vous pouvez entrer vos contacts et vous en servir.

— Euh… Il a la 4G ?

— Oui, exactement, c'est pratique pour communiquer, s'envoyer des e-mails, des photos et tout.

On l'appelle depuis l'autre pièce. Elle se sauve.

Je regarde ce qu'elle m'a mis comme contacts. En fait de « tous les codes », c'est essentiellement son numéro, celui de son mari, de Sergo et d'Audrey qui sont rentrés.

39

Toujours aucun visiteur, tout le monde passe devant moi comme si j'étais transparente. Tout en examinant mon nouveau jouet, je récapitule ce qu'il s'est passé depuis que j'ai rencontré Sergo.

D'abord, l'altercation avec mes copains, les Gilets Jaunes. J'essaie de retrouver comment ça a commencé. Je me repasse la scène. J'étais loin au début mais j'ai entendu. Le garde du corps de Sergo est largement responsable du ton de la conversation. Au lieu de calmer les choses, il les a envenimées. Avec le recul, je me dis que s'il avait voulu que Sergo se prenne une raclée, il n'aurait pas agi autrement. Enfin, j'exagère peut-être.

Je me penche vers la cheffe des secrétaires qui m'ignore royalement depuis que je suis arrivée ce matin. Elle doit être vexée de m'avoir lourdée et de me voir toujours dans la place. Même si ce n'est pas au même poste. Malheureusement, je ne me souviens pas de son nom.

— Heps ! Madame, là !

Elle daigne se retourner vers moi et me répondre.

— C’est quoi, le nom du garde du corps de Sergo, celui qu’il avait avant moi je veux dire. Il sortait d’où ?

— Éric ?

— Oui ! Il a été embauché comment ?

— *Vipesse* ! me siffle-t-elle entre ses dents, à contrecœur.

Je me souviens brusquement de son prénom, c’est Flo.

— Oh, eh, ça va, Flo, hein ? Je vous ai pas insultée, moi, je suis polie, alors vous pouvez faire un effort ! En plus, ça se dit pas *vipesse*, ça se dit vipère ! Je vous demandais juste un nom, c’est tout !

Elle hausse les épaules et se détourne de moi. Sur un signe de sa tête, l’une de ses petites mains, de derrière son ordinateur, me tend un papier où elle a rapidement écrit V.I.P.E.S., avec le décryptage : VIP EVENTS SECURE.

— C’est le nom de la boîte. Le type de samedi matin, on n’a pas son nom, que son prénom. Tous les contrats passent par l’entreprise seulement, car les gardes sont interchangeables.

— Justement, il est passé où, celui-là ?

— Aucune idée. Appelez *Vipesse*. Pourquoi vous posez toutes ces questions ?

— Oh, pour rien, je ne sais pas, comme ça, par curiosité, parce que je m’ennuie…

J’en fais trop, je le sens, elle me regarde bizarrement, en plus de la pitié « femme battue ».

Je me penche vers ma tablette pour taper V.I.P.E.S, et je recherche les données administratives. Et là, bingo ! Principal client : un Chinois dont la spécialité est de racheter des clubs de foot européens prestigieux. Suivez mon regard. Voilà comment Sergo a trouvé son garde du corps. En passant par cette bande organisée haut de gamme de syndicat du crime international.

On y trouve à ma connaissance, et pour ce que j'en sais déjà : un Russe, un Chinois et sûrement aussi Girard. Et ce sont eux qui ont fourni ces vigiles à Sergo. Pas très efficaces, leurs types.

Bon, creuser la piste *bodyguard Vipesse* pour savoir ce qu'est devenu Sergo.

Je continue mon récapitulatif. Soirée de projection au Palais plutôt calme, sauf la présence du *syndicat* en question. J'essaie de me souvenir de l'expression du grand patron. Il avait l'air satisfait. Il était content d'être là, d'avoir coproduit ce film. Il faisait des signes à la petite Paloma. Sa fille. Capricieuse. À qui il ne refuse rien. Qui voulait faire du cinéma. Avec son fiancé Sergo, mais ça, le père l'ignore. Que Sergo est son fiancé, je veux dire.

Tout ça, c'était au début de la projection. Parce qu'à la fin, après le grand fiasco, je ne les ai pas revus. Ni les uns ni les autres. Ah oui, certains étaient à la fête, non ?

Ce n'est pas difficile de penser qu'ils ont été humiliés par l'échec du film.

C'est le lendemain que Sergo a disparu. Bon, troisième séquence, donc : la disparition. Dimanche. Hier. Sergo a-t-il été enlevé ? Par qui ? A-t-il, comme tout le monde semble le croire, mis en scène sa disparition pour faire de la pub au film ?

Quel pourrait être le mobile de son enlèvement par Kalach et le Chinois Henry David Hu ? Je ne vois pas. Sauf s'ils veulent aider Girard à l'éliminer pour qu'il ne tourne plus autour de sa fille. À moins qu'il ne leur doive du fric ? Il paraît qu'il joue au poker.

Peuvent-ils être susceptibles au point de tuer ? De le tuer ? Est-il mort à l'heure actuelle ?

Quatrième acte : mon agression par Piotr et Marco. Ce matin. Bon, plus j'y pense, plus je me persuade que ça n'est pas une vengeance. S'ils avaient voulu se venger, ils l'auraient fait depuis longtemps, depuis qu'ils sont sortis du trou. Comme par hasard, ils apparaissent dans le radar de l'affaire du film qui capote. Le premier rôle disparaît et moi je me fais agresser par les deux tarés. Le rapport est donc direct.

Oui, Blanche a raison, il faut que je parle à Borelli. Hum. Il m'a quand même bien vexée, alors je me tâte…

À un moment, ma patronne se poste à mes côtés et m'invite à une fête qui a lieu ce soir dans une villa sur la colline. C'est la fameuse invitation par la mairie. Je cherche mille excuses pour refuser, mais elle insiste tellement qu'à la fin je ne dis plus rien. Hélas, je vois bien qu'elle prend mon silence pour un oui.

Elle repart en coup de vent dans son bureau, satisfaite, vissée à son portable, un écouteur plaqué à l'oreille. Je n'ai aucune intention de passer la soirée avec elle. Déjà, hier, j'ai laissé les filles à la maison, ce soir, je suis en famille !

Vers 18 h, je constate que l'excitation autour de moi, loin de se calmer, ne fait qu'augmenter. Tout le monde parle des projections où ils vont se rendre, des dîners, des rendez-vous et des fêtes. Il y en a un bon nombre qui s'extasie en parlant du yacht. Il paraît que c'est le top. Il y a du caviar russe et du champagne chinois. C'est la dernière mode.

Ça rentre et ça sort encore plus comme dans un moulin, ici. Je suis de plus en plus transparente.

Comme mes amoureux virtuels se répètent un peu, je craque et je ferme la boutique. Je profite d'un moment où Blanche Dorsey n'est pas dans les parages et je m'éclipse sans que personne ne remarque mon départ. J'ai renoncé pour aujourd'hui à lui demander du fric.

40

Comme il l'avait promis, Tony est en bas dans la rue, à m'attendre. Sourcils froncés, il a la tête des mauvais jours.

— Qu'est-ce qu'il y a encore ? je demande. Les petites vont bien ?

— Oui, oui, très bien !

— Ben, alors, qu'est-ce que j'ai fait ?

— C'est à cause de ce site de courrier du cœur, là…

— Mais…

Alors là, je suis sciée. De quoi il se mêle ?

— Alors là, tu me scies, Tony, de quoi tu te mêles ? Je suis encore libre d'écrire à qui je veux, non ?

Il a la décence de paraître gêné.

— Non, c'est pas ça, bien sûr, oui, tu sais, je voudrais juste te mettre en garde.

— Comment ça ?

— Ben oui, ces types, là, tu sais, ils peuvent te raconter n'importe quoi, te mentir. Tu sais jamais sur qui tu vas tomber. C'est peut-être des maniaques, ou des prédateurs.

— Ça va, tu sais, moi non plus, je suis pas née de la dernière pluie. Je suis plus un bébé, Tony, oh, réveille-toi. On dirait que tu veilles sur moi comme… Je te signale que t'es pas mon frère, OK ?

— Bien sûr, non, ce que je ne comprends pas, c'est que tu as des tas d'opportunités dans ta vie de tous les jours de rencontrer un type super, sympa, gentil, qui pourrait être ton amoureux, et…

— Tu essaies encore de te placer, là ? Tony, tu dois comprendre que, entre nous, c'est pas possible. C'est dingue, ça. Combien de fois il faudra que je te le dise ? C'est agaçant, tu m'écoutes jamais ! Je peux pas sortir avec mon patron…

— Oh ! Patron… Comme tu y vas… Si peu…

— Comment ça, si peu… Je travaille pour toi et tu me payes, non ?

— Écoute, si vraiment tu tiens à aborder ce sujet, Criri… Reconnais-le : tu n'en fais qu'à ta tête. OK, je te paye, mais comme patron on pourrait plutôt croire que c'est toi la patronne. Tu viens bosser quand tu veux, tu mets les tables à ta façon, tu engueules les clients, tes gosses passent leur vie dans l'arrière-salle, tes amis créent des spectacles chez moi quand c'est pas des défilés de mode, bref, depuis que tu as mis un pied au Select, tu as tout chamboulé.

— Plains-toi ! T'as regardé ton chiffre d'affaires comme il a augmenté ?

— Euh, pas vraiment, tu vois…

— Ah bon ? Ça doit être depuis que tu es passé végan. Forcément, ça a chuté aux apéros. Avant, les gens avaient toujours quelques tranches de mortadelle avec leur *happy hour*. Maintenant, olives, cacahuètes et chips, ça fait radin.

— De quoi on parle, là ? T'arrives toujours à faire dévier la conversation. Je voulais te parler de tes e-mails du cœur.

— Boh, quoi ?

— C'est vrai, je ne comprends pas ce que tu cherches sur Internet alors que dans la vie, au moins, tu es sûre de ne pas être trompée sur la marchandise. Et puis jolie comme tu es…

Je le crois pas, il rougit en disant ça.

— … tu n'as que l'embarras du choix.

— Oui, tu comprends, je cherche l'homme idéal. Vu mon

âge, il est temps que je me case, mais pas avec n'importe qui. J'en ai marre des aventures de passage.

— C'est toi qui mets tes amoureux dehors au bout de quelques jours !

— Je me dis que si je prends bien le temps de chercher, de discuter avec un mec en ligne, je le connaîtrai mieux, plus profondément. Et quand on se rencontrera en vrai, je serai sûre déjà que c'est celui qui possède toutes les qualités que je recherche.

— Tu cherches quoi ?

— Comme toutes les filles ! Tu crois que je suis différente des autres, mais non ! Moi, ce que je veux, c'est un mec gentil, même si parfois il joue au *bad boy*. Un type qui a de l'humour, qui aime discuter, pas juste bavasser sur rien. Que ça ait un sens…

Finalement, je m'emballe et je n'arrive plus à m'arrêter. C'est bon de rêver à mon homme idéal.

— Je voudrais qu'il soit tendre, aussi, tu comprends ? Et qu'il m'emmène danser. J'adore danser et je le fais jamais ! Il doit pas être parfait, attention, hein ? Un peu de folie, ça fait pas de mal, dans la vie ! Ça met du piment.

— Ça, je pense que tu en as assez de ton côté, bougonne Tony, ombrageux.

— Bien sûr, s'il ne supporte pas les enfants, ça pourra pas le faire ! J'aimerais bien un amoureux sur qui je pourrais toujours compter, tu vois, pas comme mon père qui s'est barré le plus vite possible. Il faut qu'il soit courageux aussi et prêt à m'emmener au bout du monde avec les filles.

— Au bout du monde ? Comment ?

— Je sais pas, moi. Il faut qu'il ait de l'imagination ! À

pied, à cheval, en voiture, en avion… Comme dans la chanson que les filles ont apprise à l'école.

— Elle finit comment, cette chanson ?

— Elle finit par « en bateau à voiles ».

— En bateau à voiles ? Tu veux dire en voilier ! Elle est naze, cette chanson.

— C'est une comptine pour enfants, d'ailleurs le titre c'est *En sortant de l'école*, tu vois ? Mais qu'est-ce que tu as à me prendre le chou avec Prévert, maintenant ? Si t'es pas d'accord avec les paroles du poème, demande à Gaston qu'il t'explique.

— Et tu crois que tu vas trouver ça sur Internet ? Sur Amazon, peut-être ?

— Trouver quoi ? Un bateau à voiles ?

— Non, un garçon qui aurait toutes ces qualités que tu dis.

— Laisse tomber, tu peux pas comprendre ! T'es trop terre à terre. Moi, je suis une romantique. C'est tout.

Je ricane :

— Plus de sucre, hein ?

Il prend un air choqué.

— Je vois pas le rapport, là !

— Ben moi oui.

Tout en discutant, on est arrivés au Select. Je fais la bise à Mimi et je récupère les filles. Au moment de repartir, je demande :

— Tony, tu as besoin de moi pour les petits déjeuners, demain ?

Tony, en général, il me paye tout de suite, au black, en prenant l'argent dans la caisse. Ça me ferait quelques kopecks tout de suite demain matin.

— Je ne commence pas avant 11 h, chez Lion Queen. Je peux passer t'aider avant.

— Je te rappelle que tu es convoquée chez les flics. Je te conseille d'y aller et après seulement tu passes ici, OK ?

— Borelli, il me gonfle et...

— Arrête tes enfantillages. Tu viens pas ici avant d'être allée d'abord au commissariat, c'est compris ?

Excédée, je marmonne « *De quoi j'me mêle* ». Tout en rangeant son comptoir, il ricane :

— Son type idéal, ça va être costaud à trouver ! C'est une vraie cucul la praline, en fait, cette fille !

— J'ai entendu ! je crie.

Je ne le laisse pas répliquer et je sors, claquant la porte derrière nous. Je vois qu'il est déjà très tard et je me demande comment je vais les faire manger ce soir. Je devrais peut-être aller emprunter du riz et des œufs chez Véro ?

— Vous avez faim, mes chéries ?

Question ridicule: elles ont toujours faim, ces filles-là !

— Ah non, alors, dit Sabrina. Je peux plus rien avaler !

Les jumelles répètent comme des perroquets :

— Moi pareil ! Moi la même !

— Qu'est-ce qu'il vous arrive ?

— Tony, au goûter, il nous a fait des frites, des croquants au tofu et une salade de riz. Il a dit que les Anglais ont raison de manger très tôt le soir. Et il nous a obligées à tout finir. Il dit que ça se fait pas de gaspiller. J'en peux plus !

— Qu'est-ce qu'il lui prend, à celui-là ?

— Il a dit qu'il voulait nous éviter de nous bourrer de sucreries tard le soir.

Est-ce qu'il sous-entendrait que je nourris mal mes filles ? Je vais lui en toucher deux mots demain à ce gars ! Non mais !

Mardi – Le jour de la déposition

41

Ce matin, c'est le bonheur total grâce à Pastis. Il est venu me réveiller en douceur. Et depuis, il suit chacun de nos gestes, se frottant à nos jambes et ronronnant à qui mieux mieux.

— Il est trop câlin, Pastis, ce matin, hein ?

Les jumelles approuvent, ravies.

Et nous chantons toutes en chœur un petit air guilleret déposé cette nuit par ma mère dans mon ciboulot : « *C'est pas l'homme qui prend la mer, C'est la mer qui prend l'homme, tatatin, Moi, la mer, elle m'a pris, Je m'souviens un mardi, Dès que le vent soufflera...* » J'aime bien Renaud. Ma mère l'écoutait pas mal. J'avais parfois l'impression qu'il connaissait ma vie quand il chantait.

Là, c'est pas vraiment cousu de fil blanc. Je comprends pas le rapport entre cette chanson et ma vie en ce moment. Sûrement que ma mère essaie de me dire un truc, mais... quoi ?

Franchement, en ce moment, on dirait qu'elle s'éparpille. C'est de plus en plus dur pour moi de trouver le pourquoi des airs qu'elle me balance depuis son entre deux mondes. D'ailleurs, elle est où exactement, hein ? *Maman, t'es où en fait ? En enfer, au paradis ? Ou dans les limbes ? Ou alors dans un espace bizarre où on parque les fantômes quand ils n'ont pas fini leur mission sur Terre. C'est quoi, ta mission, maman ?*

C'est moi ? Tu vas rester comme ça tout près de moi jusqu'à quand ? Il faudrait que tu ailles aussi vivre ta vie, que tu partes là où vont les morts pour t'amuser un peu avec eux…

Ça fait rien. C'est gai, ça parle de la mer, et nous reprenons le refrain en chœur tout en disant au revoir à Pastis de la main.

Après avoir accompagné les filles à l'école, je fais un détour par le commissariat. Je me prépare à attendre pendant des heures sur une chaise en skaï et je suis bien surprise d'être introduite tout de suite dans le bureau de Borelli où deux policiers s'affairent à taper des rapports en croquant des… euh… *donuts* ? tandis que d'autres entrent et sortent dans un manège bien orchestré.

— Vous jouez aux flics des séries américaines ? Ou vous voulez concurrencer Homer Simpson ? je leur demande.

Ils me toisent, haussent les épaules et continuent à s'acharner sur leur clavier, du sucre plein le menton.

La pièce est *crade*, les murs lézardés, les meubles écaillés, tout est pourri. Un cliché de locaux de police dans un film des années soixante-dix. Au milieu de toutes ces vieilleries, derrière le bureau vermoulu rempli de paperasse, un seul objet flambant neuf : le fauteuil de Borelli. Grand, noir, cuir, moelleux, roulant et tournant. Le fauteuil d'un patron du CAC 40.

Je siffle.

— Ils ont du pognon à gaspiller, dans la police, pour vous offrir un fauteuil de PDG pareil !

— Vous inquiétez pas pour le trésor public, je me suis payé ce fauteuil moi-même. Indispensable à cause de mon dos. Eh oui, Maldonne ! Je me fais vieux.

Le voilà qui s'empresse à mes côtés, m'offre une chaise, me tend une tasse de café.

— C'est quoi, cette mise en scène ? je lui demande, narquoise. Vous vous êtes converti dans le cinéma ? C'est le Festival qui vous inspire ?

Il lève les yeux au ciel et s'énerve tout de suite.

— Stop, Maldonne ! Commencez pas de bon matin. Y'a du nouveau et c'est pas marrant, alors vous allez pas entraver l'enquête tout de suite, d'accord ?

— Vous démarrez au quart de tour, vous ! Ben dis donc, si on peut plus rien dire !

Je suis fière du résultat, mais en même temps je sens que c'est du lourd et qu'il ne plaisante pas, donc je balance mes paroles avec prudence. Juste pour sauver la face.

— Qu'est-ce que vous avez de si brûlant ? Vous avez retrouvé le cadavre de Sergo ? je demande.

— Vous avez oublié où vous êtes ? Ici, c'est moi qui pose les questions.

— OK, j'écoute, alors ?

— Reprenons tout du début. Comment vous avez rencontré Sergo ?

Je lui explique de nouveau avec patience ce que je lui ai déjà dit au téléphone l'autre jour. Ce qu'il s'est passé au rond-point. Cette fois, j'insiste sur le rôle de son garde du corps.

— C'était bizarre. Je me suis fait la réflexion, sans approfondir sur le moment, que…

— Que… quoi ?

— Que ce type était vraiment pas diplomate pour deux sous. Il faisait exactement le contraire de ce qu'il aurait fallu pour calmer la situation. En réalité, ce qu'il a dit a mis Sergo encore plus en porte-à-faux. Comme s'il voulait que Sergo se prenne des coups.

— À ce que j'ai cru comprendre, il les a bien cherchés tout seul.

— Oui, c'est vrai, il est con, mais c'est pas un méchant. Et il croit dur comme fer à tout ce qu'il dit. Qu'il s'est fait tout seul, qu'il mérite tout ce que la vie lui a offert sur un plateau, et que les autres, s'ils sont dans la *loose* totale, c'est qu'ils sont nuls.

— Et vous, vous pensez quoi, Maldonne ?

— Moi, je suis mal placée pour répondre, j'ai trop de chance dans la vie sans l'avoir vraiment mérité. J'ai des gosses géniaux, une super caravane même si elle est un peu cabossée depuis les inondations et des potes sur qui je peux compter et…

Il a un geste de la main pour écarter ce que je viens de dire.

— Je ne vous demande pas ce que vous pensez de cette théorie en général et encore moins à votre propos ! Mais par rapport à Sergo. Il a raison ou pas ?

Je ricane. Je me souviens de ce que m'ont confié quelques personnes de l'équipe de production.

— Je préfère pas répondre à ça, Borelli. J'aime pas les ragots. Et puis vous savez, ce genre de *gossips*, ça peut embrouiller une enquête.

— Au contraire, moi, je me nourris de ragots, vous voyez. Je fais feu de tout bois. Tout peut être important dans une enquête. Alors, vous allez cracher le morceau, oui ou…

Il a crié ces derniers mots et il a tapé un grand coup sur la table, ce qui m'a fait sursauter.

— Qu'est-ce qui vous prend ? je crâne. Vous êtes malade ou quoi ? Même pas peur !

Il s'assoit sur son fauteuil de patron en soufflant, à bout d'argument. J'ai un peu pitié.

— Bon, si vous y tenez vraiment et que vous pensez que ça peut aider pour l'enquête, Sergo, c'est même pas un bon footballeur.

— Oui, ça, tout le monde le sait !

— OK, vous savez aussi peut-être pourquoi Girard l'a acheté aussi cher et pourquoi il a misé après sur lui comme acteur ?

— …

— Cherchez la femme, Borelli ! Vous la connaissez, cette expression ?

— C'est-à-dire ?

— C'est-à-dire mademoiselle Paloma Girard.

— L'actrice du même film ?

— Oui. Elle est raide dingue de lui. De Sergo. C'est lui qui me l'a dit. Et je l'ai vue à l'œuvre, elle aussi. Il est pas mytho. Faut dire qu'il en pince sérieux pour elle. Elle a persuadé son père de l'acheter des millions au petit club où il était avant. Entre nous, il était remplaçant et toujours sur le banc à chaque match. Ensuite, comme il rêvait de faire *trop* du ciné et que le magnat regrettait ses millions foutus en l'air vu que Sergo était nul sur le terrain, elle l'a persuadé, je parle de son père, hein, pas de Sergo… d'investir dans le ciné.

— Mais…

— Bon, pour aller plus vite, je vais faire vos questions et mes réponses. Si j'oublie quelque chose, vous me direz à la fin, OK ?

— Vous vous croyez où ?

— Allez, faites pas votre timide ! Je commence. Est-ce qu'ils couchent ensemble, Sergio et Paloma ? Évidemment ! Pourquoi ils le disent pas au père ? Pour deux raisons : primo, le *boss* a d'autres plans pour sa fille ; deuxio, Sergo est trop un nul pour la fille du grand chef. Et maintenant que le film est un bide, ça se corse. Pauvre Sergo ! Entouré comme il l'est par tous ces garçons terrifiants, ami avec l'homme le plus craint au monde, fou de la princesse jalousement gardée par le père, il a tiré les mauvais numéros. Ceux qui rendent aveugles.

— Vous voulez dire quoi ? Excusez-moi, là, je ne vous suis plus.

— C'est une façon de parler. Quand on panique, on voit plus rien autour de soi. Quand on a un ami trop riche, on perd un peu plus la vue sur les réalités. Et pour finir, quand on est amoureux, c'est comme dans le proverbe, non ? L'amour rend aveugle !

— C'est bon, ça, Maldonne. C'est très bon ! C'est même explosif comme mélange. Quelle imagination ! Je suis étonné que personne ne vous ait encore fait signer un contrat comme scénariste ! Malheureusement, cela ne prouve rien. Vous pensez que le père Girard aurait pu enlever et tuer Sergo s'il avait appris que…

Il se prend la tête dans les mains, soudain découragé.

— Et les Dorsey, ils viennent faire quoi là-dedans ?

— Le hasard. Lion Queen Productions était une boîte spécialisée dans le documentaire sportif et ils voulaient se lancer dans la fiction. On leur a présenté Henri Girard qui, poussé par sa fille et désireux de récupérer la mise investie en vain sur Sergo, voulait surenchérir dans un film. Un vrai, avec une histoire et des acteurs. Comme il a oublié d'être con, ce milliardaire, il s'est dit que si l'histoire se passait dans le milieu du foot et qu'elle mettait en avant son club, ce serait d'une pierre deux coups. Recycler un footballeur toquard qui lui faisait perdre du fric, et faire de la pub pour son club. Tout en faisant plaisir à sa fille.

— Comment vous la trouvez, cette Dorsey ?

— Ismène la trouve louche, mais je peux pas dire, elle est sympa avec moi. Même un peu trop, d'ailleurs. Elle me propose boulot sur boulot et son mari, un génie méconnu qui se prend pour Bille August, ne me demandez pas c'est qui, je le sais parce qu'il me l'a dit, s'est entiché de mes filles. Ils viennent même le matin des fois chez moi pour nous accompagner à l'école. Bizarroïde pour une productrice, non ? En plus avec un film qui passe au Festival et qui fait un flop. Elle veut me faire porter le chapeau ou quoi ? À propos de chapeau, faut voir celui qu'elle se...

— Ne nous emballons pas, aucun rapport. Et ne nous éloignons pas du sujet. Pour l'instant, nous savons juste que ça tourne autour d'eux. C'est tout ce que nous avons. Notre cocktail ? Un père ivre de puissance avec un ego démesuré, un footballeur trop nul, y compris comme acteur, qui lui fait perdre des millions et qui veut lui enlever sa fille, et un garde du corps qui fait son boulot à l'envers, pour finir noyé dans les bras d'une pute inconnue de nos services. C'est vrai que pendant le Festival, notre contingent habituel de ces demoiselles est multiplié par des dizaines ! Impossible de les connaître toutes.

Alors là, c'est à mon tour de sortir de mes gonds.

— Quoi ? Comment ? C'est maintenant que vous me le dites ? Y'a eu des morts ? Vous rigolez ?

Borelli prend une feuille et lit le rapport établi par la police des mers au petit matin :

— « Il était 5 h du matin quand les employés municipaux, en nettoyant le rivage, ont trouvé sur le sable de la Croisette les corps noyés rejetés par les vagues d'un homme et d'une femme, à plus de cent mètres l'un de l'autre... bla bla... »

— Mais... Mais...

J'essaie de gagner du temps. Et je suis surtout obnubilée par le souvenir de ma chanson du matin : « *C'est la mer qui prend l'homme, tatatin, Moi, la mer, elle m'a pris, Je m'souviens un mardi...* » La mer a bien pris un homme cette nuit. Et même une femme avec. Deux pour le prix d'un ! Et en plus, un mardi ! C'est donc ça que ma mère essayait de me dire !

— On a tout de suite vérifié si c'était Sergo, bien sûr. Non. C'était pas lui. L'association d'idées nous a permis de constater qu'il s'agissait de son garde du corps, Éric Mounier, qu'il avait viré samedi à la suite de votre action d'éclat. Et la fille, eh bien, elle a été impossible à identifier. Un témoin a dit qu'elle vivait de ses charmes. Voilà.

Alors, finalement, le nom de famille d'Éric, c'était Mounier ? C'est juste à ce moment que la porte s'ouvre avec fracas et qu'une nana super canon en pleurs se précipite dans la pièce, suivie par trois agents qui ne parviennent pas à la retenir.

Elle est immense, elle touche presque le plafond, perchée sur des bottines-échasses en cuir miroir doré à talons aiguilles vertigineux. Pantalon de cuir noir moulant, décolleté noir en satin et cheveux blonds, longs, qui flottent dans son dos. La panoplie parfaite de la professionnelle migrante du Festival de Cannes.

42

Quand la fille voit une femme (c'est-à-dire moi) dans les lieux, elle se jette dans mes bras et baragouine dans une drôle de langue. Pas besoin d'avoir le bac pour deviner que c'est du russe. Ou de l'ukrainien ? Du croate ? De l'albanais ? Du lituanien ? Du moldave ? Du finnois ? De l'islandais ? Du tchèque ? Du tchétchène ? Gaston serait bien utile en ce moment.

Devant nos têtes d'idiots qui ne comprennent rien, elle se rend compte qu'elle doit parler en français.

— Natacha ! Natacha ! Mon amie ! C'est mensonge. Elle pas aimer Ricky. Elle préférrrer Sergo. Lui vouloir cacher pour la bouse, et voilà, eux fâcher de lui, bagarrer pour qu'il revienne et plouf tomber dans l'eau avec vodka dans ventre, beaucoup vodka, et Natacha tomber aussi.

Branle-bas de combat. On l'installe de force devant un lieutenant qui se met à taper sur son ordinateur.

— Un témoin qui tombe tout cuit du ciel, où est-ce qu'on voit ce genre de miracle, Maldonne ? Pas dans ma vie en tout cas. Allez, je vous laisse. Je vous appelle si besoin est.

— À votre place, je me méfierais.

— J'ai du flair, Maldonne, ne l'oubliez pas. Cette fille, elle dit la vérité, sans compter qu'elle risque gros…

— Alors, vous voulez pas en savoir plus ? Et moi ? Mon agression ?

— Ah oui, dit-il en montrant mon visage, j'ai vu que vous avez pris quelques torgnoles.

— Et vous voulez pas savoir comment ?

— Oui, oui, bien sûr, mais bon, je sais où vous trouver et puis ce témoin, là, il faut faire vite, la piste est peut-être fraîche. Juste, je ne comprends pas cette histoire de bouse, là…

— Il vous faudrait Gaston pour traduire. Ou même Sabrina, ma fille, je rajoute avec fierté, elle traduit toutes les langues, du moment qu'il y a de l'émotion. Pour cette histoire de bouse, c'est limpide, elle veut dire *buzz*. Elle a dit que Sergo s'était planqué sur le yacht pour faire le *buzz*. Exactement ce que vous avez soupçonné au départ. Moi, je n'adhère pas à cette thèse. Et hier soir, ils l'auraient retrouvé ? Qui ça ? Ils voulaient le foutre à l'eau ? C'est pas clair, cette histoire.

— Mais puisque c'est l'autre qui est mort ! Ça tient pas debout !

— Ne vous découragez pas, Borelli, l'enquête en terrain miné ne fait que commencer pour vous !

43

Je quitte la pièce en me disant que si vraiment Sergo avait tout organisé, il avait dû être bien déçu que sa mayonnaise ne prenne pas. Il devait être dépité que les journaux ne parlent pas de sa disparition plus que ça.

Alors, il se serait planqué dans ce yacht ?

J'appelle Ismène, qui s'enflamme instantanément.

— Il y est peut-être toujours ? Il faut absolument monter à bord pour voir si c'est vrai.

Ah, je comprends mieux le message de ma mère : « *C'est pas l'homme qui prend la mer, c'est la mer qui prend l'homme !* » C'est moi, cette fois, qui vais m'y mettre, et j'espère bien qu'elle va pas me prendre, la mer !

— Et comment ?

— Fastoche, pour toi ! Tu travailles toujours pour Lion Queen Productions ? Tu dois obtenir une invitation à une soirée sur le yacht par Blanche Dorsey.

Me voilà partie au boulot bille en tête avec une seule idée fixe : obtenir un carton pour une soirée sur le yacht. Comment revenir à présent sur mes refus précédents sans passer pour une fille qui n'a aucune suite dans les idées ?

Ça me tracasse quelques minutes et brusquement, juste en passant la porte, j'ai une idée qui n'en est pas une : arrêter de me prendre la tête pour des riens.

C'est simple, je dois juste le faire et tant pis si je passe pour une girouette. D'ailleurs, si ça se trouve, tout le monde s'en fiche. Je dois seulement guetter le bon moment. OK, je sais que ça va être *duraille*, euh... *Qui ne tente rien n'a rien.* Et puis je vais en profiter pour demander mon fric. Ça commence à bien faire !

Je rentre comme une Massaï sur le pied de guerre, mais en les voyant tous courir d'un endroit à l'autre ou taper frénétiquement sur leurs claviers, je me dis qu'il faut d'abord que je me montre moi aussi très occupée pour faire partie des leurs.

Comme il n'y a toujours personne qui me demande quoi que ce soit me permettant d'exercer mon métier d'hôtesse, c'est-à-dire d'accueillir avec le sourire et de tendre des dépliants, je me plonge sur ma tablette et j'ouvre mon courrier du cœur. Un nouvel inscrit ! Top !

Pas de photo, ce qui est louche ; pour le reste, c'est pas mal. Le profil me séduit : « *Nino, trentenaire, je suis un homme avec un bel intérieur...* » Euh... Un bel intérieur ? Ça veut dire quoi ? Il est bien intérieurement ou il a une chouette baraque et un super sens de la déco ? « *Je cherche une femme qui apprécie l'humour,* » c'est moi, « *les discussions constructives »,* c'est bon pour moi, « *la tendresse »,* ça me va, « *la danse »,* je suis OK, « *les petits moments de folie* », enfin faut voir, ça dépend lesquelles, « *les voyages, et les rêves de vie...* » Bon, les voyages, je pige, mais ça veut dire quoi, rêve de vie ? « *J'adore les enfants.* » Ça tombe bien, parce que faut me prendre avec les petiotes. Bref, c'est un bon début, on dirait qu'il est fait pour moi celui-là.

J'adore son accroche et la façon dont il m'aborde sur son message privé : « *Hello beauté, quand tu veux on va faire un tour dans les nuages, voyages, d'autres rivages...* » C'est à la fois direct et avec une légère timidité qui se masque sous de l'audace poétique. Bon, comme il n'y a pas de photos, je me dis que soit c'est un fake, soit il est tellement moche qu'il n'ose pas se montrer. Je décide de ne pas lui répondre tout de suite et avec un grand soupir, je ferme la tablette.

Allez, Rosie, lance-toi, une pierre deux coups : ton salaire de samedi et cette soirée yacht !

Je m'étais mis dans la tête que ça allait être très difficile d'obtenir les petits cartons magiques ; en fait, je n'ai même pas besoin d'en parler à ma patronne. J'en glisse deux mots à une stagiaire qui établit des listes justement pour envoyer ses cartons. Elle bosse sur son ordi à un mètre de moi.

— T'en veux combien ? me demande-t-elle immédiatement.

Cash !

Je crois rêver. Je suis carrément dans la caverne d'Ali Baba.

— Euh… Je vais peut-être essayer d'y aller avec mon amie Ismène. Enfin, je ne sais pas exactement, je ne voudrais pas abuser ?

— Tu veux y aller quand ?

— Ben, je ne sais pas. Ce soir ?

— Je t'en file deux, si tu en veux plus, tu me le dis avant 15 h. C'est pas un problème, ils presque sont tous remontés à Paris, j'en ai plein en rabe.

Et elle me tend deux morceaux de bristol qu'elle prend dans un tiroir et qu'elle glisse dans une jolie enveloppe.

Et voilà comment je me retrouve à appeler Ismène pour lui dire que j'ai les places et qu'elle peut se joindre à moi, pour ce qu'on a dit.

Ismène n'est pas libre ce soir. C'est l'anniversaire de Simon et avec Véro, elles ont décidé de faire une grande fête le lendemain mercredi après-midi, en invitant ses copains.

— Quels copains ?

— Sois pas négative, Cricri ! Il en a quelques-uns, quand même.

Simon a toujours été un enfant particulier et la compagnie des autres l'ennuie plus qu'autre chose. À part Sabrina, bien sûr.

— On en a trouvé. Ceux qui vont au club d'échecs avec lui. Et ceux du club de mangas.

— Bonne idée ! C'est vrai ! Mais c'est demain, la fête, non ?

— Oui, sauf qu'il faut tout préparer. On se met aux fourneaux toute la soirée pour faire des gâteaux et des tartes.

Son programme est plus alléchant que le mien ! Elles vont s'éclater !

— Mince. Bon, bah, finalement je vais pas aller sur ce yacht. J'irai demain. Je vais venir vous aider ce soir.

— Tu tournes pas rond ? Toi, tu t'occupes de savoir ce qui se trame de ce côté-là. Je te rappelle qu'il y a deux morts, que tu t'es fait tabasser et que ton protégé a disparu.

Elle a raison, je suis toujours liée par ma promesse.

— Essaie de glaner des trucs sur ce yacht, le dernier lieu où il a été vu, tandis que moi, je m'occupe de l'anniversaire de Simon. Chacun sa place et les vaches seront bien gardées.

— C'est encore un code de Radio Londres ? Les carottes cuites et les vaches gardées ? C'est pas plutôt chasse gardée, la formule ?

— Non, c'est une expression populaire française classique, Cricri ! Toi qui ne t'exprimes qu'avec des tournures toutes faites, tu devrais la connaître, celle-là, non ?

— Je dois le prendre comment ? D'ailleurs, tout ce que je connais avec le mot vache, c'est plutôt des insultes, comme *mort aux vaches*, et *peau de vache*. Je connais aussi celle pour la pluie, là… tu sais ? Ah oui, quand ça pleut beaucoup, on dit comme *vache qui pisse*.

— OK, ça va, j'ai compris l'idée générale. Eh ben, il en existe aussi une pour dire que chacun fait ce qu'il a à faire et que du coup tous les boulots sont bien faits. Ça veut dire ça. Les vaches seront bien gardées si chacun reste à sa place.

— Ouais, bah, en tout cas, celle qui convient maintenant, c'est que tu n'es pas obligée de me parler sur ce ton vu qu'on n'a pas gardé les vaches ensemble.

— Ça, tu l'as dit et heureusement ! Si ça avait été le cas, je ne t'aurais pas supportée longtemps.

Je remarque soudain que la fille qui m'a donné les places me regarde avec des yeux comme deux ronds de jaune d'œufs au plat. C'est parce qu'elle écoute ma conversation, ce qui la perturbe beaucoup.

Je lui fais un geste de la main pour la rassurer et pour qu'elle ne fasse pas trop attention et je tourne mon index sur ma tempe pour lui signifier que la personne à qui je parle est un peu zinzin mais que ce n'est pas grave.

Gênée d'avoir été surprise en plein espionnage, elle se replonge dans son ordinateur.

— T'as qu'à inviter Gaston ! dit Ismène. Il va être ravi de venir avec toi.

En fait, je ne sais pas pourquoi, j'avais pensé plutôt à inviter Tony. C'est idiot, puisque le soir, il bosse au Select assez tard. Et puis, il n'est pas vraiment sortable, toujours en train de me couver des yeux. Trop jaloux. Ça serait pas vivable, comme soirée. C'est quoi, cette idée farfelue ?

— Gaston, oui, c'est une bonne idée.

— Bouge pas, je l'appelle. Et envoie les filles à la maison ce soir, ça va être marrant, soirée atelier-gâteaux !

Je me sens comme soulagée en me disant que je n'ai pas à chercher à manger pour les enfants pour ce soir.

— Tu sais quoi, elle rajoute, encore mieux : c'est nous qui les récupérons à la sortie de l'école, OK ?

Ismène a vraiment changé depuis qu'elle est avec Véro. D'amazone célibataire et séductrice tous azimuts, la voilà métamorphosée en Maïté, la mousquetaire des cuisinières ! Elle continue :

— Comme ça, tu t'occupes de t'habiller pour la soirée, OK ? Tiens, j'y pense, j'appelle aussi Bintou pour qu'elle t'apporte une robe décente.

— Ismène, s'il te plaît, ne te mêle pas trop de mes fringues. Tu me feras plaisir. Parce que tu vois, c'est vraiment pas une robe fournie par Bintou dont j'ai besoin ce soir. J'ai pas envie de me faire remarquer et que tout le monde pense que je suis une bonne sœur échappée du couvent.

Bintou est une fille d'origine mélangée, un peu ivoirienne, un peu russe et un peu française, plusieurs doctorats en différentes matières dont je ne me souviens plus. Elle vit de ses rentes, de la pension de son mari et de ses multiples biens légués par ses parents. Elle passe son temps à vouloir m'habiller comme une poupée. Malheureusement, elle a vraiment des goûts affreux, style bottin mondain, ses robes sont toujours sinistres, trop longues pour moi.

Ça me fait bizarre de laisser encore mes filles ce soir, mais je suis contente de savoir qu'elles vont s'amuser et bien manger. J'ai moins la pression pour demander du fric à la Dorsey. Ça pourra attendre demain. Faudrait quand même vite régler ce problème, parce que ça commence à me courir sur les petits pois. Sans les filles, je me sens un peu inachevée.

Quelques minutes après j'ai un SMS de Gaston : <Chère amie, j'accepte cette délicieuse invitation avec grand plaisir. Mon carrosse et moi passerons vous prendre dans votre do-

maine ce soir aux alentours de ?> Je lui réponds illico : <20:00 à la caravane. À toute !>

44

Cette fois, contrairement à la veille, je ne parviens pas à éviter Blanche Dorsey au moment où je pars.

— Cricri, attends-moi, me dit-elle. Je t'emmène.

Lorsque nous sortons de l'hôtel, Michael Dorsey, au volant de la Tesla, s'impatiente sur le trottoir.

En me voyant, il fait une tête horrifiée.

— Mais… il vous est arrivé quoi, Cricri ?

Je balaye sa question d'un geste négligent.

— Vous êtes malades de circuler en voiture pendant le Festival, je leur dis.

— Elle ne pollue pas, réplique Blanche.

— C'est pas ça, dis-je. Y'a trop de monde dans les rues et tout est bloqué. On met plus de temps en voiture qu'à pied.

Je profite du trajet pour leur poser plein de questions sur ma mère quand elle était jeune, puisque Blanche dit l'avoir connue. Apparemment, Dorsey, lui, ne l'a jamais vue. Il en a beaucoup entendu parler par son beau-frère, le frère de Blanche.

— Ah bon ? Lui aussi, il la connaissait ?

Blanche tousse un peu fort, Michael se trouble et c'est soudain le silence dans la voiture.

Je me demande ce que j'ai encore dit qu'il ne fallait pas. Décidément, ces gens-là sont trop compliqués pour moi. Mais ça ne va pas se passer comme ça. Je ronge mon frein. Je ne vais plus rien dire pour le moment, mais ils ne perdent rien pour attendre !

— Passez par cette rue, ça évitera quelques embouteillages, leur dis-je.

— On ne prend pas vos filles ?

— Euh, non. C'est une amie qui les garde ce soir parce que je sors.

— Ah bon ? Vous allez où ?

C'est mon tour d'être gênée.

— J'ai eu une invitation pour passer à la fête de ce soir sur le *Lady Moon*, je dis.

Les voilà soudain tout joyeux.

— Chouette ! C'est du tonnerre ! Génial. Alors, nous serons chez vous vers 20 h ?

— Non, euh, j'ai un ami qui vient me chercher. Il m'accompagne.

— Ah ? C'est sympa, bien sûr. De toute façon, on se verra là-bas, nous y allons aussi. Nous devons négocier un nouvel accord avec le sponsor très déçu par les mauvaises critiques sur le film. Il est nerveux à propos de ses retours sur investissement.

Cette conversation commence déjà à m'ennuyer. Je regarde par la fenêtre et je me demande comment je vais m'y prendre pour retrouver Sergo sur le bateau, pendant que les Dorsey continuent à parler entre eux de la façon dont ils vont pouvoir tenter de faire distribuer leur film contre vents et marées.

Accroché à la poignée de ma porte, gardé par Pastis qui ne le quitte pas du regard depuis sa branche, je trouve un sachet qui contient un bout de chiffon griffé Versace. Une minirobe en lamé cuivré, avec de fines bretelles. Bintou a fini par piger que je ne porte que des robes largement au-dessus du genou. Je vais me cailler avec ça. On n'est pas encore en été !

Je fouille dans mon placard, et je ressors la jolie petite veste de ma mère, celle en velours noir avec des broderies, vintage, que j'avais trouvée dans la cachette juive de Mémé Ruth. Celle qui avait des boutons en pièces d'or.

Depuis, les pièces d'or ont vécu d'autres aventures. Je les ai décousues pour les vendre. Grâce au fruit de cette vente, avec Léo, nous devions partir rejoindre l'amiral Caron, inventeur de trésors en épaves de son état. Mais les pièces se sont avérées beaucoup moins cotées que je ne le croyais.

Finalement, comme on n'avait pas récolté assez, à la dernière minute je m'étais dit que cet argent avait appartenu à Mémé Ruth. Même si elle avait voulu que je le trouve. Elle avait été une héroïne de la Résistance !

J'ai donc fini par tout verser à l'association qui gère les archives des résistants. Et sur la veste, j'ai remplacé les boutons en or par d'autres en plastique de toutes les couleurs avec de jolies formes de personnages connus. Il y a Betty Boop, Marilyn, Titi, Snoopy, Garfield, Hello Kitty, la princesse Leia et pour les manches, j'ai mis des chats. Carrément stylé.

Je me badigeonne mille tonnes de maquillage pour masquer mes traces de coups en pensant à Pascal, le complotiste. Je rejoins Gaston et sa Mark Two ou MK2, la berline Jaguar la plus rapide du monde dans les années soixante, utilisée surtout par la police anglaise pour poursuivre les malfaiteurs. C'est le grand amour de Gaston.

Nous avons une grande conversation car j'insiste pour y aller à pied, mais il n'y a rien à faire, il veut frimer pendant le Festival dans sa Jaguar !

— Vous ne saviez pas que j'étais aussi un vrai minet, hein, Cricri ?

— Comme *Glos Minet* ? je demande.

Il éclate de rire. Je ne comprends pas de quoi il parle (c'est quoi, cette histoire de minet ?), mais bon, ça me fait plaisir de le voir rire.

Pastis nous accompagne jusqu'à la voiture et il nous regarde partir.

Au bout du quai, Gaston et moi, nous faisons la queue comme tous les VIP invités à cette fête quand les Dorsey nous interceptent et nous font passer devant tout le monde. Nous voilà dans le clan au-dessus des VIP. Nous sommes les VIP des VIP. Gaston les suit avec des mines d'excuse vers tous ceux qui restent dans la file à attendre.

Je vois bien que Blanche et Michael Dorsey ont semblé gênés de voir la personne qui m'accompagne. Ils doivent penser que Gaston est mon petit ami, et la différence d'âge les choque. Pourtant, c'est monnaie courante dans le cinoche, les vieux producteurs avec des petites actrices de trente ans de moins, non ? Sûrement que moi, ils ne me voient pas comme ça. Surtout qu'ils doivent penser que c'est lui qui me fout des *trempes*.

— Venez, nous allons prendre ce *tender*, dit Blanche.

De quoi elle parle ? De la chanson d'Elvis, *Love me Tender* ?

Des sortes de gros zodiaques avec le nom du yacht, *Lady Moon*, inscrit sur le côté, emmènent les invités sur le yacht qui mouille entre le Palm Beach et les îles de Lérins.

Nous sommes accueillis sur le pont principal par des flûtes de champagne et les Dorsey nous emmènent directement vers des passerelles qui n'en finissent plus de monter.

— Venez, nous avons notre place sur le *roof*, disent-ils.

Je me demande de quoi ils parlent. Nous atterrissons tout en haut du bateau au milieu de quelques privilégiés.

Je reconnais, attablé près de nous, le fameux proprio de club, Girard, avec Paloma, qui me fait un signe discret de la main. Ils sont nombreux à cette table et comme d'habitude, ses acolytes chinois et russes sont à ses côtés.

Aucun autre visage familier pour moi sur le fameux *roof*. Les gens se jettent au cou les uns des autres, s'échangent des bises bien baveuses, bref tout le monde il s'aime et tout le monde il est gentil.

Je me sens un peu à l'écart du mouvement. Évidemment, c'est le but recherché de ces salons réservés. Se tenir à l'écart du bas peuple. Mais ça n'arrange pas mes petites affaires, car comme nous sommes peu nombreux ici, si je m'éclipse pour ma petite enquête, cette absence prolongée de ma part se ferait remarquer.

Dans les étages inférieurs, il y a des buffets et les gens passent des heures à faire désespérément la queue pour attraper une verrine de crevettes ou une bouchée de hamburger au foie gras, tandis qu'ici, nul besoin de bouger. Les serveurs viennent vers nous pour nous présenter les plateaux garnis.

Flûte et crotte et alambic ! Alambic ? Vraiment ? D'où ça sort ?

Blanche Dorsey me caresse le bras machinalement en buvant son verre et soudain, elle reste pétrifiée, la main bloquée sur la manche de ma veste de velours, les yeux rivés sur les broderies.

Je me dis qu'elle a dû remarquer mes jolis boutons et qu'elle va en parler.

— Cette veste. Cette veste en velours frappé. Ces broderies. Je les connais. C'est… C'est…

— Oui, dis-je. C'est une veste qui a appartenu à ma mère. Vous l'avez certainement déjà vue avec. Peut-être même a-t-elle appartenu à ma grand-mère avant. Son origine se perd dans la nuit des temps.

Je ris et je me lève, agacée. Elle va continuer ce cirque sur ma famille longtemps ?

La voilà qui se secoue, elle fait cul sec avec son verre, qu'elle repose fortement sur la table vitrée. Puis elle se penche vers Gaston et lui dit :

— Nous sommes enchantés de vous rencontrer. Vous connaissez Rosie depuis longtemps ?

— Cela commence à faire un petit bail ! Je suis son oncle, répond Gaston.

Je comprends à sa réponse que la question l'a agacé. Il n'aime pas les inquisiteurs. Il n'est pas du tout mon oncle mais je le présente souvent comme tel.

— Et vous faites quoi dans la vie ?

— Je vis de mes rentes, dit Gaston.

Il n'aime pas non plus dire qu'il est poète, il pense que les gens ont du mal à comprendre que c'est un métier à plein temps, surtout que ça ne rapporte rien. Il préfère carrément dire qu'il ne fait rien. Son argent, il l'a gagné à vie avec quelques vers vendus à Madonna il y a quelques années. Depuis, sa bourse se remplit de façon régulière et conséquente.

Bref, en deux questions, ils ont réussi à contrarier Gaston, ce qui me décrêpe aussi.

— C'est quoi, c'est une enquête ? je demande. Vous voyez pas que vous avez chagriné mon tonton ?

Les Dorsey ont le bec cloué pour quelques minutes et ils se consultent du regard.

— Excusez notre intrusion, dit Blanche. Euh… Nous nous intéressons à Rosie. Elle est attachante et nous aimerions lui dire quelque chose d'important…

Michael la coupe brusquement :

— Votre visage me dit quelque chose. C'est quoi, votre nom, déjà ?

Je souffle bruyamment et Gaston, toujours poli en toute circonstance, répond :

— Gaston Contini, pourquoi ?

L'homme claque dans ses mains, enchanté :

— Je le savais ! J'en étais sûr ! Contini, mais bien sûr ! Quand vous avez eu votre distinction, j'ai été choisi pour déclamer *La Gabinière,* votre poème. Je voulais faire une carrière d'acteur à l'époque. Puis j'ai bifurqué vers la réalisation.

Je me dis en moi-même que si c'était pour enchaîner navet sur navet, il aurait mieux fait de s'en tenir aux rôles de figurants au tarif syndical.

Et le voilà qui se met à réciter :

> « *La brise de mer*
> *à l'heure tardive*
> *des liches d'été*
> *nous amène les hautes voix*
> *des journaliers*
> *qui rentrent des terrasses…* »

Vite rejoint sous nos yeux médusés dans sa déclamation par Gaston, qui ne peut résister à ce plaisir de dire son texte à voix haute. :

> « *… la terre ocre sous leurs pas*
> *à l'approche des sentes huileuses.*
> *Sur l'épaule*

le refrain d'un chant marin
à l'adresse de l'août nouveau. »[1]

Très vite, la tablée voisine tend l'oreille et se transforme en spectateurs discrets et attentifs.

Quand nos deux lascars, tout fiers, terminent leur show, tout le monde applaudit sur le *roof*.

— Je comprends mieux votre réflexion : *je vis de mes rentes*, dit Michael Dorsey, rassuré. Vous êtes un poète célèbre !

Gaston éclate de rire !

— Vous n'y êtes pas du tout ! La poésie ne fait pas manger son homme ! Ma fortune provient d'un extrait que j'ai vendu, alors que j'étais encore jeune, à une chanteuse étoile du show-biz.

Tout le monde s'exclame, j'ai l'impression que les Dorsey ne le croient pas mais ils sont sous le charme et Gaston a l'air de s'amuser.

Je cherche un prétexte pour quitter cette table et aller fouiller ce bateau pour retrouver Sergo.

— À quoi penses-tu, Cricri ? me demande Blanche.

Tous les regards se tournent vers moi et je ris bêtement :

— Vous trouvez pas qu'on s'enquiquine à cent sous de l'heure, ici ? Je propose qu'on aille danser en bas.

45

Je les entraîne dans le bruit monstrueux d'un pont intermédiaire où la foule se presse.

---

1. Extrait du poème *La Gabinière*, par Chris Melek

Je pousse Gaston au milieu d'une des pistes et nous dansons avec comme but évident de la manœuvre : nous éloigner le plus possible des Dorsey. Surtout, qu'ils nous perdent de vue, qu'ils nous oublient !

Gaston parvient à s'esquiver des lieux principaux de la fête en m'entraînant à sa suite. Longer des couloirs, ouvrir des portes de cabines d'invités, fouiller les cuisines et quelques salles de rangement… Tout ça au pas de course.

Il marche devant moi, il me fait parfois des signes : « attention » et il se planque contre les parois.

Il ressort des cabines que nous fouillons en sifflotant d'un air décontracté comme s'il vivait là, dès que nous croisons quelqu'un, puis il me fait un signe pour que je le rejoigne rapidement dans une encoignure.

Nous avons beau examiner, ouvrir et refermer des portes, nous pencher pour regarder dans les placards, pas de Sergo.

— *Nada* Sergo, je m'écrie. C'est pas juste.

— C'est vrai, dit Gaston. *Nicht* ! *Xūwú* ! *Nichego* Sergo !

Il fait quoi, il écrit une poésie en zoulou ?

Nous voilà revenus aux abords de la piste de danse. Tout en piochant dans les amuse-gueules et en avalant quelques gorgées de champagne, Gaston tire les vers du nez de quelques personnes isolées. Il est assez direct, mais avec son sourire communicatif, son langage vieillot et sa décontraction, les gens se dégèlent vite.

C'est ainsi qu'il arrive à obtenir des infos sur le proprio du club. Il essaie de découvrir d'où vient la fortune de Girard, quel est son vrai caractère. Mais aussi si quelqu'un a vu Sergo ces jours derniers.

Il apparaît que Girard est l'héritier de sociétés dérivées de la fabrique de savons de son arrière-grand-père lorrain. Sa famille était mêlée aux nazis pendant la guerre. Beurk, ça pue. La modeste fabrique de savonnerie est devenue la plus grosse affaire de cosmétiques d'Europe.

Tout cela ne nous dit pas ce qu'il fait actuellement.

Soudain, Paloma, la petite fiancée de Sergo, se matérialise à nos côtés.

— Je vous observe depuis un moment. Vous faites quoi ? Vous posez des questions sur mon père ?

Nous sommes gênés.

— Non, non, les gens parlent tout seuls.

— Les gens ne vous diront rien d'important. Demandez-moi, ça sera plus direct. Vous savez où est Alan ?

— Justement, c'est lui que je cherche, je lui dis. Il m'a fait promettre de veiller sur vous aussi. La piste s'arrête ici, sur le *Lady Moon*. Vous l'avez revu ?

— Non. Je suis un peu inquiète et papa ne veut rien me dire. Je ne veux pas trop lui en parler pour qu'il ne soupçonne rien. Si le film était un succès, il accepterait notre mariage, mais maintenant, il va vouloir que j'épouse ce Henry David Hu.

Le footballeur golden-boy chinois.

— Il faut résister ! dit Gaston. On n'est plus au Moyen Âge. On ne marie plus les filles de force !

— Sûrement pas, j'ai pas envie de finir enchaînée au fond d'un océan !

Regard consterné entre Gaston et moi.

Elle éclate de rire :

— Mais non ! C'est une blague ! Mon papa chéri. Il ferait tout pour moi ! C'est vrai qu'il a de drôles de fréquentations, que certaines personnes disparaissent mystérieusement autour de lui et que ses activités flirtent clairement avec l'illégalité.

J'espère qu'il ne s'est pas fâché contre Alan. Il est capable de lui faire porter le chapeau de ses échecs.

— Il fait quoi exactement, votre père, à part président d'un club de foot ?

— Oh, ça ! C'est juste sa danseuse. Le club, je veux dire. Bien que pour lui, une danseuse doive quand même rapporter !

Elle nous fait un clin d'œil. Gaston et moi échangeons un regard mi-consterné, mi-incrédule

— Vous voulez son pedigree ? Il a commencé dans la société familiale, mais il voulait marquer son passage et imprimer sa façon de faire, alors il a dérivé vers la recherche chimique et les engrais industriels. C'est ainsi qu'il a fait des accords avec la Russie, puis avec la Chine. Le côté sérieux des affaires l'a vite ennuyé et à présent, il s'amuse grâce à des rencontres sulfureuses avec des pontes de la Bratva et de puissantes triades chinoises. Avec eux, il a acheté un port, des complexes sportifs et il a monté une affaire de paris sportifs à une échelle mondiale. Quelques joueurs de tennis ont été ses victimes, menacés de mort s'ils ne se couchaient pas dans certains matchs.

— C'est affreux ! je m'exclame, horrifiée.

— Non, c'est rigolo, me répond-elle, étonnée. Ça ne remet pas en cause les grands matchs ! Je vous parle de tous ces joueurs qui stagnent dans les classements très moyens, ça leur met du beurre dans les épinards, les bougres.

La mauvaise foi est flagrante. Ou alors la naïveté ? Pauvre Sergo, c'est cette écervelée qu'il aime ?

— Il a fini par s'intéresser au football, grâce à moi. Je joue au foot depuis toute petite. Ma mère voulait que je fasse du piano et de la danse, moi j'ai choisi le foot. Malheureusement, il est hors de question pour mon père que j'en fasse de façon professionnelle. Il n'accepterait jamais. C'est mon grand malheur. C'est ainsi que j'ai pris le remplaçant Alan Sergo sous mon aile pour vivre par procuration la carrière d'un footballeur pro. Et aussi parce que je le trouve sexy. Enfin, c'est accessoire.

— Manque de bol, il n'est pas très bon avec le ballon rond, dit Gaston. Et votre père, ça marche bien pour lui, le monde du foot ?

— Pas mal. La routine. Depuis qu'il s'en occupe sérieusement, il est donc mêlé à des histoires de corruption de clubs, de matchs truqués, de corruption de juges et d'enquêteurs suisses et monégasques. Chaque fois qu'il se déplace, il laisse dans son sillage une odeur de soufre, de corruption, quelques casseroles, des témoignages indignés qui font place à des silences profonds, des procès qui s'éternisent et des disparitions.

Gaston fait des yeux morts. Il se demande si cette fille, c'est du lard ou du cochon.

— Vous ne pouvez pas penser ce que vous dites ! s'exclame-t-il. Et puis, regardez, ça se retourne contre vous à présent !

— Comment ça ?

— Eh bien, Sergo, il est peut-être sa dernière victime collatérale ? Et les autres ? La fille ? Les filles ? Et le garde du corps ?

Elle fait cul sec avec son champagne puis se tourne vers moi sans répondre à Gaston.

— Vous avez une mission, mademoiselle Maldonne. N'usurpez pas votre titre de superwoman. Retrouvez Alan et protégez-moi. Vous êtes payée pour ça, je crois ?

Elle tourne les talons et nous quitte en éclatant d'un rire suraigu.

46

Je balaye la salle du regard, ce monde me fait horreur :

— Je comprends ce que vous ressentez, me dit Gaston. Le contraste est un peu écœurant. Paillettes, strass, champagne habillent noirceurs et turpitudes.

Il y a des têtes qu'il me semble reconnaître parmi tous ces gens. Tout le monde a l'air de s'être donné rendez-vous ici. Je désigne à Gaston le producteur obsédé, avec un bandage sur la tête. Quand il me repère, il part à l'opposé. Son assistante, la vieille acariâtre, me fait un signe discret de victoire accompagné d'un clin d'œil.

Tiens, voilà justement mon Russe, Kalach, mon mafieux préféré à moi avec ses deux acolytes.

— Je vais aller leur dire deux mots, moi, à ces pieds nickelés !

— Non, Gaston, laissez-les. Rien de mieux que l'ignorance avec ces gens-là. Ça les vexe.

— Je m'en vais simplement leur dire de vous laisser tranquille, Cricri. Je vais leur expliquer qu'ils sont grillés à la police, s'il vous arrive quoi que ce soit.

Il les interpelle en russe. Pendant qu'il parle à leur patron, Marco et Piotr me fixent avec haine et comme un duo dans un spectacle, ils font en même temps le geste de me saigner le cou, en passant leur pouce sur leur pomme d'Adam. Je n'ai pas l'impression que Gaston les a beaucoup impressionnés, puisque Kalach ricane.

Mais voilà que les Dorsey nous ont retrouvés. Ils se précipitent vers nous et tandis que Michael entretient Gaston, Blanche

Dorsey me saisit le bras et m'emmène vers le bastingage pour me parler.

Devant nous, la baie de Cannes brille dans le noir, tous ses feux dorés se reflétant dans les flots. La productrice recommence à me parler de ma mère et on dirait que ses questions se font plus précises. Elle essaie de savoir si ma mère m'a parlé de mon père, ce qu'elle m'en aurait dit. Mais c'est quoi, à la fin, cette obsession sur ma famille ? Je vais craquer !

— Écoutez, madame Dorsey…

— Appelle-moi donc Blanche, dit-elle. Tu sais, dans le cinéma, tout le monde se tutoie, et tout le monde s'appelle par son prénom. Enfin… Quand c'est pas par le nom !

— Si vous voulez, enfin si tu veux, bon, d'accord, Blanche. Ce que je veux dire, c'est : écoute, franchement, ton comportement est vraiment louche, avec ton mari. C'est vrai, qu'est-ce que je vous ai fait pour que vous fassiez une fixette comme ça sur moi, mes filles, ma mère, mon père ? Vous avez un secret, là ? Un secret qui concerne ma famille, non ? Bon, alors, arrête de tourner autour du pot et abrège.

— Tu as raison. Tu as raison. D'ailleurs, non. Non, ce n'est pas un secret. C'est juste que c'est un peu difficile pour moi d'en parler.

Et soudain sa voix se casse sur un sanglot, elle me tourne le dos et part rejoindre Michael et Gaston.

Je me fonds dans la masse des danseurs et je les observe de loin. De là où je suis, je vois clairement et nettement le visage de Gaston, soudain attentif. Blanche Dorsey est tout contre lui, elle lui parle à l'oreille. C'est normal avec ce boucan, si on ne parle pas dans l'oreille des gens, on est sûr qu'ils vont rien capter. Michael Dorsey, sirotant son verre, les observe avec bienveillance.

De temps en temps, il hoche la tête.

Je suis furieuse. Gaston a donc droit aux confidences, lui ? Et moi pas ?

J'en ai ma claque de tout ça. Je veux rentrer.

On est venus ici pour rien. C'est pas la peine de s'éterniser.

Je fais un signe à Gaston, pour lui dire au revoir, je n'ai pas envie de l'attendre, je fonce vers l'endroit où les zodiaques embarquent les passagers pour les ramener à terre. Gaston me rejoint en courant. Il ne me pose aucune question. Durant toute la traversée de la baie, je me tais, frustrée, déçue de la soirée et surtout par la félonie de Gaston.

Ce n'est pas souvent que je me retrouve dans cet état, mais bon. Après tout, je suis comme tout le monde, j'ai aussi mes moments de *blues*. Même si ça m'étonne toujours.

Gaston me raccompagne et me dépose devant la porte de ma caravane. Pastis m'attendait, perché sur son arbre. Il me saute dans les bras.

— Vous êtes épuisée, Cricri. Reposez-vous bien. Essayez de dormir. Vous verrez, demain, nous le retrouverons.

— C'est pas la peine de faire votre mielleux, Gaston. Franchement, je ne pensais pas que vous étiez faux-cul à ce point. Allez, ciao !

Je claque la porte au nez de mon Gaston qui repart, penaud. Ça lui apprendra à me trahir !

Après une séance de démaquillage qui dure des plombes tellement j'avais mis de fond de teint, je me couche en miettes, en me demandant si Sabrina a trouvé un nouveau mot à dire aujourd'hui.

En m'endormant aux côtés de mon chat, je me souviens de quelques paroles de ma chanson du jour, celle de Renaud :

« Moi, la mer, elle m'a pris, Au dépourvu, tant pis, J'ai eu si mal au cœur, Sur la mer en furie, Que j'ai vomi mon quatre heures, Et mon minuit aussi... »

Noir.

Mercredi – Le jour du fantôme

47

Téléphone. C'est Blanche Dorsey qui me réveille ce matin. La sonnerie me fait sursauter et Pastis, lui aussi surpris en plein sommeil, saute sur ses quatre pattes, dressé au-dessus de mon visage, le dos rond et hérissé, prêt à faire face à l'ennemi.

Voyant que ce n'est que le téléphone, vexé, il hume l'air extérieur par le fenestron et me laisse toute seule sans même attendre sa pâtée.

Blanche me demande à quelle heure je vais venir travailler.

— À 11 h, comme d'habitude.

— OK. Cette fois, nous allons prendre un rendez-vous officiel. J'ai vraiment quelque chose d'important à te révéler, Cricri, comme tu le sais. Mais ne te monte pas la tête. Tout en étant important, ce n'est pas non plus très grave. Et ce n'est pas non plus un grand secret.

— C'est donc un petit secret quand même.

— Oui, si tu veux. Un petit secret. D'accord. Bon, en tout cas, il est temps que je t'en parle. Je ne peux plus garder ça pour moi. Donc aujourd'hui, si tu pouvais venir au moins une demi-heure avant au boulot, on irait boire un verre au bar en bas et je te dirais tout.

Parfait, comme ça moi aussi j'en profiterai pour tout lui dire. *Il est temps de faire un calcul et de me verser une avance sur mon salaire, madame Dorsey !*

Aujourd'hui, mes marques sur le visage virent au jaune moutarde. Très élégant. Je les planque tant bien que mal en essayant de ne pas abuser. En pleine journée, ce genre de maquillage est parfois pire que ce qu'on essaie de cacher.

Me voilà donc fredonnant dans les rues en allant au boulot. « *This melody, Is a melody for you, Cette mélodie, C'est l'océan entre nous...* »

La chanson de Julien Clerc est légère, elle me fait flotter en marchant. Je ne cherche même plus à comprendre. Je me dis que ma mère veut certainement que je sois zen, c'est tout. Oui, mais pourquoi un océan ? Inutile de me torturer le ciboulot, je sais que la réponse ne tardera pas. Peut-être un rapport avec les révélations que va me faire Blanche Dorsey ? Elle avait vraiment hâte de me parler, cette fois. Et après tout, elle a intérêt, parce que je suis toujours furax de savoir que Gaston, j'en suis sûre, en sait plus que moi sur ce sujet !

Quand j'arrive dans la suite, on ne parle que de la dernière nouvelle, la prostituée qui a parlé hier aux flics a été retrouvée morte d'une overdose. Celle que j'ai croisée chez Borelli. Deux putes mortes en deux jours, ça fait beaucoup. Et la thèse de l'accident a vécu. La coïncidence est trop cousue de fil blanc. Je n'aime pas ça du tout. Surtout que j'ai un lien spécial avec les prostituées, de par mon ascendant familial...

Je pense avec tristesse que pas plus tard qu'hier, j'ai croisé cette fille dans la salle d'interrogatoire de Borelli. Il doit être dans tous ses états.

Pourquoi ne l'a-t-il pas mieux protégée ? Après tout, elle témoignait dans une affaire sensible.

Blanche Dorsey est agitée, elle panique et elle dit qu'elle n'aurait pas dû travailler avec ce genre de sponsors.

— C'est pas vrai ! Qu'est-ce que je suis conne ! Pourtant, je connais ce milieu ! Je sais comme ils sont pourris ! Pourquoi est-ce que je suis allée prendre de l'argent à ces gens-là ?! Faire des films sur eux, c'est une chose, mais jamais, ô grand jamais... Euh... Tu m'entends, Cricri ? Que ça te serve de leçon !

Elle joue à quoi ? C'est une chose que je sais depuis longtemps, moi ! Elle continue :

— Il ne faut jamais recevoir de l'argent ou de l'aide de leur part. Une fois que le premier pas est fait, ils vous tiennent et vous risquez gros.

— Surtout, vous ne pouvez plus vous dégager. C'est à vie ! je rajoute, sentencieuse.

Tout est chamboulé au boulot. Plus personne ne travaille. Il y a encore des projections prévues au Marché du Film et personne ne veut y aller, tout le monde a peur. D'ailleurs, il y a beaucoup moins de monde et de va-et-vient dans la suite.

— Audrey, c'est ton boulot, tu dois y aller, ordonne Dorsey, franchement lâche.

— Désolée, Blanche, je voudrais bien, je ne peux pas... J'ai un mal de ventre épouvantable. Je serais incapable de parler à qui que ce soit, encore moins en anglais. La productrice, c'est-à-dire toi, suffira.

Bien joué !

— Ah non ! Hors de question que je sorte de cette suite. Le terrain est miné. D'abord Sergo qui disparaît...

— Alors, cette fois, plus personne ne dit que Sergo a mis en scène sa disparition, n'est-ce pas ? je m'exclame, triomphante. Ça fait quand même beaucoup de morts dans cette histoire. De là à ce qu'on découvre son cadavre à lui aussi !

Audrey me regarde alors fixement, et son visage affiche un sourire féroce.

48

— Cricri ! C'est elle qui va nous sauver, dit-elle en parlant de moi à la troisième personne. Après tout, elle est garde du corps ! Tu vas aller aux séances du marché et présenter le film. D'accord ?

Blanche Dorsey se récrie.

— C'est une très mauvaise idée, Audrey ! Tu sais bien qu'elle s'est fait agresser dans la rue hier, donc elle est directement visée si complot il y a. Jamais de la vie je n'enverrai cette petite au casse-pipe.

Au contraire, je me dis que c'est une très bonne idée. Et en premier lieu parce que si je réussis à faire une vente de ce film, je pourrai réclamer une petite avance sur mon salaire. Ça sera plus facile pour moi.

Et puis, j'en ai plus qu'assez de passer mon temps immobile derrière un comptoir, le cul vissé sur un haut tabouret, à essayer désespérément de tendre des dépliants à des clients qui ne me regardent pas et qui passent devant moi d'un air affairé.

Il faut dire aussi que je suis très curieuse de découvrir ce fameux Marché du Film. Depuis le temps que j'en entends parler dans cette suite. Tout le monde n'a que ce mot à la bouche. La séance du Marché d'hier, la séance du Marché de ce matin, la séance du Marché de demain !

Moi, les seuls marchés que je connais, ce sont ceux où on vend des tomates et des navets. Alors, franchement, un Marché du Film ? Wouah !

J'imagine de vastes étalages remplis de bobines, de DVD, de pellicules, enfin je ne sais pas très bien quoi imaginer. Quelque part, je me sens flattée qu'Audrey ait suffisamment confiance en moi pour m'envoyer vendre leur film au Marché. Même s'il s'agit d'un navet sifflé par tout le gratin des spectateurs du Palais.

Avec son aide, je parviens à convaincre Dorsey.

La productrice finit par accepter, seulement si des personnes qui n'ont rien à voir avec la production m'accompagnent.

J'envoie immédiatement des SMS impatients à tous les gens que je connais, sauf à Tony bien entendu. Il m'empêcherait de travailler correctement en s'interposant entre moi et chaque contact masculin !

Cette fois, c'est Bintou qui se dévoue. Blanche semble rassurée. Elle ignore tout de Bintou, mais du moment qu'elle ne me sait pas seule… Avec tout ça, elle n'a pas pu me parler de son secret de famille. Elle me briefe rapidement sur ce que je dois dire au client idéal potentiel qui va venir du monde entier pour acheter le film.

Lorsque Bintou se pointe, tout excitée, elle crée une franche sensation.

Elle a enfilé son plus flamboyant boubou et sa coiffure est digne d'un mariage royal en Ouganda du temps d'Amin Dada. Elle m'aide à transporter une valise remplie de dépliants publicitaires et de communiqués de presse. Blanche me donne quelques contrats, histoire d'y croire un peu, mais je sais que jusqu'à présent, depuis la projection, ils n'ont concrétisé aucune vente. Avec personne.

Nous voilà parties pour faire la promo du film au cinéma Olympia, qui a été loué pour une projection en vue de racoler des distributeurs étrangers. Ça tombe bien que Bintou soit là, elle est la seule dans notre bande qui parle plusieurs langues couramment.

— Vous voulez à tout prix vendre ce film ? me demande-t-elle. Vous y avez des intérêts ?

— C'est pas ça ! Mais venir au Marché présenter un film et repartir sans avoir une touche, c'est la *loose* complète.

Elle me regarde avec suspicion.

— Ouais, OK, je peux vous le dire, j'ai besoin que la Dorsey me file un peu d'avance sur mon salaire et si je vends le film, ça sera plus facile pour lui demander. C'est tout !

— Attendez, enfin, je vais vous prêter de l'argent, si vous en avez besoin !

Bintou ! La seule personne à qui je n'ai pas pensé à demander cette fois. Bonne idée !

Elle fouille dans son sac, mais c'est pour me refaire le coup de Sergo. Pas d'espèces sur elle. Une armada de cartes de crédit.

Je hausse les épaules.

— Pas grave, Bintou. Cherchez pas. C'est mon lot. Faut que je me débrouille toute seule. C'est comme ça depuis toujours. Allez, vendons ce chef-d'œuvre et on verra ce qui se passera. On n'a vraiment pas de chance que ce soit ce film-là, enfin…

— Pourquoi ?

— Parce que tout le monde dit que c'est un navet.

Elle fait une grimace.

— Je ne sais pas si…

Je ne la laisse pas finir.

— Y'a pas de raison que j'arrive pas à le fourguer à quelqu'un !

— Depuis quand vous êtes commerciale ?

— C'est pas ça, Bintou ! Je sais pas vendre ! Je veux juste repartir avec un super moral, parce qu'en ce moment j'ai l'impression que je rate tout ce que je touche.

Quelques personnes égarées se présentent à la projection.

Le film intrigue et nous parvenons à alpaguer des distributeurs qui sortent en milieu de séance, un peu déroutés. Les expressions sont dubitatives et quand ils s'adressent à nous, leurs mots sont hésitants. Ils évoquent quelques images qui les ont surpris. Le jeu des acteurs, monocorde et robotisé, particulièrement celui de Sergo, languissant, les a médusés.

Une jeune distributrice, mesurant presque deux mètres, avec des yeux bridés, vient nous faire part de son engouement en anglais. Elle nous tend sa carte :

Melody Titus
Tr'ondëk Hwëch'in Nation
Dawson City

Melody Titus ? Mais c'est bien sûr ! Merci maman ! Elle avait tout vu ! Vraiment douée, ma mère ! Elle a encore frappé pile-poil. « *This melody, Is a melody for you, Cette mélodie, C'est l'océan entre nous...* » Tout y est. Ce mot, Melody, *of course*, en plus l'océan qui nous sépare. Je ne m'étonne plus que Sabrina soit si intelligente. Elle a de qui tenir. Bon, OK, ça a sauté une génération, ça a sauté la case Rosie Maldonne, sinon ça se saurait.

— *Oh, my God !* dit Bintou. *Really ? I was there, long time ago ! So many memories ! So you have obtained your very autonomy ! I am so happy for your nation.* [Oh, mon Dieu ! Vraiment ? J'y suis allée, il y a longtemps ! Tant de souvenirs ! Vous avez donc fini par obtenir votre autonomie ! Je suis si heureuse pour votre nation.]

Elle semble subjuguée par la carte de cette sorte d'Indienne bottée de fourrure avec une veste à franges et couverte de coquillages. Je demande où ça se trouve, Dawson City.

— Vous savez bien, Cricri ! La ville des chercheurs d'or ! La ville où l'hiver dure presque six mois dans les glaces. Vous n'avez jamais lu Jack London ? Croc-Blanc ?

— Pas vraiment, mais je connais ! J'ai vu un film, une fois. Donc cette dame nous vient du Grand Nord ?

Melody Titus, de Dawson City, exprime son enchantement sur le film. Elle semble heureuse et touchée par les paroles de Bintou. Elle parle dans un français haché. Elle dit qu'elle a été emballée par les images du film. Elle les qualifie de brillantes comme du feu, ou comme une aurore boréale.

Hum. C'est vrai qu'il y a un incendie à la fin, mais quand même…

— Vous avez raison, lui dis-je, c'est un travail très original d'avant-garde.

Bintou me lance un regard de reproche.

— Vous n'y êtes pas du tout, Cricri, dit Bintou, très sérieuse. Gaston m'a parlé de ce film qu'il a vu samedi. Il l'a adoré. Pour lui, c'est le meilleur film cette année de la sélection officielle. Du coup, je suis allée à la « projection du lendemain » salle Debussy, et là, j'ai été enthousiasmée ! Ce chef-d'œuvre s'inscrit délibérément dans la famille des films d'auteur atypiques qui marqueront leur temps. Je lui prédis de devenir culte en quelques mois. Il y a peut-être quelques longueurs, mais après tout même *2001, l'Odyssée de l'espace* en a ! Il regorge de bonnes idées de mise en scène, qui nous prennent à rebrousse-poil. Il a tout d'un grand ! Un Malick ! Un Satyajit Ray, un Ozu !

C'est quoi cet inventaire ? Et je ne vois pas ce que vient faire le pastis grec dans cette liste, mais je ne cherche pas à comprendre.

Excitée, Melody insiste pour signer quelque chose. Un contrat, un engagement. Elle nous explique qu'elle gère tant bien que mal une salle de cinéma dans une grange désaffectée de Dawson City.

Je n'en reviens pas. J'ai envie de l'embrasser. Blanche va être fière de moi ! Ça, c'est du Marché ! La première vente pour ce film ! Et c'est moi qui la fais !

Je sors un formulaire intitulé « *summary* ». Melody Titus achète les droits de passage du film dans sa salle et sur TOUT le territoire du Yukon pour trois fois rien. Tout le monde est enchanté. Les chercheurs d'or vont avoir un film à regarder pour leur longue et unique nuit d'hiver. Chouette.

Nous rangeons nos dépliants. Melody continue à discuter avec Bintou. Elles finissent par m'abandonner lâchement pour aller se descendre un mojito. Bintou est intarissable sur son bon vieux temps à Dawson.

Je me réjouis en me disant que je vais pouvoir réclamer des sous à la Dorsey.

49

Sur le chemin du retour avec ma valise, j'appelle ma patronne pour lui raconter notre belle réussite. Personne. Elle n'est plus à l'hôtel. Elle ne répond pas.

Tout ça pour rien.

Je laisse la valise au desk en leur demandant de monter ce matériel dans la suite et je rentre chez moi.

Dans la rue, un peu rêveuse, un peu crevée, passablement déprimée, je traîne les pieds. Soudain, au détour d'une ruelle, des bruits de course, je me retourne : trop tard, un type me saute dessus et je me retrouve par terre. Ah non ! Ça commence à bien faire, ces agressions sauvages !

Je me dégage, prête à en découdre, l'homme en question ne bouge pas. Il est tout mou. Avachi sur le sol. Je me relève, je le retourne du bout de mon espadrille à talon compensé.

Un fantôme !

C'est Sergo. Méconnaissable. Mal rasé, sale, fripé et sans réaction. Il pue la pisse.

Je le secoue, il ouvre un œil glauque et me reconnaît immédiatement.

— Sauvé ! crache-t-il lentement, essoufflé. Il faut que je te parle. Je dois me cacher. Je suis traqué. Tu as vu ces deux putes mortes ? Et l'autre, là, l'homme de main ? Ce faux *derche* de *bodyguard*, Éric ? Noyé, lui aussi. Il voulait ma peau, ce con. Quand on sait pas nager, on n'attaque pas un type dans une coursive ! Pauvre petiote ! Elle n'y était pour rien ! En attendant, ils veulent ma peau et il faut absolument que je trouve une planque.

Il est aux abois, dépenaillé, il a peur et il *schlingue.*

Je pousse un gros soupir. Je sais bien que c'est mon karma. Je passe mon temps à recueillir des gens et à les planquer. Après tout, c'est lui que je cherchais, non ? En plus, c'est mon boulot ! Bref, de quoi je vais me plaindre ? Au contraire ! Je vais le planquer dans ma caravane et lui tirer les vers du nez, voilà !

À peine arrivés dans mon *sweet home*, l'autre s'affale sur la banquette et s'endort comme une souche.

Pastis apparaît juste à ce moment-là. Il devait me guetter. Quand il voit la banquette occupée par ce déchet, il le renifle sous toutes les coutures. De la pointe de ses cheveux jusqu'aux pieds. Il prend bien le temps d'analyser les odeurs, bouche entrouverte, narines frémissantes, queue nerveuse, moue écœurée. L'opération dure un bon moment. Il conclut en hérissant le poil et en soufflant.

Il est tellement outré qu'il grimpe en haut d'un placard et me tourne le dos. Il renonce même à exercer la moindre surveillance sur cette épave humaine.

J'essaie de réveiller Sergo, je le secoue d'abord doucement puis je le remue dans tous les sens pour finir par mettre la radio à fond mais rien n'y fait.

Il a baissé le rideau – façon de parler – et je ne peux plus rien en tirer.

J'appelle Ismène pour lui détailler les derniers rebondissements et surtout la vente du film. De son côté, elle me raconte l'après-midi d'anniversaire de Simon. Le copain qui s'est coincé le doigt dans la porte, la petite qui a vomi l'énorme part de gâteau à la crème qu'elle s'était empiffrée, bref, les péripéties palpitantes d'un anniversaire banal.

Une pointe de nostalgie m'envahit. J'aurais bien aimé être avec eux !

— Je récupère les enfants ce soir ?

— Pas la peine, ils sont en pleine partie de Uno ! Ils en ont pour au moins deux heures. On les garde.

— Elle n'a pas dit un mot nouveau, aujourd'hui, Sabrina ? je demande sur un ton mélancolique.

— Comment ça, un mot nouveau ?

— Laisse béton !

Je n'ai pas le courage de lui expliquer. *J'ai raté le mot nouveau de la journée de Sabrina ! Et celui d'hier aussi ! Trop nulle !*

Je me secoue pour me débarrasser de cette petite pointe de tristesse, c'est toujours comme ça quand je les vois pas. Il va bien falloir que je m'habitue quand même ! Un jour, elles quitteront la caravane, « c'est la vie », comme dit toujours Sabrina !

J'essaie de pointer le côté positif au transfert des filles chez Véro : ça me laisse un sursis pour aller demander demain au petit épicier pakistanais de me faire crédit pour quelques denrées.

— Bon, je passe demain à l'école pour leur faire un bisou, elles m'ont trop manqué ! Avant d'aller au boulot.

— Ils ne t'ont pas encore virée ?

— C'est pas drôle.

— Et Sergo ? Toujours pas refait surface ?

Je regarde le footballeur-acteur qui ronfle sur ma banquette.

— Non. Pas à ma connaissance.

Je préfère fermer mon bec, car comme disait Mémé Ruth, il faut toujours garder quelques infos de par soi.

— Alors là, tu peux faire une croix dessus, dit-elle. Il est mort à l'heure qu'il est.

Sur ces bonnes paroles, elle raccroche et je vais me laver les dents. C'est à ce moment-là qu'on frappe à ma porte.

— Ça va, ça va ! J'arrive !

Je vais ouvrir, la bouche remplie de mousse blanche. C'est Tony.

J'ai un léger moment de panique, en pensant à Sergo couché de tout son long sur ma banquette. Et puis j'ai un sursaut de dignité. C'est quoi, ce réflexe que je viens d'avoir ? Il a aucun droit sur moi, Tony !

— Tu veux quoi, Tony ? T'as besoin d'un coup de main au Select ?

Il a l'air vexé.

— Mais non ! Je sais que les enfants ne sont pas là, alors je voulais t'inviter au resto.

— Au resto ? Ça alors ! Et tu as laissé le café à Mimi toute seule ? Franchement, Tony, je te reconnais plus. C'est quoi, ton problème ?

Il a un grand sourire.

— Je savais que tu préférerais dîner ici ! Bouge pas.

Il fonce à sa voiture, sa *berlingot* de livraison, qu'il a garée juste devant la caravane. Pendant ce temps, je finis de me rincer les dents.

Il sort un sac isotherme de sa caisse et revient en courant.

— J'étais sûr que tu n'aurais pas mangé. Alors, j'ai prévu une paella à l'encre de seiche, et un petit vin catalan. T'en dis quoi ?

J'en dis que je m'en régale à l'avance et que tant pis pour le footballeur traqué étalé sur ma banquette. Advienne que pourra. Fataliste, je hausse les épaules :

— Pourquoi pas ?

Dès qu'il fait un pas dans mon petit salon, il a un mouvement de recul en fronçant le nez.

— C'est quoi, ça ? Y'a un type chez toi ? Pourquoi tu m'as rien dit ?

— M'enfin, tu m'as pas laissé une minute pour en parler. Et puis, qu'est-ce que tu veux, tu m'as fait une proposition que je ne pouvais pas refuser.

— T'es quand même gonflée ! C'est un type que t'as rencontré sur Internet, lui aussi ?

— Mais non. Arrête de jouer le jaloux, t'es ridicule. Je te signale qu'on n'est pas maqués, tous les deux, alors pouet pouet. Et de toute façon, ce type, c'est pas un chéri. C'est Sergo. Tu sais bien ? Le footballeur ! L'acteur ! Celui qui a disparu !

— Le *naze* ? Celui que t'as sauvé au rond-point et qui fait le *buzz* ? Celui qui a joué dans un navet qui a été sifflé par tout le monde au Festival l'autre jour ?

— Bah voilà ! Quand tu veux, hein !

— Qu'est-ce qu'il lui est arrivé ? Il est méconnaissable et il pue, c'est rien de le dire !

Pastis, en entendant Tony, daigne se retourner et nous observer. Il semble satisfait par sa réaction, hostile à la présence de Sergo.

— Alors, là, j'y comprends rien du tout ! dit Tony. Il n'a pas disparu, puisqu'il est ici !

— Justement ! Il avait disparu et maintenant il a réapparu ! Et où ? Bien entendu, chez ma pomme ! Comme d'habitude. C'est toujours moi qui écope des trucs ni faits ni à faire.

— Tu vas pas te plaindre alors que tu n'as pas arrêté de le chercher depuis trois jours !

— T'as raison. De toute façon, il est tellement crevé qu'il s'est endormi. J'arrive plus à le réveiller. Pourtant, j'aurais bien quelques questions à lui poser. Passe-moi le plat, que je le réchauffe.

— Pas besoin, c'est encore tout chaud.

Je mets la table, Tony verse le riz dans nos assiettes et il prend une coupelle propre pour Pastis qui se lèche les babines à l'avance.

— Ce type ne va quand même pas dormir chez toi ?

— Écoute, il cherche une planque, je vais pas le virer ! Et y'a pas meilleure planque que ma caravane, c'est bien connu ! Seulement, maintenant, tu es dans le secret, Tony ! Alors, j'attends de toi motus et bouche tricotée, OK ?

— C'est pas ça qu'on dit !

— Qu'est-ce que t'en sais ?

— Je connais l'expression ! C'est motus et bouche crochetée.

C'est qu'il a l'air sérieux !

— N'importe quoi !

— On peut pas manger avec lui ici. Ça empeste !

— Bon, alors, tu m'aides ou pas ?

— Tu veux que je fasse quoi ?

— Pour commencer, on va lui faire débarrasser ce plancher. Prends-le par les épaules et moi par les pieds et on le balance dans la cabine de Sabrina. Et là, enfin, on attaque la paella. Attends, je mets d'abord un grand drap pour protéger le lit.

Tony, d'habitude toujours taciturne, affiche un sourire benêt.

Une fois débarrassés du corps encombrant, nous revoilà sur ma banquette. Pastis y trône déjà au beau milieu, ravi d'avoir récupéré son territoire. Il se lèche les babines, repu.

— T'as fait une nouvelle touche sur Internet ? me demande Tony sur le ton du vieux pote à qui on fait des confidences.

Finalement, de confidence en confidence, la soirée se termine fort tard.

Tony repart à pied, en laissant sa voiture devant la caravane. Trop paf pour conduire.

Pastis le suit sur quelques mètres puis il disparaît au fond du terrain vague.

Je le rappelle mais comme il ne vient pas, je ferme et je m'endors comme une bûche sans rien ranger.

Jeudi – Le jour des révélations

50

J'ouvre un œil vers 5 h du mat à cause des miaulements désespérés de Pastis qui a passé la nuit dehors. Pas de chanson en tête. Ma mère n'arrive plus à suivre, on dirait ?

En regardant autour de moi, je découvre ma piaule. J'ai tout laissé en état hier soir. Les restes de la veille pas entassés en vrac. Ça me fait un électrochoc.

Je suis prise d'un sursaut d'énergie, je saute sur les produits détergents, je commence à briquer. Pastis joue avec tous mes gestes, court derrière l'éponge, attrape le balai, mordille ma main. Sergo, avachi sur le lit de Sabrina, ouvre un œil et débarque dans mon salon tout propre vers 8 h. Pastis le toise, fait le dos rond, hérisse ses poils, triple le volume de sa queue et entreprend de cracher des flammes. C'est une image.

— Eh, ho ! *Gaffi* ! je dis à Sergo. Vous voyez pas que vous faites peur à Pastis ? Faut dire que vous puez vraiment ! Vous êtes tout crade et ici tout brille comme un sou neuf, vous avez vu ? Bon, c'est l'heure de l'école, je vais aller faire un bisou à mes filles chez Véro. En attendant, vous prenez une douche complète et quand je reviens, je veux vous trouver aussi nickel que mon salon. OK ? Et vos fringues qui fouettent, là, donnez-les-moi, je vais aller les jeter avec toutes mes poubelles.

Sergo proteste mollement :

— Eh, doucement ! C'est un polo Armani, un jean Cavalli et une veste Zegna !

Sergo est sûrement d'origine italienne !

— Pourquoi pas un caleçon Carbonara et des pompes Chianti ?

Il me regarde sans comprendre. Temps d'arrêt. Je secoue la tête.

— Pas grave. Je vais vous donner des fringues de mec. Je dois bien en avoir qui traînent, abandonnées par mes ex de passage !

Je fouille au fond de mon placard et je trouve un T-shirt ayant enveloppé le torse musclé d'un beau gosse qui vendait des journaux dans une maison de la presse à la montagne, avec écrit dessus : *Cœur de Rocker*, un bermuda Lacoste un peu ringard qui avait moulé les cuisses de l'héritier suisse d'un trafiquant de faux tableaux, des chaussettes trouées mais propres d'un vendeur de pizza rouquin qui roulait divinement la pâte et un blouson Kiabi à capuche noir. Alors là, ce blouson, impossible de savoir à qui il a appartenu.

Maintenant que Sergo est réveillé, je mets la radio pour avoir quelques nouvelles et je tombe sur un vieux refrain que ma mère chantait parfois. Là, je suis sûre qu'elle pensait pas que je me réveillerais si tôt. Comme elle a raté le bon moment pour m'envoyer sa chanson, elle le fait maintenant, avec la radio ! Elle a plus d'un tour dans son sac. Ils annoncent un certain Patrick Juvet. « *Où sont les femmes ? À la fois si belles et si pâles, Où sont les femmes ? Avec leurs rires pleins de larmes… Auraient-elles perdu leur flamme ? Où sont les femmes, les femmes, les femmes…* »

Je me demande pourquoi elle m'envoie ce vieux truc sur les femmes ? Bon, j'éteins la radio sur les aigus du chanteur, histoire de me donner le temps de réfléchir à la question. Je rallumerai tout à l'heure. Elle aura peut-être peaufiné son message ?

Je sèche, maman… Essaie autre chose !

Bon, c'est pas tout ça, je dois accélérer pour ne pas louper les petites sur le chemin de l'école. Je ferme la radio et j'avale vite fait un vague jus de chaussette qui traîne dans mon frigo. Et je préviens Sergo.

— Surtout, surtout, vous ne faites aucun bruit pendant mon absence. Si vous voulez vraiment que cette caravane soit votre planque, c'est pas le moment de vous faire remarquer. Motus et bouche crochetée.

— Quoi ?

— Cherchez pas, je me comprends.

Au moment de partir, Pastis sur mes talons, je tombe sur Borelli en train d'examiner la *berlingot* de Tony avec beaucoup d'intérêt.

— Vous recevez de la visite ? C'est pas la voiture du patron du Select, ça ? Je croyais que vous aviez une éthique professionnelle, Maldonne ?

— De quoi je me mêle, Borelli ? Vous êtes jaloux ?

J'ai dit ça pour le provoquer et quand je vois qu'il rougit légèrement, je me demande s'il n'y a pas anguille sous roche de ce côté-là aussi avec lui. Décidément, je ne peux pas faire un pas en ce moment sans qu'un type se mette à avoir des vues sur moi et quand je dis des vues, je veux dire des appétits de propriétaire.

— Vous apprendrez pour votre gouverne, Borelli, que je n'appartiens à personne. Au fait, que me vaut l'honneur de votre visite ?

— Je veux discuter avec vous des derniers rebondissements. Je sais pas pourquoi je m'adresse à vous, mais j'ai l'impression que vous vous sentez directement concernée par cette histoire.

Je me trompe ? Est-ce parce que vous avez été la garde du corps de ce type ? Est-ce parce que ces deux malfrats vous ont agressée l'autre jour ? Une autre raison ? Il y a une chose dont je suis sûr, c'est que si je vous pose la question directement, vous ne voudrez pas répondre. N'est-ce pas ?

— Vous auriez pas perdu votre flair, vous ? Et la preuve, c'est que je vais répondre à tout. Pourquoi je m'intéresse à l'affaire Sergo ? C'est tout simple : parce que je suis la reine des connes. Figurez-vous que l'autre soir, il était très inquiet, il ne voulait pas que je parte, il voulait que je campe dans sa chambre, par terre, comme un SEAL. Moi, j'avais mes filles qui m'attendaient à la maison. J'avais fait mon temps de travail pour lequel j'avais été payée. Il ne s'était rien passé. Même si j'avais vu un mafieux russe de ma connaissance à la projection, au Palais.

— Comment ça ? Un mafieux russe ? Celui qu'on a arrêté il y a quatre ans ? Pourquoi vous m'avez pas dit ça le premier jour ?

— J'avais oublié. En attendant, tout semblait très calme et je ne voyais pas en quoi Sergo se disait en danger. C'est parce que je ne savais pas tout, bien sûr. En tout cas, il m'a suppliée et moi j'ai refusé.

Et encore, je ne lui dis pas qu'il a prolongé mon contrat et qu'il voulait que j'assure sa protection rapprochée H24 ! C'est secret.

— Vous imaginez ce que j'ai ressenti le lendemain quand j'ai vu qu'il avait été enlevé ? Ça vous suffit comme explication ?

— Venant de vous, oui, ça me suffit. Je vous sais suffisamment basique pour réagir de cette façon. Un type qui fait pratiquement deux mètres, footballeur, c'est-à-dire sportif, musclé et costaud, vous dit qu'il a besoin de vous parce qu'il est en danger et vous foncez.

— Bah, justement, non. Malheureusement, une fois mes heures syndicales honorées, j'ai pas foncé ! J'ai minimisé ce besoin. Et maintenant, je me dis que si j'avais été là, forcément, rien ne se serait passé comme ça.

— Et vous en êtes où ? J'imagine que ça va pas très fort, sachant que trois personnes sont mortes depuis. Et que Sergo n'est pas réapparu.

Là, je suis vraiment mal, mais rien ne pourrait me faire dire à Borelli que Sergo est tranquillement dans ma caravane. C'est une information que je veux garder pour moi, pour avoir une longueur d'avance sur tout le monde.

— Bon, Borelli, on prend racine, là ? Je suis désolée, je dois aller faire la bise à mes filles, qui ont dormi chez ma copine Véro et ensuite je dois repartir au boulot.

— Vous avez toujours pas été virée ?

— Décidément, tout le monde s'est donné le mot ! Eh non ! Il faut croire qu'il y a certains boulots que j'arrive à faire. Et que parfois il y a des patrons qui sont contents de mes services.

Dire ça, c'est vraiment ne pas manquer d'air. S'il me voyait au boulot, en train de pianoter sur ma tablette des messages d'amour pendant que tout le monde passe devant moi sans m'aviser… Et tout à coup, je me souviens que j'ai réussi une vente hier.

— Et en plus, Borelli, hier, c'est moi qui ai présenté la séance au Marché du Film. Et vous savez quoi ? J'ai acté une vente ! Et si vous me croyez pas, vous avez qu'à demander à ma patronne. Alors, vous voyez, peut-être même que je vais me reconvertir dans la distribution de films.

— Allez, montez, je vous emmène !

— C’est ça, pour que tout le monde me voie avec un flic.

— C’est quoi, cette pudeur, tout à coup ? Tout le monde sait que vous êtes pote avec le commissaire Borelli, allons !

— Hors de question. Vous m’aurez pas. Allez, ciao. À la prochaine.

Il s’éloigne en pestant tandis que je fonce à la rencontre de Véronique qui doit être sur le chemin de l’école.

Pastis retourne dans la caravane. Je crois qu’il veut surveiller de près les faits et gestes de Sergo. Je me demande si j’ai bien fait de taire sa présence chez moi. OK, personne n’avait pris sa disparition au sérieux au départ, mais maintenant, avec les trois morts, je sais que d’importantes forces de police sont déployées pour le retrouver. En parlant, je pourrais économiser ce dispositif.

51

Je trouve Véro pas loin de la fontaine et on finit le chemin ensemble. Les jumelles sautent dans mes bras, ce qui manque de me faire tomber, car elles n’ont plus trois ans depuis longtemps. Sabrina est en grande conversation avec Simon.

— Ismène n’est pas avec toi ? je demande à Véro.

— Non, comme on n’était pas sûres que tu passerais ce matin, elle a décidé d’aller chez toi pour discuter de ta soirée. Elle était très jalouse de ne pas être venue sur le yacht hier.

— Et moi, je suis très jalouse de ne pas avoir participé à l’anniversaire de Simon.

— T’as raison, c’était génial, t’as vraiment raté quelque chose.

Je m'émerveille de voir à quel point Véronique a changé. Elle était toujours avec la misère du monde sur les épaules avant ; à présent, elle rit tout le temps. Ça fait plaisir à voir.

Au moment de quitter les filles, je n'arrive pas à les lâcher et je les couvre de bisous. Les jumelles se laissent faire, Sabrina proteste. J'ai beau la comprendre, je n'arrive pas à m'en empêcher.

— Maman ! Arrête cette démonstration émotionnelle intempestive ! me dit-elle sur un ton réprobateur. Ce n'est pas le lieu ! Contrôle-toi !

— Tu es trop dure pour moi, je lui rétorque, pour lui faire plaisir.

Je me fais la réflexion qu'aujourd'hui je n'ai pas raté son nouveau mot. Je suis comblée. Et j'admire sa faculté à avoir su le placer dans la circonstance vécue.

Elle me fait un clin d'œil pour me consoler et s'enfuit rejoindre ses potes.

Quelques minutes plus tard, je me sépare de Véro car elle doit aller au boulot. Comme je suis inquiète de savoir Ismène chez moi, je rentre en pressant le pas.

De toute façon, je m'en doutais un peu. C'est trop tard. Déjà, la voiture de Tony est toujours devant chez moi, alors qu'il m'avait dit qu'il devait la reprendre avant d'ouvrir le Select. Quand j'ouvre la porte de ma caravane, je trouve Ismène, Tony et Sergo, en pleine partie de poker, sous la haute surveillance de Pastis perché sur le placard.

Ils sont tellement concentrés sur leurs cartes que personne ne me regarde.

— Ça va ? Je vous dérange pas trop ?

Silence général.

— Je croyais qu'il fallait être au moins quatre pour jouer au poker ?

— Pas du tout, Cricri, dit Tony. Il suffit d'être deux pour pouvoir faire une partie.

— Ah, enfin, il y a quelqu'un de vivant dans cette caravane ? Je te remercie, Tony, de daigner me répondre.

— Chut, dit Ismène. Tu déconcentres.

Ils m'énervent tellement tous les trois que je décide de m'isoler un peu et de faire mon courrier du cœur sur le téléphone mobile prêté par Blanche. Il est temps que je regarde si mon nouveau petit amoureux m'a laissé un message.

Je suis étonnée de voir Ismène disputer tranquillement cette partie de cartes, au lieu de continuer à fouiner sur les événements. Bien entendu, une bonne partie du mystère est résolue, puisque Sergo est ici. Mais telle que je la connais, je sais qu'elle n'est pas du genre à abandonner une piste qu'elle a commencé à creuser. Ça doit turbiner sec dans ses petites cellules grises, pour essayer d'entraver ce qu'il s'est passé exactement.

— Ismène, je savais pas que l'étude des codes de Radio Londres permettait de devenir champion de poker !

— Arrête de bougonner, ça te va pas du tout.

— Et vous, M. Sergo, ça vous dérange pas de jouer tranquillement pendant que toutes les polices de France vous recherchent ? Pendant que des tueurs veulent votre peau ? Pendant que la femme de votre vie se morfond en se demandant si vous êtes mort ?

Il se tape le front de sa main.

— C'est vrai ! Vous avez raison. Passez-moi de quoi écrire un message. Vous lui transmettrez le plus discrètement possible.

Tant que cette affaire n'est pas réglée et que je ne suis pas hors de danger, il vaut mieux que je continue à me planquer.

Je lui passe un papier et un crayon et je me retire dans la cabine de Sabrina, en laissant la porte ouverte.

La radio braille une chanson d'Aznavour : « *Mais mon vrai métier, c'est la nuit, Où je l'exerce, travesti, Je suis artiste, Je suis un homme, oh ! Comme ils disent, Nul n'a le droit en vérité, De me blâmer de me juger, Je suis un homme, oh !, Comme ils diiiiiisent...* »

Bon, là, ça se complique. Si je mixe *Où sont les femmes* avec cette chanson, je constate forcément que c'est une histoire de *genres* et franchement, quelque chose m'échappe. C'est laquelle des deux chansons, le message de ma *mother*, hein ? Il vaut mieux que je n'insiste pas. Je referme la radio.

Tout en répondant à mon petit amoureux qui a laissé des tas de messages sur le site de rencontres, je garde une oreille sur les échanges des joueurs de poker. Au bout de quelques minutes, en les écoutant parler, je me rends compte que l'histoire de la partie de cartes n'est pas anodine.

Et en effet, je ne m'étais pas trompée sur Ismène. Je la connais bien. Cette partie n'est pour elle qu'un leurre, pour mettre Sergo en confiance, le faire parler. Elle essaie de tout savoir sur ce qu'il a vécu exactement à partir du moment où je l'ai laissé dans sa chambre samedi dans la nuit.

Bribe par bribe, un scénario assez clair se dessine et nous commençons à comprendre vaguement le déroulement des faits.

Bien sûr, Sergo évoque sa liaison, ou plutôt son histoire d'amour ardente, avec la fille de son patron. Il est fou d'elle, ça, je le savais déjà.

— Je l'adore, je pourrais mourir pour elle. Je lui dois tout !

Tony, fleur bleue, veut en savoir plus.

— C'est grâce à elle et à son influence qu'ils m'ont acheté si cher au club d'avant où j'étais simple remplaçant.

— Oui, enfin, c'est à double tranchant, dit Tony. Après, quand il a vu les résultats… C'est vrai, quoi, je veux dire, je veux pas te vexer, mais bon, c'est de notoriété publique, t'as pas tout à fait encore gagné de ballon d'or.

Ils se tutoient donc ?

— Oui, je sais, c'est là que mes malheurs ont commencé. Enfin, en même temps, je me suis dit : c'est peut-être la chance de ma vie de me reconvertir dans quelque chose que j'aime vraiment. Le foot, j'en ai fait seulement parce que mon père me poussait quand j'étais gosse. En réalité, j'avais horreur de ça. Je rêvais de faire du théâtre. Euh, du théâtre, chez moi, autant dire un truc de gonzesse. Vous avez tous vu *Billy Elliot* ? Ben, c'est un peu pareil, sauf que j'ai jamais eu le courage de dire non à mon père. Et y'avait personne qui donnait des cours de théâtre dans mon bled. Il s'était dit que j'allais devenir milliardaire grâce au foot, que le seul moyen quand on était comme moi nul à l'école, c'était de jouer au ballon.

— Classique, je marmonne pour moi même.

— Ce qui est marrant, c'est que Paloma, elle, c'est l'inverse. Elle voulait pas faire de danse, mais du foot. Elle a eu le droit, sauf que son père n'a pas voulu qu'elle passe professionnelle. C'est pour ça qu'elle s'est tellement entichée de moi, au début. Une carrière par procuration.

— Ouais, elle nous a raconté. Qu'est-ce qu'il a fait, ton proprio, quand il a vu tout l'argent que tu lui faisais perdre ?

Ismène le tutoie aussi. En fait, tout le monde est cul et chemise dans cette histoire, sauf moi. C'est mon patron, je tiens à garder mes distances.

— Il m'a proposé un marché. Ce type, il est obsédé par un truc, parce que ça lui a réussi une ou deux fois. Il résout ses problèmes par des scandales fabriqués de toute pièce. Mais alors un vrai, un gros scandale, tu vois, genre la mort de quelqu'un, un assassinat, un accident, un suicide, une disparition, bref t'as compris. Sa théorie, c'est : chaque fois qu'un scandale arrive quand t'es au fond du trou, ça te fait remonter.

— Tu veux dire qu'il tue des gens ?

— Je crois pas, juste il se sert s'ils sont clamsés. C'est sa vision du marketing. La mort de quelqu'un, c'est le top du top. Donc il m'a proposé un marché. Ou je disparaissais, ou je trouvais un moyen de lui rembourser ce qu'il avait misé sur moi.

— Et alors, qu'est-ce que t'as fait ?

— C'est encore elle qui m'a sauvé. Elle a réussi à le persuader qu'en investissant dans le cinéma, il allait rattraper tout ce qu'il avait perdu au foot sur moi. Et tu sais, le mot cinéma, ça fait rêver tout le monde. Même les hommes les plus riches du monde. J'avais rencontré Blanche Dorsey quand elle avait produit un documentaire sur le club. Je lui ai demandé si elle n'avait pas un scénario de fiction dans ses tiroirs. Justement, Michael Dorsey, son mari, en avait un tout prêt. C'était sur le rugby, mais on a adapté au ballon rond. Il leur fallait un acteur principal qui touche un peu au foot.

Je sors de ma cabine, intéressée.

— Oui, euh... Michael Dorsey, comme réalisateur, c'était un peu chaud, non ? je demande. Il n'aligne pas vraiment les succès !

Un peu gêné, Sergo essaie de défendre la réputation de Dorsey. Je trouve que c'est sympa de sa part. J'aime bien la loyauté, même si je trouve ça tarte.

— Peut-être, mais c'est un bon, quand même, hein ? Il est très estimé dans son milieu. Il fait des films qui passent dans des Festivals renommés. Il a reçu quelques prix.

Je repense à ce qu'a dit Bintou du film hier et ce qu'en pense Gaston, aussi. Et surtout à Melody Titus.

— C'est vrai. Son film a été acheté au Marché pour tout le territoire du Yukon.

— Ah bon ?

— Un film sur le foot, ça suffit comme sujet ? demande Ismène. C'est un peu mince, non ?

— Là encore, ma chérie m'a sauvé. Elle a exigé qu'il ajoute dans son scénario une romance et une intrigue de polar. Bien entendu, elle a convaincu son père que je devais être le personnage principal et que c'était le seul moyen pour qu'il regagne ses millions perdus. Et que son rêve à elle, c'était de faire un film comme actrice. Actrice, danseuse, elle retombait dans l'estime de sa mère qui vit en Allemagne et qui a insisté auprès du père. Banco.

— Oui, enfin, tout s'effondre si le film est un bide, n'est-ce pas ?

— Exactement. Vous avez tout compris.

— À quel moment ont-ils su que le film avait fait un flop complet ? demande Ismène. Que c'était avéré et définitif ?

— Ça s'est fait en plusieurs étapes. Évidemment, la réception pendant la projection n'a pas été excellente. Il y a eu des huées. Personne n'a applaudi. La moitié des gens sont sortis au milieu de la séance. Si on veut prédire le succès d'un film à l'aune de la projection au Palais, alors là, il n'y avait aucun doute. Ce film ne pourrait jamais remonter la pente. Mais ils ne se sont pas inquiétés tout de suite. Avec son esprit tordu, Girard a même cru que ça pouvait faire le *buzz*, d'être autant sifflé. Durant toute la nuit, sur la plage, puis une partie de la nuit, après que nous sommes rentrés, il a eu des retours de la presse. Le film était descendu par tout le monde. Irrécupérable. Pourtant, Dieu sait qu'il avait arrosé les médias.

— Et qu'est-ce qui s'est passé exactement, cette nuit, alors ?

— J'ai reçu un coup de fil après votre départ, Rosie. Des sponsors. On m'envoyait quelqu'un pour m'accompagner à la soirée sur le *Lady Moon*, histoire de continuer la fête. Je n'avais pas envie d'y aller, mais j'ai senti au ton employé que je ne pouvais pas refuser.

— Et le bazar dans votre chambre ? Comme s'il y avait eu une bagarre ?

— Ah ? Elle était comme ça, ma chambre ? Alors, là, je suis pas au courant. Ils ont dû envoyer quelqu'un pour la mise en scène après mon départ.

— Et que s'est-il passé sur le yacht ?

— Le cirque a commencé. Girard n'a même pas voulu me voir. Ils m'ont flanqué dans un canapé, dans un coin, avec deux filles, une dans chaque bras, toutes les deux allumées à la coke. Elles m'ont fait boire. Et Éric, paix à son âme, s'est approché de moi. Sous prétexte que j'avais manqué de respect à sa fiancée, soi-disant, une des deux filles, il a commencé à me chercher. J'étais trop beurré pour comprendre ce qu'il se passait. J'ai horreur de la violence…

– Oui, ça j'avais remarqué au rond-point.

Il ne relève pas et continue :

– J'ai juste essayé d'échapper à la castagne et j'ai reculé jusqu'au bastingage. Une des filles me collait aux basques. À la fin, j'ai quand même été obligé de filer quelques torgnoles à Éric, dans l'espoir de le faire lâcher, mais ma technique était plutôt de m'accrocher à son col, le plus possible, afin d'éviter ses coups.

52

Nous sommes suspendus à ses lèvres. Il ne parle plus. Il semble revivre la scène, il essaie de comprendre comment tout a basculé.

Dans le vide.

Pastis est descendu du placard et il s'est planté au milieu de la table, suspendu lui aussi à ses lèvres.

— Et alors ?

— Ce gros con-là, il ne savait même pas nager. Faut quand même être taré pour chercher le conflit au bord d'un garde-fou sur un yacht, quand on ne sait pas nager. De toute façon, je ne me suis pas occupé de lui. Sous l'eau, j'ai tout de suite vu que la fille ne bougeait plus et s'enfonçait doucement. Je l'ai saisie par les bretelles de sa robe en lamé et j'ai nagé jusqu'à la plage en essayant de lui garder la tête hors de l'eau.

— Elle se laissait faire ? Elle se débattait pas ? je demande. Il paraît que les gens qui se noient, ils se débattent.

— Elle est sûrement morte dès qu'elle a touché l'eau, dit Ismène. Elle avait trop bu. Les vaisseaux sanguins sont dilatés par l'alcool. La personne alcoolisée est plus sensible au choc thermique au contact brusque de l'eau, ce qui peut conduire à un arrêt cardiaque par hydrocution.

— Depuis quand t'es docteur, toi ?

C'est vrai, il faut toujours qu'elle fasse sa « madame je sais tout », cette Ismène ! Elle continue :

— Ils ont dit quoi, à l'autopsie ?

— Je ne sais pas, dis-je.

Abattu, Sergo continue :

— On s'est retrouvés entre les pilotis du ponton d'un grand hôtel. J'ai tenté de lui faire du bouche-à-bouche, des massages cardiaques, tout le tintouin. Ça n'a pas marché. Je me suis acharné un moment, je devenais comme fou. Il fallait que je la réveille. Y'a rien eu à faire. À la fin, quand j'ai vu que je n'arrivais à rien, je l'ai laissée. Une fois dans la foule sur la Croisette, j'ai alerté en hurlant quelques personnes pour que la fille soit tout de suite prise en charge. Mais je savais que c'était trop tard pour elle. Que c'était peine perdue. Je suis parti me planquer au hasard dans les rues, derrière la gare. J'arrêtais pas de chialer. Je la connaissais pas avant, mais j'étais traumatisé.

Je comprends alors le pourquoi du comment :

— En fait, ton patron, là, Girard, il continue simplement sa méthode. Quand on touche le fond, il fabrique un bon gros scandale qui lui servira de pub. En fait, si tu meurs, c'est un excellent moyen de récupérer son argent.

— Je pense qu'il voulait m'éloigner de Paloma. C'est tout.

— Bien entendu, mourir de façon sulfureuse dans les bras d'une pute, c'était l'idéal. Bon, parfois, il y a des bavures à ce genre de plan. Premièrement, c'est Éric qui est mort au lieu de toi. La petite en lamé, OK, on a compris qu'il s'en fout. Et toi, malheureusement, tu as disparu au lieu de laisser un beau cadavre bien juteux. Pour lui, il fallait que ce soit l'acteur qui meure. Sinon, ça devient simplement un banal fait divers. Et ça n'attire pas l'attention sur son film.

— Conclusion, dit Ismène, t'es encore en danger. T'as intérêt à rester planqué.

— Mais… Mais… Quand même ! Il ne peut pas tuer des gens comme ça sans être inquiété, n'est-ce pas ? Franchement !

— Je te rappelle qu'officiellement, c'est un accident, dit Ismène.

— Peut-être, je rajoute, seulement vous oubliez qui est aux commandes de cette enquête ! C'est Borelli ! Et lui, c'est un fin limier. Le meilleur pour renifler le coup fourré. Il finira par tout savoir car il n'abandonne jamais un os qu'il a commencé à ronger.

Du coin de l'œil, je vois Tony qui se renfrogne parce que j'ai dit du bien de Borelli.

— T'es gentille, Cricri et je suis d'accord avec toi : Borelli, il finit toujours par cerner la vérité. Et ensuite, hein ? Il se passe quoi ? Tu l'as déjà vu souvent arriver à faire aboutir une affaire quand les individus concernés sont puissants ?

Je balbutie car je n'ai pas de réponse. C'est vrai que ses enquêtes sont parfois escamotées par les gens au-dessus de lui. Et on ignore alors en quelles eaux de boudin se sont transformées ses pistes.

Je ne sais pas tout, bien sûr, et pour ce qui est des quelques cas auxquels j'ai été mêlée, je parie sur du 75/25. Ce qui veut dire que pour un quart, bien qu'il ait débusqué le fin mot de l'histoire, les vrais responsables n'ont pas été inquiétés.

— Bon, il faut garder l'espoir, Ismène, allons, je dis. Et puis, il est si puissant que ça, ce Girard ?

Ils se tournent tous les trois vers moi avec une expression peinée. Du style : *qu'est-ce qu'on va faire d'elle ? C'est pas possible un cas aussi désespéré !*

— Bon, OK, ben quoi ? Pas la peine de me regarder comme ça ! Et alors ?

— Alors, il a des taupes genre ministres, carrément, dans les gouvernements russes, chinois, américains, allemands et français, ça te suffit pas ?

— Ah, quand même !

Cette fois, c'est moi qui suis découragée. Tony ne supporte pas de me voir comme ça, alors il dit :

— C'est pas grave, Cricri. Il y a d'autres moyens. On trouvera bien…

Je le regarde avec reconnaissance.

Et soudain, c'est comme si je le voyais pour la première fois. Mon cerveau reptilien amoureux est bizarrement fait. C'est toujours quand je ne m'y attends pas, quand je crois que tout est tranquille, bien rangé, que je m'enflamme pour quelqu'un. En général pour un inconnu. Là, brusquement, c'est comme un écran de toile qui se déchire. Un nuage qui explose en temps d'orage. Un arc-en-ciel qui apparaît !

Serait-ce possible que… Tony ?

Tout défile devant mes yeux. Toutes les fois où il m'a donné du taf parce qu'il voyait que j'étais au bout du rouleau et qu'il savait que je n'aurais pas accepté qu'il me prête de l'argent. Toutes les fois où il a proposé de garder les filles pour me soulager un peu. Toutes les fois où il m'a défendue, protégée, soutenue, suivie. Et moi, je le trouvais lourd, je ne voyais que son regard dragueur, ses remarques appuyées et sa jalousie déplacée. Je croyais qu'il était un peu niais, alors qu'il était plus intelligent que tous les autres. Je croyais qu'il était faible, alors qu'il était le plus fort. Je croyais qu'il était lâche, alors qu'il encaissait sans se plaindre.

Comme là, par exemple, il voit bien que mon regard a changé et il détourne le sien. Hier, j'aurais encore pensé que c'était parce qu'il était gêné mais à cette minute, je sais. C'est par délicatesse. C'est pour que je ne sois pas gênée, moi !

Du coup, Rosie, la rentre-dedans, la grande gueule, la casse-cou, voilà que moi aussi je détourne le regard. Tony tend la main vers Pastis et il lui caresse lentement le dos. Le chat frémit et lui saute dans les bras d'où il ronronne en me regardant intensément.

Je me secoue.

Bon, ce n'est pas le moment. Je me pencherai sur cette question plus tard quand j'aurai tout réglé. Et ça commence à faire beaucoup.

53

Résoudre le problème Sergo, comprendre l'énigme Dorsey et clore l'épisode de l'amour en ligne. Tout à coup, ma relation avec mon beau ténébreux du courrier du cœur m'apparaît comme du pipi de chat. C'est bidon. C'est ridicule. Pendant tout ce temps, toutes ces années, j'avais mon Tony sous la main, sous les yeux, à portée de cœur, et je ne le voyais pas ? Vous en connaissez, des plus tourtes que moi ?

Soudain, mon alarme sonne.

— Je dois y aller, ciao la compagnie.

— Moi, je vais appeler le boulot et me faire porter pâle pour tenir compagnie à notre ami, dit Ismène.

Je me demande de quel ami elle parle et je comprends avec un temps de retard à l'allumage qu'il s'agit de Sergo.

— Oui, t'as raison. Il vaut mieux qu'il ne reste pas seul. On sait jamais.

L'acteur me passe son bout de papier sur lequel il a griffonné quelques mots et rajouté plein de cœurs. Un vrai message amoureux pour sa dulcinée.

— Je vous promets rien. Je ne suis pas sûre de la rencontrer.

— Mais sur le yacht, elle y est tout le temps.

— C'est vrai, elle y était hier et elle avait l'air inquiète. On lui a parlé. Elle a peur pour vous et elle essaie de se persuader que son père a un bon fond. Elle pense qu'il a tout découvert pour vous deux et qu'il vous en veut peut-être.

— Oh mon Dieu ! Il faudrait que j'aille à son hôtel !

— Ça vous arrive de réfléchir ? Surtout pas ! Elle a fait une blague sur ça. Enchaînée au fond d'un océan, elle a dit ! Et ici, dans la région, je verrais plutôt au fond d'un trou dans l'arrière-pays. Vous savez qu'il y a des tombes datant de la préhistoire qui n'attendent que vous ?

Sergo hausse les épaules.

— C'est vrai, dit Ismène. Nous avons de nombreux *tumuli* datant du néolithique. Saint-Césaire, Escragnolles, Saint-Vallier, Cabris. Plus personne n'organise de fouilles depuis des décennies. Rien de plus facile que de planquer un corps là-dedans. Même pas besoin de creuser, il suffit d'enlever les premières couches de pierres taillées, d'y glisser le corps puis de le recouvrir avec les mêmes pierres afin de lui permettre d'entamer sa longue décomposition dans un lieu sacré plusieurs fois millénaire. C'est beau, comme fin. Ça vous dit ?

Sergo frissonne et se tait.

Je fourre le billet doux dans la poche arrière de mon short.

— Je vais essayer de convaincre les Dorsey d'inviter le père démoniaque et sa riche héritière de fille, à midi. Je les étudierai de plus près, je les sonderai et j'essaierai de glisser le billet à votre chère et tendre. Franchement, Sergo, je sais que l'amour ne se commande pas, mais si j'étais vous, j'essaierais de changer de nana.

— À mon avis, dit Ismène, il est cuit quoi qu'il fasse. S'il persiste, il finira par se trahir et quand le père saura vraiment, ça va faire très très mal. S'il la quitte, elle ne se laissera pas jeter comme ça et sa vengeance sera terrible. Je ne présage qu'une fin funeste pour vous, Sergo. Mais bon. Pour l'instant, avançons à l'aveugle, on verra bien.

Je me retourne vers la caravane en marchant. Sur le seuil, Tony, Pastis dans les bras, me regarde partir.

Quand j'arrive dans la suite, un peu avant midi car toutes ces discussions m'ont mise en retard, contrairement aux jours précédents, c'est le calme plat. Il n'y a presque plus personne. L'équipe de secrétaires se réduit à la cheffe, tristounette, qui pianote lentement, comme pour faire semblant. Audrey, désœuvrée, finit son thé dans un fauteuil. Les Dorsey ne sont pas là.

Je m'installe derrière mon petit comptoir et je constate qu'il n'y a pratiquement plus de dépliants devant moi. Juste la tablette. Je meurs d'envie d'aller voir les dernières nouvelles de mon amoureux virtuel, pour comparer mon émotion avec celle que je viens de ressentir devant la « révélation Tony », mais je n'ose pas devant ces deux personnes. Finalement, je n'étais jamais aussi seule que quand il y avait une foule autour de moi. À présent, ces deux filles remplissent le vide.

— Salut ! Tout va bien ? Il se passe quoi ?

— C'est trop la cata, me répond Audrey, car la cheffe secrétaire, Flo, ne m'adresse toujours plus la parole depuis qu'elle a vu que j'oubliais des pluriels dans mes e-mails.

— Comment ça ? J'ai vendu le film au Canada, hier !

— Euh, vous êtes gentille, Cricri, mais d'abord, le Yukon, c'est qu'une petite partie du Canada et ensuite, on ne sait même pas quel circuit le film va faire là-bas, à part une grange désaffectée reconvertie en ciné-club, sans parler du tarif auquel vous l'avez vendu.

— C'est mieux que rien, quand même ! je boude. Mieux que ce que vous aviez réussi à faire jusque-là, en tout cas.

— C'est vrai, reconnaît-elle, piquée au vif.

— Et juste pour ça, tout le monde déserte ?

— Non, c'est pas seulement ça. La patronne a décidé d'adopter un profil bas et de plus faire parler de nous jusqu'à la fin du Festival.

— Parce que le film n'a pas marché ? je me moque. Vous savez pas que l'échec est la plus belle façon d'apprendre ? L'important, c'est de se relever ! C'est Gandhi qui l'a dit. Ou Nelson Mandela ? Peut-être les deux ?

— Pourquoi pas Mère Teresa tant que vous y êtes ? Épargnez-nous votre propagande *New Age*, dit-elle. C'est aussi l'affaire Sergo qui la mine. Et la trouille. On est mouillés avec ces gens et Blanche cherche un moyen de se défaire de ses accords. Le problème, c'est qu'il faudrait les rembourser et comme le film promet de rapporter moins que rien, c'est raté d'avance ! Raté quoi qu'il en soit, car s'il avait marché, ils n'auraient pas voulu de remboursement, mais des pourcentages, comme prévu dans le contrat. Bref, c'est impossible de s'en défaire. On reste pour sauver la face, tout le staff a été viré. Plus de soirées sur le *Lady Moon*, plus de fêtes, plus de dîners, plus de projections. On a supprimé tous les encarts publicitaires des magazines. Je dois la jouer discret sur les réseaux sociaux.

— D'après Gaston, le film sera bientôt culte. Et Bintou aussi, elle l'a adoré.

— Qui sont ces gens ?

— Des amis.

— OK, dit-elle, et elle se replonge dans son mobile.

Je suis vexée, mais j'ai la mission d'aller porter un message d'amour à Paloma, alors je ravale ma fierté.

— Ils sont où, les Dorsey ?

— Ils sont partis à un déjeuner sur la plage avec les Girard et tous les sponsors, justement. Pour discuter gros sous.

— Comment ça, les Girard ? Père et fille ?

— Oui, elle s'est beaucoup investie personnellement dans le film et elle assiste toujours à toutes les discussions financières depuis le début.

Je sais pourquoi, c'est pas moi qui vais cafter. Il faut absolument que je saisisse ma chance et que j'aille glisser le mot doux à la tourterelle.

54

J'hésite entre demander à Audrey si elle a pas un truc à donner à Blanche, ou faire semblant d'avoir une course à faire et m'éclipser discrètement. J'attends quelques minutes qu'un miracle se produise et comme rien ne se passe, je finis par m'agiter sur mon tabouret.

— Bon, Audrey, vous pensez que je peux aller voir Dorsey deux minutes ? Je commence à m'inquiéter pour mon salaire, avec tout ça. S'il n'y a plus de fric, comment je vais être payée, moi ? C'est vrai, si j'avais fait quelques heures au Select, j'aurais eu un vrai salaire au black en cash.

— Vous êtes mieux payée ici ! dit-elle.

— Pour l'instant, ce n'est que virtuel.

— Certes. Et vous voulez faire quoi ?

— Aller leur demander une avance.

— Vous n'avez pas à me demander la permission, Cricri. Je ne suis pas votre cheffe.

— Je ne veux pas votre autorisation ! Seulement votre avis.

— À mon avis, ce n'est pas le moment, mais je crains que cela ne le soit jamais, alors…

— Bon, j'y vais, je reviens dans une demi-heure. Vous voulez que je vous rapporte des sandwiches ?

J'ai demandé ça par gentillesse mais comme ni l'une ni l'autre ne me répond, je sors de la suite dans un silence oppressant.

En débarquant sur le plancher en teck de la plage où sont dressées les tables, je les localise tout de suite. Ils sont tous les six absorbés dans la lecture de leur menu. Il y a les Dorsey, les Girard, le Chinois Hu et mon Russe. Debout derrière lui, Piotr et Marco, comme des soldats. L'un d'eux porte toujours un pansement sur le nez.

Personne ne m'a encore repérée. Je m'approche de la table et j'attends qu'on me remarque. Ils ne font pas tout de suite attention à moi, me prenant certainement pour une serveuse qui attend les commandes. C'est Blanche qui lève les yeux la première et qui me repère. Un sourire illumine son visage soucieux, et Michael s'exclame :

— Oh ! Cricri ! Quelle bonne idée de nous rejoindre. Voulez-vous déjeuner avec nous ?

Je refuse poliment, mais comme il insiste, j'accepte de prendre une chaise en précisant que je ne ferai que boire un verre et qu'ensuite je repartirai travailler.

Dorsey fait un signe au serveur pour demander un verre en plus. Le personnel s'empresse autour de moi. Comme je m'étais positionnée tout près de Paloma, qui fait comme si elle ne me reconnaissait pas, on m'apporte une chaise qu'on place au coin de la table à ses côtés. Mon verre se remplit d'un liquide cristallin délicatement rosé.

— Goûtez, vous m'en direz des nouvelles, me dit Michael. C'est du *Château d'Esclans cuvée Garrus* ! Vous connaissez ?

Je ne lui réponds pas ce que je pense, à savoir que je m'en tape comme de ma première liquette.

Cet échange d'amabilités se déroule sous le feu croisé des regards des autres convives. Celui d'Henri Girard me transperce comme un laser. Ceux de mes deux abrutis me fusillent sur place. Je leur fais un clin d'œil. Celui de mon mafieux russe est dubitatif, comme s'il se demandait si j'étais suicidaire ou inconsciente. Celui de Hu est insondable, son visage affiche un sourire suave. Reste Paloma. Elle plisse les yeux, m'ignore délibérément, même si elle semble tout de même rassurée par ma présence.

Finalement, tout le monde me connaît ici. Je sais pertinemment que ce n'est pas une bonne chose.

— Je suis venue vous parler de mon salaire, dis-je à Blanche Dorsey. Je vais être payée quand ? Parce que j'aurais bien besoin d'une avance, vous savez...

— Vous... dit Paloma, faisant mine de me reconnaître. Vous êtes la superwoman qui fait le *buzz*. Vous en êtes à cinq millions de vues, vous le savez ? Maldonne, c'est ça ? Vous avez sauvé l'acteur de mon père samedi dernier. Vous étiez avec nous à la projection ! Vous savez peut-être où il se cache ?

Je me trouble bêtement et j'éclate de rire.

— Se cache ? Je croyais qu'on l'avait enlevé ? Vous savez ce qu'elle a dit, la pute qui a témoigné l'autre jour ? Que c'était un coup monté et qu'il a dû être zigouillé. D'ailleurs, la pauvre, elle a pas fait long feu après sa déposition.

Ma remarque jette un froid. Silence dans les rangs.

Blanche Dorsey s'inquiète brusquement de ma présence et Michael a l'air préoccupé, lui aussi. Ils réalisent que c'était pas une bonne idée de m'inviter.

— Ne faites pas attention, son franc-parler est la marque de fabrique de notre employée.

— Votrrrrre employée ? demande mon Russe.

— Oui, c'est notre hôtesse d'accueil.

— Hôtesse ou garde du corps ? demande le Chinois.

Bref, les Dorsey ont réussi à détourner leur attention des questions de Paloma et surtout de mes réponses.

Blanche Dorsey fouille dans son sac et me tend une enveloppe :

— Ça tombe bien, j'avais préparé une avance pour vous ! dit-elle.

C'est sa façon de me dire de partir.

Je saisis l'enveloppe et je comprends bien que je devrais disparaître maintenant, que l'invitation à boire un verre ne tient plus. J'ignore si les Dorsey ont peur pour eux ou pour moi, mais ce qui est sûr, c'est qu'ils considèrent que je suis une bombe au milieu de cette table et qu'il est urgent que je me tire.

Michael se lève et vient vers moi pour me permettre de quitter la tablée la tête haute.

55

Il me saisit délicatement par le bras mais comme je n'ai pas réussi à fourguer le mot doux à Paloma, j'ai soudain une idée idiote. J'attrape mon verre pour avaler son contenu cul sec puis je me lève, je flanche sur mes talons comme si je trébuchais, je tombe en avant sur la table en me penchant vers la jeune fille, je me rattrape à la nappe en faisant glisser le tissu. Tous les verres se renversent et tombent par terre. Pour finir, je m'affale sur Paloma, en criant :

— Oupsssss !

Paloma s'écrie aussi en se relevant, horrifiée, car sa robe Hermès a été inondée par le *Château d'Esclans cuvée Garrus* en question.

Je l'époussette maladroitement en grimaçant de douleur et en m'accrochant à ses mains.

— Ouille, aille ! Désolée !

Pendant tout ce cirque, j'insiste pour qu'elle comprenne que je suis en train de lui enfoncer le fameux bout de papier dans la paume. Et en effet, passé le premier moment de confusion, elle réagit au quart de tour et sa fine main manucurée d'un élégant vernis transparent sur des ongles de plusieurs mètres se referme avec voracité sur le mot.

Je quitte alors le restaurant de la plage presque en courant. Je lis le soulagement dans le regard de Blanche Dorsey. Et je me réjouis doublement. J'ai rempli ma mission tout en récupérant du fric ! J'ouvre l'enveloppe. Il y a cinquante euros. Je vais pouvoir aller acheter de premières nécessités. Trop forte !

Je passe l'après-midi à marivauder avec mon amoureux virtuel. Je n'ai plus envie de continuer ces bêtises d'adolescente sur le web. Je veux faire place nette pour Tony. Quand j'aurai fermé mon compte sur ce site, je réfléchirai à un angle d'attaque pour attraper mon vrai amour.

Mais à chaque message d'adieu que j'envoie à ce courrier du cœur, le type trouve une phrase amusante pour retenir mon attention et je reconnais qu'il a des arguments. Il sait me parler, c'est fou, pour quelqu'un qui ne me connaît pas. Et surtout, il a l'air vraiment sympa. À la fin, juste avant que je finisse ma journée, il parvient à m'arracher un rendez-vous en vrai... Je me dis que ce sera plus facile de finir cette relation virtuelle de vive voix. Je lui expliquerai ce qu'il m'arrive avec Tony. Alors, j'accepte.

Je lui précise toutefois que ce sera notre unique rencontre. Un rendez-vous d'adieu.

Je salue mes deux collègues punies comme moi à résidence dans la suite et je passe au supermarché avant de rentrer. Fête ce soir, grâce au salaire de mon dur labeur.

J'achète des raviolis à la ricotta, des tomates pelées en boîte et des oignons. Ça fait longtemps que je n'ai pas vraiment cuisiné. Et pourquoi pas aussi des crêpes pour le goûter ? Il manque juste la farine. Avec de la confiture ? Ça va vraiment être la fiesta. Je rajoute des pois chiches, du riz et des coquillettes, de l'huile d'olive, des boîtes de miettes de thon, des œufs, un pack de lait et du beurre. Avec ça, on pourra tenir quelques jours. À la caisse, je dois reposer les jus de fruits, parce que ça dépasse mon budget. Je repose certaines denrées pour conserver au moins dix euros de par moi. Je garde le café. Même si c'est cher. Pas grave. Retour presque à la case départ question fric, au moins les placards sont pleins. Enfin, presque.

J'ai pris l'essentiel en quantité, car il y a de grandes chances pour que Sergo soit toujours là, Ismène sûrement aussi, ce qui sous-entend que Véro viendra peut-être avec ses deux fils et certainement Gaston, peut-être avec Bintou ? Ça commence à faire beaucoup. Bon, ben, ils se rabattront sur des crêpes nature. C'est bon aussi, les crêpes nature !

Quand j'explique tout à Véro en récupérant les enfants à l'école, elle me confirme qu'Ismène n'est pas rentrée de la journée et Simon insiste pour rester avec Sabrina. Bon, OK, tout ce beau monde nous emboîte le pas.

Devant ma porte, la MK2 de Gaston est déjà là. Dès qu'il me voit, Sergo se précipite sur moi.

— Alors ? Alors ?

Je lui raconte ce qu'il s'est passé et comment j'ai réussi à transmettre son message, mais sans réponse immédiate.

Je prépare la pâte à crêpes et installe la table du goûter dehors. Il manque des chaises et je complète avec des parpaings.

Puis, pendant que les jumelles dégustent et que Sabrina entreprend de montrer à Simon comment elle brosse à l'envers les poils de Pastis qui se laisse faire avec délice, je me mets aux fourneaux et je prépare ma sauce tomate pour le dîner. Ismène, comme à son habitude, prétend qu'il manque du vin et un dessert afin d'échapper aux corvées domestiques.

— Je fonce acheter ce que tu as oublié. Franchement, Cricri, t'aurais pu y penser !

Elle ne manque pas d'air. En passant, elle fait une bise à Véro et disparaît en sifflotant au coin de la rue. Sergo pianote sur son téléphone tandis que Gaston se rapproche de moi. Il a l'air étrange.

— Ils vous ont parlé, les Dorsey ?

— Ils n'ont pas pu, il y avait le syndicat du crime organisé international avec nous. Bon, ça va, j'ai compris, Gaston. Si vous avez quelque chose à me dire, c'est le moment. Allez, déballez ! Ils vous ont dit quoi sur moi ?

— Vous savez quelque chose ?

— Ben, Blanche m'a dit qu'elle avait connu ma mère quand elle était jeune. Que c'était sa meilleure amie. Franchement, qu'est-ce que vous voulez que ça me fasse ? Ma mère, elle avait plein d'amis !

— Oui, mais alors, imaginez qu'à la même époque, elle ait connu aussi votre père !

Alors, là, je reste comme deux ronds de yaourt. *Mon père, cet inconnu !* Ça doit être un titre de film qui me revient. Vraiment, mon père ? Je l'avais passé aux oubliettes. D'après ma mère, il a pris la poudre d'escampette quand il a su qu'elle était enceinte, c'est pas très courageux. Il paraît qu'il était jeune. Sincèrement, un père qui se barre et qui vous laisse dans la mouise comme ça, faudrait qu'il ait une sacrée bonne excuse pour que je lui pardonne. Carrément, j'en ai rien à foutre de cette histoire de père.

— Pourquoi, c'est le cas ? Elle a connu mon père ? M'enfin, Gaston, qu'est-ce que vous voulez que ça me fasse ? Je me fiche complètement de ce type, moi... Oh, non ! Ne me dites pas, je vais deviner : Blanche est partie avec mon père en le piquant à sa meilleure pote, ma mère ! C'est ça ? Je brûle, hein ?

Devant le silence gêné de Gaston, je me dis que je dois être proche de la vérité.

— Attendez, attendez, je suis sûre que je peux mieux faire. Euh... En fait, je le connais ? C'est... C'est... Dorsey ? Non ! Dans le mille ? C'est Dorsey, mon père ?

Gaston éclate de rire.

— Quelle imagination ! Vous voyez trop de films !

— Vous rigolez ? On n'a pas de télé ! Bon, c'est pas ça ?

— Mais non, puisqu'il s'appelle Dorsey, pas Maldonne ! Vous comprenez bien que si vous vous appelez Maldonne et que le nom de jeune fille de votre mère était Bernhard-Martin, forcément, c'est que vous portez le nom de votre père !

— Ah oui ! J'avais pas réfléchi à cet aspect des choses.

— Ben oui, apparemment, quand vous êtes née, votre mère était mariée à ce Maldonne. D'ailleurs, il y a quoi sur votre livret de famille ?

— J'en sais rien, j'ai jamais fait attention.

Une petite voix intervient alors dans la conversation, faisant même lever le nez de Sergo de son écran :

— Moi, je sais, maman, dit Sabrina.

Sabrina, une brosse pleine de poils à la main, nous observe. Elle a tout entendu.

— Tu fais quoi, là, ma puce ? Ça fait longtemps que tu nous écoutes ?

— Oui. Je voulais prendre la soucoupe du chat et j'ai entendu ce qu'il a dit, Gaston. Moi, je connais le livret, maman. Il y a écrit dessus que tes parents sont : Charlotte Bernhard-Martin et Lenny Maldonne.

— Bon, autant que je vous le dise, alors…

— Oui, je crois qu'à ce stade, il vaut mieux cracher le morceau, Gaston. Même si ça ne m'intéresse pas du tout. Alors, quand les Dorsey vous ont chuchoté à l'oreille l'autre jour, comme s'ils vous confiaient un secret, ils voulaient parler de mon père ? Blanche l'a connu ? C'était qui ?

— Son frère !

— Quoi ?

— Son frère ? dit Sergo. C'est n'importe quoi. Elle a jamais eu de frère, la Dorsey. Et ils étaient que deux dans la fratrie. Le nom de jeune fille de Dorsey, c'est bien Maldonne, en effet. C'est étrange, j'avais jamais fait le rapprochement. Alors, oui, elle s'appelle comme vous ; c'est bizarre, mais en tout cas, c'est pas son frère qui était votre père.

— Qu'est-ce que vous en savez, vous ?

— Je les connais bien, les Dorsey. Pendant le tournage, j'allais souvent manger chez eux. On discutait. Parce que ma Paloma, elle me rejoignait parfois sous prétexte de travailler les dialogues. Blanche parlait toujours de sa sœur morte trop jeune. Une chanteuse. Il y avait des photos d'elle partout. Très belle fille.

— Elle s'appelait comment ? je demande.

— Lionne.

— Ben dis donc, les parents, ils se mouchaient pas du nez !

— Du pied !

— Ça veut dire quoi, maman ?

— Ça veut dire qu'ils se prenaient pas pour des… Rien, ils ont appelé leurs deux filles Blanche et Lionne, tu vises un peu le truc ? Ça fait vraiment… Je sais pas, moi… Ça fait colonialiste, voilà ! Enfin, pourquoi Blanche vous a dit qu'elle avait un frère si c'était une sœur ?

— Vous parlez de quoi ? intervient Ismène, qui est revenue avec trois bouteilles de vin et un gros gâteau. Ça a l'air passionnant.

— J'ai retrouvé mon grand-père, dit Sabrina.

— Sois précise. Le père de ton père ou de ta mère ?

— Pfff ! Le père de mon père, il est déjà mort.

— Alors, t'as retrouvé ton père, Cricri ? C'est chouette, dit Ismène. Enfin, chouette, ça dépend…

— Comment ça ?

— Ben oui, imagine que c'est un camé, ou un alcoolo, ou un SDF que tu devras héberger, ou un malfrat en prison, ou pire encore, un…

Gaston se racle la gorge et la coupe :

— Oui, Blanche ne sait pas comment vous le dire, parce que le problème, c'est que… c'est pas évident d'annoncer à quelqu'un que…

— Que quoi ? C'est un serial killer pédophile ?

— Non, non ! Comment vous dire à la fois que vous avez un père et en même temps que vous ne l'avez plus ?

— Je comprends rien à ce charabia. J'ai un père ou j'en ai pas ? C'est son frère ou pas ?

— Ben, justement. C'est pas son frère, c'est sa sœur. Et en plus, il est mort. Enfin, elle est morte, comme a dit Alan.

Ah OK ! Ça va, n'en jetez plus, j'ai pigé ! « *Mais mon vrai métier, c'est la nuit, Où je l'exerce, travesti, Je suis artiste, Je suis un homme, oh, Comme ils diiiiiisent*... D'accord. Merci, maman, mais enfin, si tu avais été plus claire, j'aurais mieux percuté !

Juste à ce moment-là, Véro entre dans mon petit salon qui commence à être surpeuplé.

56

— Cricri, il y a des gens, là, qui veulent te parler. La dame, elle dit qu'elle est ta tante.

— Les Dorsey ! s'écrie Sergo, paniqué.

Il se lève comme une bombe et fonce dans la cabine de Sabrina. Trop tard. La voix de Blanche, qui vient d'entrer, l'épingle :

— Alan ? Qu'est-ce que tu fais là ?

Pastis a sauté du cou de Sabrina pour affronter le nouvel ennemi. Il souffle et crache en même temps.

— Cricri ? Alan est chez toi ? Qu'est-ce que ça veut dire ? Mais tu le savais déjà tout ce temps ? Comment as-tu pu me taire une chose par...

— Oh, vous, ça va, hein ! Question cachotteries, vous n'avez rien à envier à personne. C'est quoi, cette histoire que mon père, c'est votre sœur, hein ? Ça sort d'où ?

Le temps se suspend tout à coup et tout le monde reste figé sur place. Tandis que Blanche Dorsey s'effondre et éclate en sanglots, Sergo ne bouge plus, un pied vers sa cabine, Gaston me regarde d'un air suppliant comme s'il voulait que pour une fois, je mette ma grande gueule de côté et je fasse preuve d'un langage plus doux. Sabrina observe la scène avec curiosité, comme Ismène. Et puis elle décide d'intervenir en se baissant pour reprendre le chat qui se calme à son contact :

— Viens là, mon gros Pastis. C'est rien, cette dame. C'est la tatie de maman. Elle fait partie de la famille.

Elle se tourne vers moi :

— *C'est la vie*, maman, c'est comme ça. Il y a toujours des bonnes surprises. Mon grand-père, il était *queer*, alors ?

Tous les regards se tournent vers elle. C'est fou comme ma petite fille a grandi dans sa tête.

— D'où tu connais ce mot, ma puce ?

— Tout le monde le connaît, maman. C'est courant !

— Ah bon ? Et ça veut dire quoi, exactement ?

— C'est pour désigner une personne non conforme aux normes sociales, ou qui refuse d'être étiquetée selon son orientation sexuelle.

Ismène éclate d'un rire nerveux. Je regarde les autres d'un air d'excuse.

— Que voulez-vous ? J'y peux rien si ma fille est si intelligente !

Heureusement, Michael Dorsey, dehors, appelle à la cantonade :

— Ohé ? Qui a envie d'une glace ?

Le charme maléfique est rompu et Gaston se met à faire des signes à toutes les personnes présentes pour les faire sortir. Blanche et moi, nous restons seules sur ma banquette.

Je voudrais dire quelque chose, mais je n'y arrive pas. Comme si j'avais une olive bloquée dans la gorge. Un nœud au ventre. Les mains moites. Pourtant, je n'ai pas peur d'affronter la réalité et puis ce type, mon père, je le connaissais même pas…

Je redoute le moment où Blanche va parler et je me demande ce que je vais devoir lui répondre. C'est vrai, on dit quoi dans ces cas-là ?

Une chose est sûre, l'abcès est crevé.

Et voilà qu'elle ouvre la bouche. Elle a du mal à se lancer. Je devrais peut-être l'aider, parler la première ?

Le premier mot finit par sortir et elle devient intarissable. Elle m'explique ce qu'il s'est passé à l'époque.

Ça me fait un peu de mal de l'admettre, mais ma *mother*, Charlotte Bernhard-Martin elle-même, elle qui veille sur moi comme une lionne, oui bon d'accord, c'est le prénom de mon père, elle qui m'envoie chaque jour une chanson pour affronter l'adversité de ce bas monde, elle qui est si intelligente et si intuitive… Bon, ben oui, là, sur ce coup, elle a merdé, selon la version de Blanche. Elle n'a pas assumé. Elle a été un peu trop coincée pour accepter l'homme qu'elle aimait comme il était.

Bon, d'accord, je reconnais que ça n'a pas dû être facile pour elle, mais quand même. Moi, je croyais que ma mère, elle était super évoluée, sensible, empathique, qu'elle pouvait tout comprendre, tout accepter par amour.

— Ils étaient trop jeunes et elle n'a pas compris. Il l'aimait, mais pas comme elle l'aurait voulu. Il était prisonnier de son corps d'homme.

Bref, elle avait l'esprit étroit et elle était vexée ; résultat, elle a foutu mon père dehors.

— Dis donc, il méritait encore plus que moi ce nom de « maldonne » ! La nature fait quand même mal les choses, parfois.

— Oui et même en ce qui concerne l'amour, quand il y en a ! Il aurait voulu vivre avec Charlotte, t'élever et en même temps devenir la femme qu'il portait en lui, la chanteuse étincelante. Mais elle n'a pas voulu. Elle disait qu'elle en avait marre de cette malédiction : que dans votre famille, il n'y avait toujours que des femmes ! Pour une fois qu'un homme était là, coup de baguette magique, *ding*… une femme. Elle ne l'a pas supporté. Elle pensait qu'il ne l'aimait pas. Quand j'ai su que tu chantais, toi aussi, j'ai compris que c'était son héritage à lui. Ça ne te plaît peut-être pas, bon, voilà. Il y a de lui en toi, tu n'y peux rien. Ou… d'elle ?

Bougonne, je lui prends la main et je la fais taire en la caressant. Il y a des choses qui n'ont pas besoin de mots. Que faire de cette histoire ? J'étais bien, moi, sans père. C'est trop compliqué, tout ça…

— Il est mort de quoi ? Enfin… Elle…

— Un accident tout con. De moto. Elle faisait de la moto.

« Où sont les femmes ? À la fois si belles et si pâles, Où sont les femmes ? Avec leurs rires pleins de larmes… Auraient-elles perdu leur flamme ? Où sont les femmes, les femmes, les femmes… »

— Ah bon ?

Je ne sais pas trop comment réagir à cette nouvelle. Je ne sais pas si je dois être triste, ou indifférente. Je ne pensais pratiquement jamais à mon père et voilà soudain que je m'en découvre un, oui mais en réalité, c'est une femme, et pour finir, il est mort. Ça fait quand même un peu fort de roquefort en quelques minutes. Je suis censée faire quoi de ces infos ?

Me voilà dans la position de la consolatrice. Pour pas varier. *Rien ne change en ce bas monde. Rien de nouveau sous le soleil. Psy un jour, psy toujours !*

Pendant toute cette soirée, pendant que les autres s'amusent, je suis comme sonnée. Pourtant, j'aurais dû ne rien ressentir, mais en fait, malgré moi, ça me fait tout drôle. Je me sens vidée de toute énergie.

Sergo veut rester chez moi et il s'inquiète à propos de la réaction des Dorsey. Il leur fait promettre de ne rien dire à personne. Ils acceptent car eux aussi ne se sentent pas à l'aise avec cette histoire.

— On a l'impression que Girard a un plan tordu en tête, dit Michael Dorsey.

— Quel genre ? demande Alan Sergo.

— Genre te supprimer pour que le film démarre.

— Tu veux dire quoi, me supprimer ? Il l'a carrément dit ?

— Non, mais il avait un regard de tueur en disant que l'idéal en l'état serait que tu aies un tragique accident comme James Dean et que tu entres ainsi dans la légende des acteurs maudits par le destin, morts trop jeunes. Ainsi, les ventes de ton film décolleraient en flèche.

— Alors, c'est Rosie qui avait bien deviné.

— C'est pas tellement ce qu'il disait ou son expression qui m'a alarmée, dit Blanche. C'est le visage de Paloma. Elle était livide et on voyait bien qu'elle était morte de peur. Elle voulait intervenir, mais elle ne savait pas sous quel angle prendre le problème. Surtout que son père n'arrêtait pas de lui dire qu'elle était nulle pour choisir les footballeurs, et nulle aussi pour les acteurs.

— Elle est en danger elle aussi ? demande Sergo, prêt à en découdre.

— Non. Pas du tout. Il l'adore. Inutile de t'en faire pour elle. C'est toi qui es en danger. Nous avons essayé de lui expliquer que ça ne marchait pas comme ça pour qu'un film cartonne, il ne nous croyait pas. J'ai bien vu qu'il avait envie de passer à l'action pour tester sa théorie. Le mieux pour toi actuellement, c'est de rester planqué ici et d'attendre que Girard abandonne tout projet à ton propos. Qu'il t'oublie. Rosie est visée aussi, parce qu'il est persuadé que c'est grâce à elle que tu t'en sors. Qu'elle est une super bonne garde du corps. Qu'elle a des ondes de baraka qui la protègent et que tant qu'elle est vivante, sa zone de protection t'inclut. Il veut donc aussi l'éliminer pour avoir le champ libre. C'est pour ça qu'elle aussi, elle doit la mettre en sourdine en ce moment. Cricri, tu viens au boulot demain quand même, pour ne pas attirer l'attention par des changements de comportement.

— Maman, elle aime pas qu'on l'*éteint*, dit Emma.

Je vois le menton de Lisa qui commence dangereusement à trembler, sous le regard passionné de Simon. Il adore voir les autres manifester des émotions.

— Moi, je veux pas qu'ils *éteint* maman, dit-elle.

— Bon, je crois que tout ce petit monde a sommeil, je ris. C'est quoi cette histoire d'éteindre maman qui recommence, hein ? Vous croyez que je suis comme une lampe ? N'importe quoi ! Allez, au lit, la compagnie !

Véro, Léo et Gaston m'aident à tout ranger et quand tout le monde est parti, que Sergo s'endort dans la cabine de Sabrina tandis qu'elle-même pionce avec ses sœurs, Pastis tranquillement étalé sur mes trois filles, je peux enfin aller voir comment a réagi mon dernier petit amoureux virtuel à mes derniers messages. Le rendez-vous du lendemain est confirmé.

Je me couche enfin avec comme un sentiment de vacances dans la tête. Récapitulons. Je n'ai plus à chercher Sergo, je l'ai sous le coude. OK, je dois encore aller au boulot au Majestic, mais c'est juste faire acte de présence et au bout du compte, la paye m'attend. Mes placards sont pleins même si je n'ai plus que neuf euros en poche. Et surtout, j'ai un rendez-vous amoureux. Bon, OK, c'est pour une rupture avant d'avoir commencé la relation, mais c'est une affaire d'amoureux quand même. Ça fait vacances.

Je ne veux rien imaginer de plus ni de plus loin dans le temps.

Cette pseudo-menace d'élimination par un sponsor, ça sonne bidon de chez bidon.

Et pour l'instant, tout va bien, comme dit l'autre…

Vendredi – Le jour du rendez-vous

57

Journée ordinaire chez les Maldonne. Sauf que je me réveille le cœur en fête et une symphonie dans la tête : « *Quand il me prend dans ses bras, Il me parle tout bas, Je vois la vie en rose, Il me dit des mots d'amour, Des mots de tous les jours, Et ça me fait quelque chose... Il est entré dans mon cœur, Une part de bonheur, Dont je connais la cause...* »

Carrément Édith Piaf ! Le grand jeu ! Alors, maman, elle est d'accord avec moi ? C'est pour Tony qu'elle m'envoie ça ? Pour me dire que je dois attaquer fort, ne pas le laisser filer, que c'est vrai, je n'ai pas rêvé cette fulgurante intuition ? Elle ne s'est pas gourée de film. C'est le mien. Il faut que j'y réfléchisse...

Je laisse dormir Sergo sous la surveillance de Pastis et j'emmène les filles à l'école. Puis direction : boulot.

En sortant de l'ascenseur, je croise notre voisin salace. Il n'a plus qu'un petit pansement sur le front. Bien qu'il veille à ne pas m'approcher de trop près, il affiche une lueur triomphante dans l'œil. Sa vieille secrétaire, Floriane, le suit en répétant :

— Oui, j'ai invité Pierre et Jérôme. Oui, oui, tout est prêt pour l'annonce. Oui, Constance a écrit votre discours.

Elle me jette un regard en coin, un peu désolée ; je lui dis bonjour et elle disparaît derrière lui dans la cabine que j'occupais une seconde auparavant.

Juste avant que la porte ne se referme, j'entends le harceleur déclarer :

— Tu diras à Constance qu'elle enlève tout sur la cheminée derrière mon bureau. Place nette pour la Palme. Tu crois qu'elle est en vrai or ou juste en plaqué ?

Ça fait tilt dans ma tête. Il est sûr d'avoir la Palme d'or, ce salaud. Y'a vraiment pas de justice dans ce bas monde. Faut dire que son film a été ovationné. C'est un chef-d'œuvre, paraît-il. Crotte de bique !

Au boulot, c'est toujours le calme plat, mais cette fois, quand j'entre dans la suite de Lion Queen Productions, il n'y a plus personne personne. Audrey est remontée à Paris car pour elle, travailler, ici, c'est du temps perdu maintenant. Le film est grillé auprès de tous les acheteurs.

La cheffe des secrétaires a décidé d'en profiter pour prendre son week-end. Elle a de la famille dans le Vaucluse, elle va les visiter avant de remonter. De toute façon, demain, c'est la délibération du jury et la remise des prix du Festival et dimanche tout le monde remballe.

Je sais comment ça se passe : dès le lundi, il n'y a plus une seule affichette, plus une seule bâche, plus une seule banderole, plus un seul photographe. Plus aucune trace de la grande fête mondiale du cinéma qui vient de se dérouler sur onze jours.

Seul le tapis rouge reste en place pour les quelques touristes égarés qui veulent se faire des selfies sur les célèbres marches.

Chez Lion Queen Productions (je comprends soudain le pourquoi du comment du nom de la boîte), les souris quittent le navire. Les étagères sont vides, l'ambiance est sinistre. Je suis seule. Je devrais être contente, profiter de cette liberté sans contrôle à faire un *fake* boulot payée à rien faire, danser, chanter, mais je ne sais pas pourquoi, j'ai le bourdon.

Je n'entends aucun bruit dans le bureau de Blanche. Je suis vraiment toute seule. Je me balade dans la pièce, histoire de me dégourdir un peu.

Je me demande ce qu'il va se passer quand les Dorsey vont remonter à Paris. Vont-ils garder un contact avec moi ? Avec nous ? Michael adore les filles. Et ils n'ont pas d'enfants. Peut-être les prendront-ils parfois en vacances ? Ça serait sympa, pour qu'elles visitent la tour Eiffel. Perso, je n'y suis jamais allée et ça ne me dit rien. C'était sympa de bosser pour eux, mais bon, apparemment, ce n'est pas vraiment mon domaine. Accepter sa nullité, ce serait pas le début de la sagesse, ça ? Ou de la maturité ?

Vers 13 h je reçois un SMS de Blanche qui s'excuse, elle est toujours occupée avec Girard. Ils sont dans les comptes. Elle me conseille de commander à manger au room service, ce que je m'empresse de faire. Je commande le menu ordinaire, le moins cher, pour pas abuser et je fais emballer pas mal de trucs pour les rapporter chez moi parce que c'est hyper copieux. Surtout le dessert. Il y en a largement pour cinq !

Vers 16 h, je range vaguement mon bureau et je passe par l'école. Nous retrouvons Sergo à la *maison*.

Pendant le goûter, je suis distraite, quand une phrase me sort de ma torpeur :

— Ssssteplait, sssteplait, tu veux pas qu'on passe au Select pour les soutenir ? le supplie Sabrina.

— Soutenir quoi ? je demande.

— Mais… Ben… La transition solidaire !

Me voilà alertée par l'excitation que je sens dans la voix de Sergo.

— Le troc, partager les ressources, tout ça, il vous a pas dit, Tony ?

— Euh… Non ! Qu'est-ce qu'il a à voir dans tout ce charabia ?

— C'est très simple : il est à l'origine de tout. Il dit que les Gilets Jaunes, ça suffit pas. Il faut être constructif, proposer autre chose.

— Il veut faire quoi exactement ?

— Il monte un réseau où l'échange est privilégié. Pas d'argent, ou alors, une monnaie locale.

— Une monnaie locale ?

— Oh, vraiment, Rosie, vous me décevez ! On dirait que vous débarquez ! C'est pourtant simple ! L'important, ce sont les valeurs humaines qui en découlent. Les gens échangent leurs savoirs, leurs capacités, leurs connaissances, leurs talents. Le système repose sur la confiance et le respect. Le prix du temps est le même, que l'on soit maçon ou architecte.

— Il vous a endoctriné, ma parole ! C'est une secte !

— Venez avec nous ce soir, il vous expliquera !

— Je peux pas, j'ai rendez-vous pour une rupture virtuelle.

— Sssteplait, maman, sssteplait…

— Bon, OK, je vous autorise à aller au Select en début de soirée avec Sergo, mais pas longtemps, hein ?

Je m'habille en remettant la minirobe du soir de l'autre jour, avec la veste de ma mère. Je me surmaquille encore pour planquer mon œil au beurre noir, même s'il est presque effacé à présent. Je donne mille recommandations à Sergo pour les enfants. Il n'a pas voulu que j'appelle Léo et je suis tout de même un peu inquiète, à cause du contrat qu'il a peut-être sur sa tête.

En même temps, c'est pas comme si ça allait s'éterniser. Je vais expliquer au gars que c'est trop tard, que j'en aime un autre, qu'il a juste une petite longueur de retard, et ciao, je rentre. Je ferai un détour par le Select et je rentrerai avec les petites.

— Je fais très bien les spaghettis, ça va aller, dit Sergo, tout fier de se rendre utile.

— Vous avez vu les tomates pelées pour la sauce ?

— Rassérène-toi, maman, je suis là, dit Sabrina.

Sabrina me traite de *reine racée* en verlan – je blague, je sais bien que « rassérène », c'est pas reine racée en verlan ! C'est juste un de ses nouveaux mots ! Et je sais même ce que ça veut dire ! – et Pastis me lance un regard entendu à travers ses paupières plissées. Je suis rassurée.

Me voilà partie jusqu'à la rue Hoche, avec tous ses restaurants animés. C'est là, mon rencard. J'ai mis dans mes cheveux un serre-tête avec un gros nœud brillant. C'est le signe distinctif que j'ai annoncé sur le site de rencontres. Impossible de me rater. L'amoureux en question m'a détaillé ce que je dois faire et même si obéir n'est pas mon fort, j'ai décidé de suivre ses indications à la lettre. Donc, je m'avance vers le serveur et je dis mon nom.

Le jeune homme m'accompagne vers une table où un homme est assis de dos. Je suis un peu agacée car j'avais bien dit que je voulais juste boire un verre, pas dîner. D'abord, si c'est lui qui m'invite, ça ne me plaît pas car je veux rien devoir à un type avec qui je vais rompre. Pour commencer, de base, ça se fait pas.

Ensuite, si c'est moi qui paye ma part, je n'avais pas vraiment prévu au niveau de mon budget d'aller au resto avec le fric que je viens de gagner. D'ailleurs, j'ai plus assez.

Mon amoureux virtuel porte une veste de smoking hyper chic et ses cheveux sont gominés. Ça se fait encore, de plaquer ses cheveux comme ça avec des tonnes de gel ? Il a sûrement prévu une projection plus tard en soirée. J'espère qu'il ne veut pas m'inviter au Palais. C'est pour ça qu'il m'a précisé qu'il fallait que je sois « habillée » ?

Je m'approche de lui lentement et je dois dire que c'est un peu angoissant. Une sorte de suspense. Comment est-il ? Qu'est-ce que ça va me faire quand il va se retourner ?

Et paf ! Au moment exact où je pense ça, il tourne légèrement la tête vers moi et il me regarde avec une expression un peu goguenarde, mais aussi de victoire.

58

Non ! J'y crois pas ! La honte ! Je vous le donne en mille ! C'est… Tony !

Alors là, je ne suis plus agacée, je suis carrément furax. D'autant plus que : « *Et dès que je l'aperçois, Alors je sens en moi, Mon cœur qui bat…* »

— Quoi ? C'est toi ? Tony ? Non ! Me dis pas que…

— Ben, quoi, tu aurais préféré un *serial killer* crapoteux ? Tu es déçue ?

— Non, mais tu aurais pu me… Tu t'es bien foutu de moi !

Lui aussi, il se met en rogne tout à coup. Son visage change d'expression, je ne l'ai jamais vu comme ça. Ses yeux lancent des éclairs. Il se lève, se rapproche de moi. Avant même que j'aie pu tourner les talons, ou le gifler, ou je ne sais pas, il me prend le poignet, me colle à lui et me glisse à l'oreille.

— Allez, pour une fois, joue le jeu. Viens t'asseoir sans histoire, on dîne tranquille, je t'explique cette bonne blague, je te raccompagne et ensuite, si tu veux, on se revoit plus, OK ? Puisque tu me supportes si peu !

Quoi ? Mais non ! C'est pas ça, la question ! C'est juste que... Voilà que de le sentir soudain si près de moi, j'ai les jambes qui flageolent et le corps qui s'embrase. Je cherche ses yeux pour le défier du regard et je me noie. C'est plus fort que moi. Je ne peux plus résister. Mes lèvres se rapprochent des siennes et là, à cette minute, je ne pense plus à rien qu'à un baiser. Il est à moi, je l'aime, je le veux, je vais l'embrasser...

Il détourne nonchalamment le visage et me regarde d'un air étonné. Je le connais, Tony. Il ne feint pas. Il est vraiment étonné. Il se demande ce qu'il m'arrive. Il craint de se méprendre. Il voudrait me le butiner, ce baiser prêt à être cueilli mais il ne voudrait pas brusquer les choses et risquer de se faire rembarrer. Il a besoin d'un temps de réflexion, et de me sonder un peu.

Il a raison, moi aussi. Je dois réfléchir à ce plongeon que je m'apprête à faire.

Il écarte la chaise pour que je prenne place et il s'installe en face de moi.

Il y a un moment de flottement, de malaise. Ni lui ni moi n'avons l'habitude de cette situation. Un dîner en tête à tête, en amoureux ? Tony et moi ? Je cherche désespérément un sujet de conversation. Je me souviens de l'autre soir, quand il est passé par hasard chez moi :

— Tu faisais quoi l'autre jour, dans mon quartier, Tony ? Tu avais l'air de faire des cachotteries.

— Tu veux vraiment savoir ?

— Oui, pourquoi ? C'est si important ?

— Oui, en fait, c'est important. J'étais venu dans ton quartier pour visiter des appartements. Tu sais où j'habite ?

— Oui, bien sûr ! Au-dessus du café. Dans un petit deux-pièces.

— Justement. Un petit appartement de célibataire. Depuis que j'ai acheté à crédit ce bar à mon patron, je n'ai jamais bougé de là. Franchement, il est temps pour moi de songer à élargir mon horizon.

Je me tortille sur ma chaise. Il veut dire quoi exactement ? Je n'aurais pas dû poser cette question, ça a l'air de le rendre trop sérieux.

— Tu veux dire quoi ?

— Eh bien, de penser plus grand. Déjà, je lance une banque solidaire. Ensuite, je transforme mon appartement en local solidaire. Ensuite, le Select se transforme en café pour échanger…

— Laisse-moi deviner… Des idées sur la solidarité ?

Il rit !

— Meuh non ! Des recettes véganes et des discussions sur l'alimentation saine, biologique, l'agriculture locale et…

— Des formations solidaires ?

— Super idée ! Il faudrait des formations sur quoi à ton avis ?

— Je sais pas, moi… C'est ton idée ! Euh… L'informatique ? Le kung-fu ?

— Génial ! Je t'embauche !

Encore ? C'est devenu une manie ?

— Enfin, bref, tu comprends, je veux m'ouvrir…

— OK. Et tu vas habiter où ?

— Je ne sais pas, moi, dans un joli endroit, spacieux, avec plein de chambres pour accueillir des enfants.

Ouh là ! Je le sens mal. C'est quoi, cette histoire d'enfants ?

— Tu veux fonder une famille ?

— Si tu veux, on peut dire ça comme ça…

— Tu sais, parfois, on croit vouloir quelque chose et on se trompe.

Je pense à Lenny Maldonne. Mon père. Lui, un jour, il a demandé sa main à ma mère. On voit ce que ça a donné !

— Tu sais, Rosie…

— Oui ?

J'ai horreur qu'on m'appelle Rosie d'habitude, mais là, je ne sais pas pourquoi, dans sa bouche, ça sonne comme une douceur. Peut-être que je vais accepter qu'on m'appelle Rosie maintenant ? Il faut un début à tout.

— Ça fait des années que je t'attends. Patiemment, car je suis un calme.

— Un calme ? Toi ? Laisse-moi rigoler ! Et tu attends quoi ?

— Que tes yeux se dessillent et que tu comprennes que personne, jamais, ne t'aimera plus que moi…

Je souris bêtement, je n'ai plus aucune répartie, je ne sais pas quoi répondre. Je suis sur un nuage. Il me regarde, ne sait comment interpréter mon expression.

— Quand j'ai compris que tu ne me verrais pas de toi-même, j'ai su.

— Tu as su quoi, Tony ? Tu te répètes, là !

Que c'est bon de dire son prénom à haute voix !

— Hein, Tony ?

Il se met à rire.

— Qu'est-ce qu'il t'arrive ? Tu es shootée ou quoi ? Bon, tu veux un apéro ?

— D'accord.

Il lève le bras :

— Tu veux quoi ?

— Un jus de tomate ?

Je pouffe comme une ado. C'est un *private joke* entre nous. Rapport à son stock de jus de tomate qu'il a à la cave et qu'on est tous obligés de boire au Select. Lui aussi, il pouffe, il a compris. J'ai toujours vu qu'il avait le même humour que moi, alors pourquoi j'ai attendu si longtemps ?

Le serveur revient vers nous avec une bouteille de champagne qu'il installe dans un seau rempli de glaçons, qui était déjà sur la table. Je ne l'avais pas remarqué. On dirait que tout était préparé à l'avance. Tony n'a même pas eu besoin de commander.

— Du champagne ? En quel honneur ?

— Tu verras tout à l'heure.

Alors, là, je commence à paniquer. Il va quand même pas me demander en mariage, si ? Il sait bien que je suis allergique à la bague au doigt et autre corde au cou. Il ne va pas tout gâcher dès le premier jour ?

Je suis rouge comme une tomate et quand le liquide pétillant et doré nous est servi, je suis décidée à me lever et à partir. Il lève sa flûte vers moi et il m'accroche avec les yeux. C'est la première fois que je remarque qu'ils sont couleur noisette, avec des paillettes d'or comme le champagne. C'est fou, ça ! Il a les plus beaux yeux du monde et je ne l'avais jamais vu ? Impossible de partir maintenant, je suis clouée à son regard. Il sourit et me dit :

— J'ai su que si je n'entrais pas en action, juste en ce moment, entre deux de tes béguins, ça pouvait durer des années.

Comment dois-je prendre cette phrase ? Elle me contrarie un peu. Un tout petit peu.

— Dis tout de suite que je suis une fille facile !

— Ce soir, pas d'histoire, Rosie. Laisse-moi parler, c'est mon tour. Tu as eu tout le loisir de le faire avant et cette fois, tu dois m'écouter.

— Vas-y…

— Eh bien, non, tu n'es pas vraiment une fille facile, justement. Au contraire. Tu es difficile, immature, butée et contrariante. Mais tu es aussi légère comme ces bulles, un peu volage peut-être. Je te connais bien, tu es amoureuse de l'amour, alors tu tombes dans son piège dès que le préambule est un peu romantique, malgré tes airs de dure à cuire. Mais moi…

— Hum… Toi ?

— Eh bien, moi, je suis plus malin encore. J'ai tissé la toile que tu aimes, celle qui te fait tomber dans le piège de l'amour et j'ai pris la place de celui qui est le beau ténébreux dans ton scénario. Aujourd'hui, c'est moi, ton piège d'amour. Comme je suis prévenu, et que je veux être plus qu'une passade dans ta vie, je saurai contourner les obstacles et te rendre accro à vie à mon amour.

— Tu parles comme une fille dans une romance, Tony !

— Si tu veux.

Et il se met à fouiller dans la poche de son smoking.

Oh non, non, non ! Il va sortir sa bague ! Pitié ! Il va tout gâcher !

Avant qu'il ne brandisse son cadeau, je m'écrie :

— Non, non, Tony !

— Quoi ? demande-t-il. Qu'est-ce qu'il te prend ?

Et il brandit, tout fier, un petit papier plié.

Je me sens toute bête. À la fois soulagée et déçue. Ouf, il n'est pas tombé dans ces trucs sirupeux qui m'horripilent et en même temps, euh, ça doit faire quoi, comme effet, quand un type se met à genoux pour vous demander votre main avec une bague dans une jolie petite boîte nacrée, comme dans les films américains ?

Bref. Il m'a écrit un mot d'amour ?

Curieuse, je me rapproche du petit papier. C'est pas un mot d'amour ! C'est un coin-coin. Un jeu que font les enfants. Enfin, les enfants de maintenant, je ne sais pas, mais moi, je l'ai fait il y a très longtemps, quand j'avais environ… sept ans ?

Mais oui, un coin-coin.

— Tu connais ? me demande-t-il avec un sourire ravi. C'est une cocotte d'amour en papier.

— Tu dis cocotte, toi ? Moi je dis coin-coin. Pourquoi d'amour ?

— Attends ! Allez ! Dis un chiffre !

Et voilà comment, après m'avoir attendue si longtemps entre deux amours et après m'avoir traquée sur le net et volé mes secrets, Tony a réussi à ravir mon cœur, mon âme et ma peau. Avec un coin-coin d'amour. Je suis épinglée.

Chaque fois que je donne un chiffre puis une couleur, je dois m'engager à promettre des choses… Bon, OK, je triche un peu, mais dans l'ensemble, il a réussi son coup.

La dernière phrase que le sort désigne me pose cette question : « Quel est votre rêve le plus fou, le plus beau, celui dont vous pensez qu'il ne se réalisera jamais ? »

Et je réponds :

— Faire le tour du monde en bateau à voile.

Il a un sourire rentré, il range le coin-coin dans sa poche et il murmure :

— Pizza, ça te dit ?

Je vacille en croisant son regard et je me souviens d'une des phrases préférées de Mémé Ruth : « On ne lutte pas contre la force du destin ! »

Je capitule.

Samedi – Le jour de l'enlèvement

59

Je passe la nuit seule dans mon petit lit, mais je suis au Nirvana quand même. Je m'endors avec un sourire béat sur les lèvres, et je me réveille avec la frite, sous la langue râpeuse de Pastis qui a entrepris la toilette complète de mon visage.

Pas besoin de me presser ce matin, c'est samedi, pas d'école. Grasse mate…

Je programme ma journée en rêvassant et en chantonnant des paroles semées par ma mère dans mon ciboulot pendant la nuit. « *Gare, gare, gare, gare, Gary Cooper, S'approche du ravin d'enfer, Y'avait sur l'écran, Des drôl's de gars, Des moustachus, Des fiers-à-bras, Des qui s'entretuent, Chaqu'fois qu'i trouvent, Un cheveu dans l'plat...* »

Je n'arrive pas à comprendre pourquoi elle me balance cette chanson puisque je quitte le monde du ciné. Eh oui ! Aujourd'hui, ça sera mon dernier jour de boulot, il faudra que je rende le téléphone de fonction prêté par Blanche. Pas grave, je supprime vite mon compte du site de rencontres.

Je n'arrête pas de penser à Tony. Je n'y tiens plus, il faut que j'en parle à quelqu'un… mais comme j'entends les filles se réveiller, je dois remettre cette conversation à plus tard.

C'est samedi, donc la boulangerie a dû laisser son cageot de bonnes choses au Select pour que je les apporte aux copains ! Chouette ! Ça va être la fête des croissants !

Sonnerie grillonesque. Je décroche. C'est mon amie Clara des Gilets Jaunes, justement. Sa voix est catastrophée.

— Ils nous ont chassés, à 7 h du matin ! Ils veulent plus de nous sur notre rond-point. Ils nous disent de décaniller avant qu'ils cassent tout.

— Comment ? Ils vont détruire votre tour Eiffel et votre Arc de triomphe ?

— Oui, et même la pyramide du Louvre qu'on n'avait pas encore terminée.

— Qui ça ?

— La société d'autoroute. On était sur leur territoire, paraît-il. Ils ont dit qu'ils avaient été assez patients.

— Vous allez faire quoi ?

— On a pensé à ton terre-plein.

— Comment ça, mon terre-plein ? De quoi tu parles ?

— Oui, là où tu vis avec ta caravane.

— Ah, ça ! Mon terrain vague… Vous voulez y faire quoi ?

— On voudrait venir reconstruire les baraquements de toile autour de ta *maison*…

— Pourquoi pas ? Ça serait marrant. Ça mettrait un peu d'animation, comme une sorte de kermesse. En même temps, tu sais, je crains trop d'attirer l'attention de la mairie, parce que disons que je suis tolérée, mais que je n'ai pas vraiment le droit de… Bon, et puis, allez, pourquoi pas ! OK ! Après tout, Tony, il fait bien une banque solidaire dans son café !

— Je vois pas le rapport, mais t'es trop chou.

Elle communique l'info aux autres.

— J'apporte pas les croissants ce matin, alors ? je demande.

— Non, c'est pas possible.

— Vous arrivez à quelle heure ?

— On ne sait pas encore. Le temps de s'organiser. Pas avant cet aprème !

— J'ai une idée. Je vais chercher les viennoiseries et organiser devant ma caravane un avant-goût Gilet jaune en les distribuant au carrefour, qu'est-ce que t'en penses ?

Elle ne m'écoute pas.

— Si tu veux, répond-elle machinalement, et elle raccroche.

Je mets la radio à fond et je presse tout le monde en promettant le super petit déjeuner du samedi.

Le bruit ne réveille pas Sergo et je vérifie quand même s'il est toujours là avant de partir.

— On vous rapporte quelque chose ? On va à la boulangerie.

Un grognement pour toute réponse. C'est non. Au moins, je sais qu'il est bien là et il est toujours vivant.

En passant au Select, je constate les changements. Des affiches partout, qui proclament que les échanges solidaires ont commencé. Dans un coin, un groupe de parole, perdu au milieu des Festivaliers affairés, réfléchit à la meilleure façon de créer leur fameuse monnaie locale. Pourquoi je ne m'étonne pas vraiment de voir Gaston, Ismène et Bintou de la partie ? Des gens arrivent avec des cartons remplis de vêtements, et d'autres avec des cabas de légumes frais.

Quand Tony me voit, il a un immense sourire qui illumine son visage. Ses yeux noisette pétillent. Je crains un moment qu'il ne m'embrasse devant tout le monde, mais non, il a presque l'air timide.

— Tu ne restes pas pour nous aider ? demande-t-il.

— Non, je dois rapporter les croissants à la caravane.

Je ne lui dis rien sur la destruction par les forces de l'ordre du rond-point des Gilets Jaunes, encore moins qu'ils vont venir s'installer à côté de chez moi, sinon je sais qu'il va s'inquiéter. De là à ce qu'il pète un plomb et qu'il vienne leur faire la morale ! C'est assez compliqué comme ça.

En rentrant, les filles m'aident à porter le cageot de croissants. Dès que nous sommes revenues, je vérifie que Sergo est encore là et je le préviens que nous sommes rentrées.

Pastis nous accueille en miaulant comme un forcené. J'ai l'impression qu'il veut nous dire quelque chose…

La matinée se déroule dans les rires et la bonne humeur.

Blanche Dorsey m'appelle pour m'annoncer qu'il est inutile que je travaille aujourd'hui. Je viendrai seulement demain pour les aider à tout boucler. Super ! *Day off* !

— Vous me donnerez ma paye demain ?

Elle n'a pas écouté, elle n'est plus au bout du fil. Décidément, tout le monde me raccroche au nez aujourd'hui !

Je prépare un gratin de riz au thon pour midi. *C'est comment, un gratin au thon végan ? Sans gruyère et sans thon ? Tu déconnes ! Il va falloir que je m'y mette, quand même, pour Tony !* Vraiment ? Bon. Je verrai cet aspect progressivement.

Il est plutôt 14 h quand on se met à table, et comme il y a un soleil superbe, c'est dehors que ça se passe. J'appelle Sergo pour qu'il se joigne à nous.

C'est fou, ça, je croyais que les sportifs étaient des lève-tôt ? Il est peut-être dépressif ?

Une fois à table, je ne résiste plus à l'envie de parler de ma vie amoureuse mouvementée à quelqu'un.

60

Ouf, je peux enfin tout déballer. C'est Véro qui fait les frais du compte-rendu de ma soirée, par téléphone. Je mets le son bien fort pour que toute la famille profite de ma conversation. Même Sergo, depuis la caravane, écoute avec intérêt. Je m'en rends compte parce qu'il a entrouvert sa fenêtre.

Je raconte tout. Je décortique. J'entends derrière elle Ismène qui commente. Déjà, je lui avoue que je ressens un peu de fébrilité, d'inquiétude. D'habitude, quand je suis amoureuse, c'est pas comme ça. Je ne suis pas inquiète. Je me jette dans les bras de la personne, je roucoule, je savoure et je suis très vite prête à sauter à autre chose. Là, c'est différent.

D'abord, il ne s'est rien passé et je n'ai pas envie de précipiter les choses même si je meurs d'envie de me blottir dans ses bras. Je récapitule les événements pour Véro, avec une tête de ravie de la crèche.

Je ne sais pas comment il a fait pour me trouver sur le site du courrier du cœur, je trouve craquant qu'il ait fait cet effort de me chercher, de me trouver et toutes les petites ruses qu'il a utilisées. Comme me faire parler dans la vie, en vrai, pour connaître mes goûts très privés et pouvoir ensuite sur le site se mettre en avant exactement dans le créneau que je cherchais. Franchement, c'est digne d'un homme politique, son exploit ! Aussi, faut dire, ça fait des années qu'il m'attend : en même temps, il a eu le temps de peaufiner son piège.

Et puis ce coin-coin d'amour, alors là, c'était l'apothéose. Je n'ai pas eu le temps de souffler. Les bisous succédaient aux câlins et aux douceurs… Et de temps à autre une question pour rien. Pour le fun. C'est tout juste s'il n'a pas réussi à me soutirer que je rêvais de partir à l'aventure avec le même homme pour toute la vie. Enfin, il m'a fait dire quelque chose quand même... Je ne sais plus combien de flûtes j'avais avalées. Je ne me souviens plus de ce que je lui ai confié. C'était sur mon fantasme le plus fou, je crois...

Sergo se pointe, vêtu d'un short de sport blanc avec l'écusson de l'équipe de foot du Cap-Vert, un ballon entouré d'étoiles dorées, sur la fesse gauche. Il a sûrement piqué ça quelque part dans un de mes placards, ça a appartenu au père de Sabrina il fut un temps. Pastis est sur ses talons.

— C'est mon nouveau *bodyguard*, dit Sergo en souriant.

Il s'installe à table avec nous.

La voix de Véro, à l'autre bout du fil, a soudain changé. C'est Ismène qui lui a piqué l'appareil.

— T'es cuite, ma vieille, dit-elle.

— Quoi ? Qu'est-ce que tu veux dire ? Et puis c'est pas à toi que je cause, c'est à Véro. Je croyais que t'étais en réunion à la banque locale et solidaire ?

— T'es cuite, c'est tout.

— Comme tes carottes ?

— Exactement. C'est même pas la peine de coder. Tony, il est plus fort que toi et tu pourras plus t'en défaire. C'est trop tard. Tu l'as dans la peau. Je le sais depuis longtemps, mais je me demandais juste quand il se déciderait à fondre sur toi comme le faucon. Je savais que ce jour-là, t'aurais aucune chance de t'en sortir.

— Pfff ! N'importe quoi !

Sabrina lève le nez de ses spaghettis :

— Moi aussi, maman, je le savais !

Ah oui, c'est vrai, le haut-parleur est ouvert.

— Tu savais quoi, ma puce ?

— Je savais que Tony et toi, ça finirait par une histoire d'amour. Alors, enfin, ça y est ? Il te l'a dit, qu'il t'aimait ?

Emma et Lisa font leur entrée à leur tour dans la conversation, en chantant :

— Elle est *amoureuseeeee* !

Et les voilà qui commencent un jeu de mains qui ressemble à un, deux, trois : cailloux, papier, ciseaux, mais au lieu de faire les gestes de ces trois objets, elles font des mouvements bizarres et elles crient des mots qui finissent en *euse*. Elles débordent d'imagination, mes filles !

— Un, deux, trois : *pleureuseeee* ! crie Emma.

— *Menteuseeee*, lui répond Lisa.

— *Tricheuseeee* !

— *Grincheuseeee* !

Je me dis que ça va tourner à la dispute, et j'interviens :

— Vous êtes en forme de bon matin pour vous disputer comme ça !

Elles ne m'écoutent pas et tout en avalant un verre de lait, elles continuent :

— *Nerveuseeee... Grogneuseeee... Joyeuseeee... Gracieuseeee...*

Je comprends alors qu'il ne s'agit pas d'insultes.

— Celle qui trouve le plus de rimes à *amoureuseeeee* aura gagné, m'explique Sabrina.

— J'avais compris, je rétorque, vexée. Je connaissais pas ce jeu, c'est tout.

— C'est pas un jeu, c'est un défi. Pour Gaston. Il a dit qu'il avait besoin d'écrire un poème d'amour que quelqu'un lui a commandé ; alors, il cherche des rimes pour le mot amoureuse... Elles doivent lui en fournir plein tout à l'heure quand il viendra. Il leur apportera un cadeau.

— Qui lui a commandé ça ? je demande. C'est drôle comme le monde souvent se déplie pour correspondre à votre état d'esprit...

— C'est vrai, maman. C'est la vie, ça. Moi aussi, j'ai souvent remarqué quand j'ai envie de pleurer... Comme par hasard, il pleut en même temps. C'est le monde qui participe à mon chagrin. Solidaire.

— Oui ! C'est ce que je voulais dire.

Sergo se lève, débarrasse la table et emporte la vaisselle sale dans la caravane.

— C'est malpoli quand on est au téléphone de parler à quelqu'un d'autre, dit Ismène, contrariée parce que je la laisse déblatérer dans le vide.

— Je réfléchis à ce que tu viens de dire, c'est tout. Un jour ne rime pas forcément avec toujours ! Laissons faire le temps, on verra bien qui va gagner à la fin.

— La fin est déjà dépassée, c'est lui qui a gagné, Cricri.

— Appelle-moi Rosie.

Elle manque s'étouffer.

— Comment ? Rosie ? C'est quoi, cette histoire ?

— *Précieuseeee... Paresseuseeee... Nageuseeee...* crient les jumelles après des vociférations de *un, deux, et trois*, et des redites à volonté de *amoureuseeeee...*

— Ben oui, je vais avoir bientôt trente ans, il est temps. Cricri, ça n'a jamais ressemblé à rien. Et puis, j'ai appris que c'est mon père qui m'a donné ce prénom, Rosie, pas ma mère, comme je croyais, ni Mémé Ruth en hommage à madame Rosa comme je me l'étais imaginé. Donc ça me fait plus ni feu ni glace qu'on m'appelle Rosie, tu peux y aller !

— On dit ni chaud ni froid.

— Vas-y, lave tes oreilles ! C'est exactement mes mots !

Juste à ce moment-là, Sergo réapparaît avec une tasse à café qu'il pose devant moi.

— *Peureuseeeee*… dit Ismène en imitant les jumelles.

— Bon, dit Sergo. Quel est l'ordre du jour ?

Sans raccrocher avec Ismène, je lui réponds :

— Attends, Ismène, je réponds à Alan qui me pose une question et je te reprends.

— Bon, alors, on avance quel pion ? insiste Sergo.

— J'ai bien réfléchi, Alan. Vous n'êtes pas en sécurité chez moi. Vos ennemis vous recherchent. Et ils me connaissent. Je suis étonnée qu'ils n'aient pas encore pensé que vous pouviez vous cacher chez moi. Je ne pourrai pas grand-chose s'ils décident de passer vraiment à l'acte. Je crois que le mieux, ce serait d'appeler Borelli et de tout lui dire.

— Borelli, dit Sergo ? C'est qui ?

— C'est un flic, mais c'est un bon copain. Il saura ce qu'il faut faire et il aura de meilleurs moyens pour votre protection.

— Hors de question ! crie Sergo. C'est le chemin le plus direct vers la tombe. Parce que c'est sortir du bois.

— Oh, stop, vous n'allez pas commencer à vous y mettre vous aussi, hein ? Moi, aujourd'hui, je suis en congés, compris ? Et en plus, je suis amoureuse, alors double raison !

— *Grondeuseeee* ! crie Emma.

— Double peine pour moi, dit Sergo. Cette fois, je suis mort.

— *Tueuseeee* ! J'ai gagné ! crie Lisa.

Je suis heureuse de voir que ce jeu lui donne de l'assurance. Elle toujours si timide, toujours à se conformer aux décisions d'Emma, la voilà qui s'affirme.

— D'accord, tu as gagné, dit Emma. Tueuse, ça, c'est bon. C'est vrai, en plus : maman, c'est une tueuse !

Je m'insurge :

— Pourquoi vous dites ça ? Je suis pacifique et non violente.

— C'est symbolique, maman, m'explique Sabrina.

Les filles jouent devant la caravane avec Pastis pendant que je débarrasse. Sergo rentre enfiler un T-shirt « Je suis un glandeur », il semble qu'il adore tous les T-shirts de mon amoureux qui aimait lire les romans de chercheurs de trésors, celui de la maison de la presse.

Sergo sirote son café en tirant la tronche dans le petit salon. Sabrina, sur la même table, a sorti ses devoirs. Je range le coin cuisine en rêvassant.

Et c'est dans ce calme parfait, dans cette paix remarquable, dans cette douceur absolue, que surgit le chaos.

Pourtant, c'est progressif. Comme un bourdonnement. Je ne percute pas de suite.

C'est quoi, ce boucan, on s'entend plus, là… Un bruit assourdissant de moteurs et de… Mais oui, on dirait des pales d'hélicoptère.

C'est quoi t'est-ce ?

61

J'ai l'impression que la caravane vacille sur ses parpaings. C'est vrai que depuis la tempête qui l'a renversée, elle est moins bien assise au sol. Des mois, des années même que je me promets de faire quelque chose pour mieux l'ancrer. Simultanément, les cris suraigus des jumelles affolées.

Je me précipite à la porte et quand je l'ouvre, une rafale me fait vaciller sur mes pieds et je découvre un spectacle digne d'*Avengers*. Des hommes en noir, harnachés comme les Tortues Ninja, se sont emparés des jumelles et les entraînent vers un hélico. Eh oui, c'est bien ça. Un hélico vient de se poser sur le terrain vague qui me sert de jardin, où les filles jouaient tranquillement il y a encore dix secondes et ils les enlèvent.

On est tombés dans un *James Bond* ?

Je n'ai pas le temps de crier à Sabrina de se planquer que je suis assaillie par deux malabars en noir qui essaient de me neutraliser. Ils m'ont surprise, je ne réagis pas tout de suite. Dans la pagaille, je laisse tomber mon téléphone.

Avec un temps de retard, je me débats de toutes mes forces. Je lance des coups de pied comme j'avais fait à Éric, l'ancien garde du corps de Sergo, mais ils arrivent à esquiver. Je balance mes griffes à hauteur de leurs yeux, ils se penchent en avant et je ne touche que le vide. Chacun de mes coups de poing fait chou blanc. Je saute vers leur tête pour leur balancer un coup de boule à la Zizou, fiasco !

Je deviens hystérique, je hurle comme un Viking à l'attaque, je rugis, je crache, je gronde, résultat : *nada*. Je finis par réussir à sauter sur le dos de l'un d'eux qui s'énerve et tourne comme une toupie pour se débarrasser de moi.

Pastis, transformé en furie poilue, crachant et soufflant, toutes griffes dehors, saute sur un homme en noir qui le balance dans les airs.

L'autre me saute dessus aussi, si bien que nous roulons tous les trois au sol. Je suis écrasée comme une sardine entre deux tranches de pain, attention, pas du pain de mie tout mou. Plutôt deux grosses tartines de pain complet compact. Quand celui qui est en dessous parvient à se retourner et à choper mes bras, je pige que tout est foutu.

Ils me plaquent au sol, me saucissonnent avec des machins flexibles comme pour ficeler un paquet, me soulèvent de terre pour me fourrer à la suite des jumelles dans l'engin infernal.

Je crise, mais je ne peux rien faire, bloquée dans l'habitacle de l'hélico avec les petites. Dehors, le chat repart aussitôt à l'attaque. Je crains qu'il se prenne un coup trop fort. Ça ne loupe pas. Il se ramasse un coup de pied qui l'éloigne de la scène principale une nouvelle fois.

Lisa hurle de terreur et veut se précipiter dans mes bras, un homme la retient. Emma, avec sa poupée princesse Sarah déguisée en Superman tente d'éborgner celui qui s'occupe d'elle, il ne bronche pas.

Mon espoir de voir Sabrina s'en sortir ne dure que quelques secondes, le temps qu'elle soit jetée, elle aussi, comme Sergo d'ailleurs, dans la cabine de la machine volante qui s'élève immédiatement dans les airs et s'éloigne de mon *sweet home*.

Pastis n'a pas eu le temps de revenir à la charge et je préfère. Quelques instants plus tard, ma maison n'est plus qu'un point minuscule.

— Ho, eh, là ? Vous vous croyez qui pour venir me cueillir comme ça et surtout pour vous en prendre à mes filles ? Vous croyez que c'est passé inaperçu, notre enlèvement ? J'ai des caméras partout, sur ma caravane ! Tout le monde va savoir ce que vous avez fait et votre hélicoptère, ça m'impressionne pas du tout. Au contraire. La police va vite vous retrouver avec le numéro de série.

Aucun des ninjas ne répond. Ils sont occupés à fouiller tout le monde pour chercher nos téléphones portables. Ou nos flingues peut-être ? Ils ne risquent pas de trouver mon bigophone, vu qu'il est tombé dans la tourmente. Ils chopent celui de Sergo. Les petites n'en ont pas.

Le pilote, très zen, un Asiatique, c'est normal puisqu'on est chez les ninjas, dit entre ses dents et sans se départir de son calme, un truc qui ressemble à :

— *Ràng tā kuàisù bì zuǐ. Wǒ tǎoyàn xiēsīdǐlǐ de nǚrén.*

— Il a dit que tu dois te taire, maman, me traduit Sabrina. Fais comme moi, respire. Vous aussi, les filles.

La voix de sa grande sœur a complètement rassuré Lisa qui la regarde avec béatitude. Et tandis qu'Emma continue à vouloir crever un œil à son ninja perso, Lisa fait comme Sabrina : elle pratique une sorte de respiration yoga.

— Inspirez… Expirez… dit Sabrina.

— Il est pas encore né celui qui me fera taire, je réponds à Sabrina.

— Moi, c'est comme toi, maman, dit Emma, forcenée.

Résultat de notre comportement, les hommes renforcent leur stratégie d'attache sur Emma et moi. Les mains dans le dos, les chevilles aussi, pour éviter nos furieux coups de pied. Ils nous collent un scotch sur la bouche. Nous sommes hors d'état de nuire.

Sabrina et Sergo ont seulement un lien flexible sur les poignets, par devant. Lisa, quant à elle, n'est même pas attachée. Elle a les yeux fermés et s'applique à respirer pour garder la tête froide. Elle ira loin, cette petite, plus loin que sa mère, ça, c'est sûr !

Cinq minutes plus tard, nous avons tous un bandeau sur les yeux. Impossible de repérer où nous allons. Des images désespérées défilent devant mes yeux. Des exécutions par des malfrats dans des films, des scènes de tortures, des enterrements lugubres dans les bois, en pleine nuit.

Je voudrais demander à mes filles si elles n'ont pas trop mal, mais c'est impossible, j'arrive seulement à faire d'horribles grimaces désespérées.

C'est pas vrai ! Je ne pouvais pas, pour une fois, me contenter d'avoir retrouvé la famille de mon père, un amoureux charmant et me mêler de ce qui me regardait ? En quoi ça me concerne, les rachats de footballeurs, les millions échangés, les investissements à perte dans le cinoche, les vengeances de clans sans scrupules, hein ? Même pas une vraie injustice à réparer. Ce couillon de Sergo, c'est juste une andouille amoureuse, borderline question éthique, même pas sympathique, pourquoi je me suis mise en tête de l'aider ?

Non seulement je suis en mauvaise posture, mais en plus j'ai mis en danger mes enfants ! Mes filles ! Les prunelles de mes yeux ! Des gamines bourrées de talent qui vont sûrement changer le monde, le sauver un jour, si on leur en laisse le temps ! Si leur nouille de mère n'avait pas fait tout à l'envers, une fois de plus !

Je me fais des promesses que je jure de tenir.

Je jure que plus jamais je ne m'occuperai de quoi que ce soit d'autre que de ma famille, mon amoureux et ma survie immédiate. Que devant la moindre âme en peine ou injustice, ou personne en danger, je passerai mon chemin sans rien faire pour ne pas risquer la vie de mes enfants, au moins jusqu'à ce qu'elles soient grandes et qu'elles aient quitté mon giron. Que je ferai profil bas toujours. Que je me mêlerai que de mes fesses. Je me renie ! Oui, et alors ?

Oui, oui, oui ! Je le jure devant… Devant les fantômes de ma mère et de ma grand-mère. Tiens, de mon père, aussi ! Cette pauvre Lionne qui doit se retourner dans sa tombe d'avoir fait une fille aussi couillonne !

Ce moyen de transport est tellement rapide que je n'ai pas le temps de trop réfléchir aux répercussions de ma promesse et à tout ce qu'elle pourrait impliquer de changements dans ma vie, voilà qu'on change d'altitude.

62

On descend. On va se poser, c'est imminent. Je ne peux même pas serrer mes filles contre moi. Heureusement, je sens Sabrina, elle se colle à ma cuisse. Elle a réussi à rabattre vers moi les jumelles. Je me dis que tant qu'on ne nous sépare pas, tout va bien.

Clara, des Gilets Jaunes, va se douter qu'il m'est arrivé quelque chose en ne me voyant pas à la caravane, non ? Borelli va être prévenu. Tony aussi, mon sauveur !

Ah non, je ne vais pas le mettre en danger lui aussi ! Bon. Borelli, ça suffira.

On va nous retrouver, c'est sûr. Si Clara s'imagine qu'il se passe un truc grave. Si elle pense à prévenir la police. Si Borelli se dit que c'est pas une blague. S'il contacte les Dorsey. Si ceux-ci décident de ne pas tenir leur promesse et de lui dire que Sergo était chez moi. S'il pige que la mafia russe, chinoise et footballistique en a après l'acteur… Si… Si… Si…

Des cris, des ordres, des aboiements, on nous bouscule, mes chevilles sont libérées, les filles s'accrochent à mes jambes. Les yeux bandés, j'imagine le pire. Par terre, sous mes pieds, du gazon. Puis des pierres plates. On est sur une terrasse pavée. Le vent qui souffle est frisquet. Nous, encore, c'est-à-dire les filles et moi, on est habillées normalement, mais Sergo est toujours en short de foot cap-verdien et T-shirt, il doit se cailler.

Tant bien que mal, le magma que nous formons s'avance vers... quoi ? Une falaise ? Car maintenant que le moteur est coupé, j'entends des vagues. Ils vont nous exécuter proprement, comme ça. Une petite poussée, une chute et plouf, nous serons engloutis à jamais...

Soudain, bruit de serrures. Lourde porte qui s'ouvre. Changement de température. On est à l'intérieur de quelque part. Bien chauffé. Les ninjas nous poussent toujours. Des enfilades de couloirs, des escaliers qui descendent, plusieurs portes et une poussée plus forte que les autres qui me fait tomber.

Une voix que je connais. C'est ce cinglé de Girard.

— Vous pouvez leur enlever ces trucs, je dois leur parler. De toute façon, peu importe ce qu'ils voient.

Oh, c'est mauvais signe, ça. S'ils ne craignent pas qu'on les reconnaisse ni qu'on sache où on est, ça veut dire qu'ils veulent nous effacer quand ils en auront fini avec nous.

Ils enlèvent les bandeaux et les scotches et nous guident jusqu'à plusieurs canapés et fauteuils couleur crème. Nous sommes tous assis confortablement, toujours attachés aux poignets.

Il s'agit d'une immense pièce avec une monumentale cheminée suspendue au centre, éteinte. D'un côté, deux salons, disposés l'un pour profiter du feu qui flambe les soirées d'hiver et l'autre sur un espace légèrement surélevé, permettant de jouir d'une vue époustouflante sur la Méditerranée. À vue de nez, je dirais que nous sommes quelque part entre l'Italie et Nice.

Ils nous ont jetés sur le salon qui fait face au foyer.

De l'autre côté, une gigantesque table de bois précieux tellement bien ciré qu'on pourrait s'y mirer, recouverte pour le moment de plusieurs ordinateurs et d'un plateau d'argent supportant un flacon de cristal rempli d'un liquide ambré entouré de plusieurs verres.

L'un des hommes en noir jette sur la table le portable confisqué à Sergo.

Je remarque alors qu'il y a encore un troisième salon un peu plus loin, côté salle à manger. Celui-là est disposé pour bien profiter des programmes TV. Justement, l'immense écran plat collé au mur est allumé. Il diffuse en ce moment même une chaîne d'information en continu et le son nous parvient très distinctement, même s'il n'est pas à fond.

Ça m'a toujours insupportée, les gens qui laissent la télé ouverte toute la journée sans la regarder. Je trouve ça déprimant.

Devant nous, debout, Girard, Henry David Hu et Kalach nous observent. Derrière ce dernier, Marco et Piotr n'ont d'yeux que pour moi. Ils ricanent.

— T'as vu, maman, c'est les balais de la sorcière ! dit Emma.

Personne ne relève cette répartie, Marco et Piotr rongent leur frein, le regard plein de haine.

Contre les murs, bien rangés comme des soldats, cernant la scène, les Tortues Ninja, au garde-à-vous, nous tiennent en joue avec des sortes de petits fusils mitrailleurs. C'est peut-être ça, en vrai, des *kalachnikovs* ?

— Alors, tu fais moins ta maligne, hein ? se gausse Marco. Pauvre tache ! Tu croyais pouvoir nous échapper ?

— *Molchat'* ! dit leur chef, Kalach.

— Il leur a dit de fermer leur bec, maman, dit Sabrina.

— Décidément, c'est tout ce qu'ils savent faire. Dire aux gens de se la fermer.

— Madame, dit Girard, si cette situation vous amuse…

— Mademoiselle, s'il vous plaît. On n'a pas gardé les bestiaux ensemble.

Il me regarde avec étonnement, laisse passer trois secondes, décide de ne pas relever mon impertinence et poursuit :

— … je pense qu'elle vous réjouira moins dans quelques minutes.

— Pas du tout, pas du tout, intervient Sergo. C'est simplement que cette fille est trop nerveuse, elle bavarde, elle bavarde, pour masquer sa peur. Trop. Je le sais. Surtout, n'en tiens pas compte. C'est une brave fille. Salut, au fait, ça va, Henri ?

— Toi, je ne t'ai pas sonné, répond Henri Girard. Tu m'as assez fait perdre de fric comme ça.

— Mais… Mais… Elle est où, Paloma ?

— Elle n'est pas là, Alan. Elle n'est pas au courant de cette action. Cette fois, tu pourras pas te planquer derrière elle. C'est une affaire entre toi et moi. Je sais bien qu'elle n'aurait pas été d'accord. Tu crois que je lui dis tout ? Je lui dis seulement ce que je veux bien. Elle est trop sensible pour tout connaître sur mes activités. De temps à autre, je la laisse s'amuser en lui faisant croire qu'elle a un peu de pouvoir, qu'elle peut m'influencer dans le choix d'un achat de footballeur, par exemple. C'est juste pour lui faire plaisir, et pour qu'elle ne me prenne pas la tête. Et aussi pour la valoriser, qu'elle prenne confiance en elle. Que veux-tu, ma fille, c'est toute ma vie, je peux rien lui refuser. Je sais que je l'ai trop gâtée, ma princesse. Elle est devenue capricieuse. Parfois, je suis donc obligé de lui cacher certaines choses. Elle croit tout savoir, mais elle se goure complètement, puisqu'elle ne connaît que la partie émergée de l'iceberg.

63

Je sens Sergo qui frémit sur son fauteuil, et je lui donne un coup de pied pour qu'il se calme. Il est remonté.

— Quand même, Henri, tu exagères, comment tu peux parler d'elle comme ça ? Après tout, c'est grâce à elle que tu as investi dans le cinéma !

— Ah, bah, justement, tiens, puisque tu amènes ce sujet sur le tapis, parlons-en du cinéma ! Tu comprends bien, mon pauvre Alan, que je ne peux pas laisser ouvertement un pauvre type comme toi, une cloche, un *loser*, me ridiculiser aux yeux du monde. Je suis obligé de trouver une porte de sortie digne de ce nom, une solution à cette catastrophe financière, un moyen de gagner, envers et contre le sort, de l'argent avec toi, malgré toi, malgré ton peu de talent aussi bien comme footballeur que comme acteur.

Sergo, énervé, se lève pour en découdre avec Girard. Il n'a pas vu que celui-ci avait fait un signe de tête à Piotr. Sergo n'a pas le temps de faire un pas qu'il reçoit un coup de crosse sur la mâchoire.

Un gémissement. Sergo retombe sur ses fesses, à moitié assommé, la joue ensanglantée. Il est temps que je m'en mêle.

— Bon, ça va, on a compris que vous avez la plus grosse. Vous êtes armé, vous avez des centaines de milliers de tortues contre nous. Nous ? Une équipe composée d'une faible femme et de ses enfants... Bon, d'accord, y'a lui aussi, mais il compte pour du beurre, puisque c'est moi, son garde du corps. Vous voyez où nous en sommes réduits ! Bon, alors, maintenant, vous allez abréger votre cinéma. Et nous dire ce que vous voulez.

— Ne voyez aucune animosité personnelle dans toute cette histoire.

— Ah, si c'est seulement ça qui vous ennuie, soyez rassuré. Je ne vois rien de personnel là-dedans vu que je ne vous connaissais ni d'Ève ni des dents, il y a encore une petite semaine.

— D'Adam.

— Oui, d'Adam, c'est exactement ce que j'avais dit, pourquoi vous me reprenez ? J'en ai marre de ces donneurs de leçons qui passent leur temps à reprendre les autres. Alors qu'en fait c'est eux qui sont sourds.

Le type me regarde d'un air vraiment incrédule.

— Quoi, qu'est-ce qu'il y a ? Vous voulez ma photo ?

Il continue son jeu de mime, il regarde les autres comme pour les prendre à témoin. *Vous voyez comme je suis calme ? Comme je sais me maîtriser ?* Le Russe, qui me connaît de longue date, hoche aussi la tête d'un air de dire : *eh oui, c'est comme ça, je vous avais prévenu, elle est ingérable, complètement folle.*

— Quoi, vous voulez dire votre mot, le Russkov ?

Il hausse les épaules et ricane sauvagement, tandis que Girard se retourne de nouveau vers moi. Il me fixe encore comme s'il rêvait, semblant se demander ce que je leur réserve à présent.

— Bon, ça y est, vous avez fini votre cirque ? Allez, accouchez, là, j'aimerais bien savoir pourquoi vous nous avez délégué carrément un hélico pour venir nous chercher. Je suis si importante ?

— Oui, t'es importante, maman, dit Lisa.

— Puisque vous avez l'air curieuse…

— Oui, surtout de ce qui va nous arriver…

— Vous inquiétez pas. Vous allez tout piger. Vous voyez, jusqu'à présent je n'étais qu'un homme d'affaires. Un millionnaire comme tant d'autres. Je jonglais entre les contrats juteux, les moyens d'influencer les hommes politiques, la gestion de mon image, le besoin d'écraser et les soirées caritatives. Mais depuis que j'ai approché le cinéma, je me suis dit que finalement, mine de rien, pendant toutes ces années, j'avais développé un talent certain pour l'élaboration de scénarios incroyables. J'étais un artiste qui s'ignorait. Je me suis découvert scénariste et j'ai mis au point une petite trame qui va servir mes intérêts, tout en me permettant de clore à mon avantage ce désastre financier.

— Quel désastre, Henri ? demande bêtement Sergo.

— L'achat d'un toquard comme toi, Alan ! D'abord comme footballeur puis comme acteur. Je vais vous raconter mon film, vous voulez ?

Même si je suis en effet très curieuse, sa morgue et son air suffisant m'exaspèrent tellement que j'ai envie de lui couper la parole. Et aussi de lui montrer que c'est moi qui commande.

— Bon, les gars, je dis à la cantonade, calez-vous bien tous dans vos fauteuils, on a droit au quart d'heure de la petite histoire. On est tombés sur un radoteur.

— Vous auriez pu faire une carrière de comique !

— Je ne vous ai pas attendu pour penser à ma carrière. Vous inquiétez pas pour moi.

Il lève les yeux au ciel en crispant ses poings.

— Maman, me dit Sabrina, il y a des fois où il faut savoir s'écraser.

— Comment ? je m'indigne. C'est toi qui dis ça, Sabrina ? Décidément, j'ai raté ton éducation !

Elle fronce les sourcils.

— Il s'agit d'assurer notre survie actuellement bien précaire ! dit-elle.

Je crois bien que je peux noter le mot *précaire* en nouveau mot.

— Ça, c'est une notion qui t'échappe, continue Sabrina.

— Tiens, tiens ! Tu ne serais pas en train de commencer ta crise d'adolescence, toi ?

— Oh, les nuls, là ! hurle le millionnaire, vexé d'avoir perdu l'attention générale. Vous m'écoutez ou pas ?

— Ouiiiii ! crient les jumelles qui adorent les contes. Il y a une sorcière ?

Le voilà très content de capter enfin un vrai public.

— Tout commence lorsqu'un ancien footballeur raté qui veut se convertir en acteur à succès, mis en danger alors qu'il se rendait sur un rond-point de Gilets Jaunes pour soigner son image, rencontre une jeune femme très jolie…

— Ça, c'est toi, maman !

— Non, ma puce, il raconte un film qu'il veut faire, il n'y a pas de vraies gens là-dedans.

— Votre mère a raison, tous les personnages sont fictifs. Bon, je continue. Il rencontre une jeune femme très jolie qui le défend, qui le sauve et qui devient son garde du corps. Après cette petite aventure, nos deux protagonistes tombent fous amoureux l'un de l'autre, et ce film, qui commençait comme un film d'action se transforme en romance. Ils s'aiment, mais ce que la jeune femme ne sait pas, c'est que l'ancien footballeur est mêlé à des entreprises très louches. Il a participé, dans sa jeunesse, à de mauvaises actions en tout genre. Il y a quelques viols, des cadavres qui puent dans les placards…

— Beurk… dit Sabrina.

— Beurk… répètent les jumelles pour faire pareil.

— Mais… Mais… dit Sergo. D'où cha chort ? Ch'est même pas vrai !

Girard regarde mon Russe et continue :

— Trafic de drogue, vols de diamants…

— Quoi ? s'écrie Sergo en se tenant toujours la mâchoire. Qu'est-che que ch'est que chette mauvaise blague ? Çha va pas, la tête ? Che connais rien au diamant ! Il est nul, votre chénario, Henri.

— Alan, Alan, contentez-vous de jouer votre rôle et ne mélangez pas la réalité avec la fiction. Je vous ai dit qu'il n'y avait rien de réaliste dans mon récit. Les petites l'ont très bien admis. Donc c'est un ancien footballeur qui a été mêlé entre autres à des vols de diamants, tellement bien élaborés qu'ils ont mobilisé les polices du monde entier. Il est soudain retrouvé. Ils envoient une brigade spéciale, une sorte de GIGN, pour arrêter ce malfrat international devenu leur ennemi public numéro un. Dans la foulée, ils embarquent aussi la jeune fiancée et ses enfants.

— C'est nous, maman, dit Emma.

— Non, ma puce. C'est pas des vraies personnes, il a dit.

— Bon, si vous n'arrêtez pas de m'interrompre, je ne pourrai jamais finir. J'accélère. Donc la police les embarque, les enferme dans une prison spéciale tenue secrète. Ils veulent que l'ancien footballeur leur donne le nom de tous ses complices et leur explique son *modus operandi*. Comme ils ne font pas dans la dentelle, ils pratiquent un peu de torture pour le faire parler. Pendant ce temps, la jeune femme qui ne sait rien et ses petites filles sont plutôt bien traitées dans leur cellule. Elles ont tout le temps d'élaborer, parce qu'elles sont intelligentes, un plan d'évasion. Tout se passe à merveille et comme la jeune femme sait se battre, elle arrive à anéantir tous les méchants qui torturaient son amoureux. Elle le libère.

— Bravo, maman !

Girard lève les yeux au plafond, exaspéré.

— Les voilà courant dans les bois droit devant eux. C'est la nuit. Une nuit d'orage terrible. Et soudain, ils se trouvent en haut d'une immense falaise. Ils n'ont plus d'échappatoire. Derrière eux, les forces de sécurité qui les poursuivent ; devant eux, les rochers et la mer, cinq cents mètres plus bas. Ils hésitent à se rendre, mais c'est le moment que choisissent des méchants pour intervenir. Ils ont appris l'arrestation et ils craignent que l'homme ne parle sous la torture. Nos gentils savent que cette fois, s'ils reviennent sur leur pas, ils seront tués. Entre deux sortes de morts, ils choisissent la plus romantique, ils se tiennent tous par la main, et sautent dans le vide. Fin.

— C'est nul, personne ne voudra voir ce film, je conclus.

— Ce n'est pas grave, j'ai l'habitude des bides, n'est-ce pas, Sergo ? Non, non, rassurez-vous, ça va me rapporter beaucoup. Ce que vous n'avez pas compris, c'est que je ne cherche pas à tourner le film vraiment. Ce qui m'amuse, c'est d'imaginer différentes actions et après de les faire jouer en vrai. Je les enregistre en vidéo pour plus de vraisemblance, pour utiliser des projecteurs et des caméras (c'est fun), pour le souvenir aussi. Là, par exemple, nous allons tout de suite répéter la dernière scène. Enfin, quand je dis tout de suite, il faudra attendre la nuit, bien sûr ! Donc quand la nuit viendra, nous allons nous rendre tous ensemble au bord de la falaise et nous allons mettre en scène, pour mon plus grand plaisir, la dernière séquence de ce magnifique chef-d'œuvre. En attendant, pour que vous me laissiez travailler en paix si vous le permettez…

— Non, non, je permets rien du tout…

— C'était juste une formule de politesse, je suis un garçon bien élevé. Donc que vous me permettiez ou pas, nous allons de nouveau vous scotcher la bouche, histoire de ne plus vous entendre, en vous gardant dans ce salon, sous nos yeux. Et nous attendrons ainsi le moment de mon bon plaisir. La nuit.

— Mais il pleut même pas !

— Nous avons les moyens de simuler l'orage, que croyez-vous ?

64

Avant même que nous ne puissions faire un geste, ou dire un mot, plusieurs Tortues Ninja se précipitent pour nous scotcher la bouche et nous serrer de plus près dans nos fauteuils. Les autres, les gros importants, s'éloignent vers la table cirée de bois précieux. Ils s'asseyent et se penchent sur les ordinateurs en sirotant leur verre.

Une conversation sérieuse s'engage entre eux tandis que je bouillonne et commence la longue opération qui doit nous conduire à notre évasion. Défaire mes liens discrètement.

Un temps indéfini plus tard, je n'ai réussi à rien, les petites se sont endormies. Moi-même, je me suis assoupie par intermittence. Et Sergo s'abrutit dans la contemplation de loin de l'écran de TV géant qui continue à diffuser des images des catastrophes qui fleurissent partout dans le monde.

La nuit tombe, les filles commencent à chouiner en se tortillant. Ça ne leur ressemble pas mais c'est dû au bâillon sur leur bouche. On les empêche de s'exprimer intelligemment, elles sont bien obligées d'être créatives !

Les gros légumes autour de leur table se lèvent et aboient quelques ordres dans une langue que je ne comprends pas. Immédiatement, les ninjas s'agitent.

Certains s'approchent de nous, nous saisissent par les bras, et nous traînent de force jusqu'aux toilettes. Devant ma résistance, l'un d'eux essaie de me rassurer en baragouinant quelques mots en français :

— Pas peurrrr, pas peurrrr. Nous pas intention de *touééé* vous.

S'il y a bien une chose que Mémé Ruth m'a apprise, c'est que quand quelqu'un dit qu'il n'a pas l'intention de faire quelque chose, c'est justement que c'est exactement ce qu'il va faire. Pas si fastoche de me rouler !

C'est évident, ils ont l'intention de nous *touééé*. Est-ce que vraiment il va organiser toute cette mise en scène ou veut-il simplement nous jeter du haut de la falaise sans autre forme de procès ?

Je laisse aux filles le temps de faire pipi et de boire de l'eau au robinet des toilettes, puis je commence à gueuler :

— Lâchez-nous, lâchez-nous, ça se passera pas comme ça !

Sauf que j'ai toujours le scotch sur la bouche. Mes cris sont donc une bouillie épaisse et bouillonnante du genre : *chouinnn chouonnn nonnn chaashe kommmm chaaaa.*

La bande des boss rigole, les filles donnent des coups de pied car elles n'aiment pas qu'on se moque de moi, mais l'un dans l'autre, ils parviennent à nous traîner jusqu'à la porte.

En passant devant la télé, je vois que pendant que nous vivons ce cauchemar, d'autres s'amusent. Des images en direct du Festival de Cannes remplissent l'écran TV.

Nos grands patrons se sont arrêtés aussi devant et regardent avec une moue dégoûtée tous ces gens en tenue de soirée qui se pressent sur les marches et le tapis rouge. Ce soir, c'est le grand tralala. La soirée de distribution des prix.

Nicolas Rotzak, deux starlettes légèrement vêtues à son bras, parade sur le tapis rouge, entouré de son staff de collabos au viol, applaudi par les journalistes. Les images défilent très vite, pourtant il m'a semblé reconnaître la petite Vanessa, celle de la DDASS. Des Gilets Jaunes. Non, c'est pas vrai ! Elle a toujours pas compris ? Malgré la situation dans laquelle je me trouve moi-même, je me sens fugitivement déçue et triste pour elle.

Les Dorsey apparaissent fugitivement puis pénètrent sous nos yeux dans la grande salle Louis Lumière. On aurait presque pu les toucher, tellement la définition de cet écran est bonne.

C'est vrai, j'avais complètement oublié que même notre navet avait participé à cette compétition ! Je lis dans les yeux de Sergo comme un étrange regret et la rage dans ceux de son sponsor.

Quelques bribes du commentaire du journaliste nous parviennent, il prend un ton attristé pour signaler que l'ancien footballeur Alan Sergo n'a toujours pas réapparu, que l'on s'inquiète de sa disparition, que son film n'a pas convaincu les spectateurs, lors de sa projection, que c'est le film qui a récolté le moins d'étoiles de la part des critiques et du public. Unanimité de réaction, ce qui est assez rare. Mais il change brusquement de ton pour saluer l'arrivée du grand producteur-réalisateur Nicolas Rotzak, ce con d'obsédé, qui arrive en haut des marches.

Girard devient tout rouge, il flanque une gifle sur la nuque de Sergo et s'éloigne de nous d'un bon pas pour nous précéder dans la randonnée qu'il a organisée.

— Vous ne voulez pas savoir qui va recevoir la Palme d'or ? On pourrait tourner votre séquence après la remise des prix ?

J'ai demandé ça pour gagner un peu de temps, il le prend très mal. Il pense qu'il s'agit d'une provocation de ma part. En fait, peut-être que c'en était une ? Je ne sais plus à quel saint me vouer. Comment nous sortir de cet engrenage et sauver mes filles ! Je ne me reconnais plus. J'ai toujours plein d'idées, d'habitude ! Et là, niet, que du vide dans mes neurones. C'est peut-être l'amour qui m'a rendue bête ?

Je fais rapidement une petite prière à saint Expédit, celui des causes désespérées, celui qui réagit le plus vite parmi tous les saints, celui qui a sauvé Mémé Ruth pendant la guerre. Peut-être que là aussi, il va faire un miracle ?

Vu ma connerie, je ne mérite même plus d'être aidée par n'importe quel saint, Expédit ou Malakh, ou même par mon ange gardien. D'ailleurs, est-ce que j'en ai seulement un ? Si quelqu'un me vient en aide, ça serait plutôt le diable des cons. Pour m'emmener dans l'enfer des taches. Quand je pense qu'hier encore, je gazouillais *La vie en rose* en me disant que j'étais la plus heureuse au monde. Plus *coucourge* que moi tu meurs.

65

Nous voilà sur la terrasse pavée où l'hélicoptère est toujours garé. Parmi les Tortues Ninja, certaines d'entre elles tirent des carrioles, dans lesquelles il y a des machines bizarres, reliées à de longs tuyaux. Nous marchons un moment dans un petit bois, éclairés par des hommes qui brandissent des torches.

J'ai l'impression qu'il ne rigolait pas, l'autre zèbre de Girard, avec son histoire de dernière séquence. Ce petit trapu est carrément tordu.

Après avoir marché environ une demi-heure, nous sortons du bois pour nous retrouver sur une sorte de plateau au bord d'une immense falaise. Nous y voilà. Le décor. Exactement comme il l'avait décrit en nous *pitchant* son film. Surtout exactement comme ma maman a voulu me prévenir ! « *Gare, gare, gare, gare, Gary Cooper, S'approche du ravin d'enfer, À cinq cents mètres il log' un' balle, Dans un croûton d'pain...* »

Comme de bien entendu, elle a fait mouche ! Elle savait qu'on allait être au cœur du cinématographe, comme disait Boris Vian !

Le bruit des vagues, tout en bas, nous parvient, même si nous ne voyons pas exactement à combien de mètres est le niveau de la mer.

Tout le monde s'arrête. Les techniciens sortent le matériel. Quelqu'un installe une petite tente pour les grands chefs avec des fauteuils de cinéma, comme sur les photos de tournages hollywoodiens de la grande époque.

Une table régie est installée avec plusieurs écrans. Quelque chose qui ressemble vaguement à une sorte de mise en place de scènes à tourner pour un film s'organise.

Je n'ai jamais été sur un tournage de film, mais j'ai regardé le *making of* de *Game of Thrones,* un soir avec Ismène. Donc je sais à peu près comment ça se présente.

Sous son auvent pour protéger le matériel, le réalisateur, c'est-à-dire le tordu, s'est placé devant plusieurs télés qui lui transmettent en direct ce que plusieurs petites caméras sont en train de filmer. Un peu plus loin, deux techniciens testent la pluie. Un ingénieur du son teste des essais pour le bruit de l'orage. Tout est prêt pour la grande scène.

Notre metteur en scène improvisé prend un haut-parleur à l'ancienne et il gueule :

— Actiiiiion !

Les techniciens lâchent les trombes d'eau, le bruit factice de l'orage envahit notre espace sonore. Des lueurs violentes et intermittentes simulent les éclairs. En quelques minutes, nous voilà trempés. La voix du haut-parleur nous parvient :

— Pourquoi ils ne disent rien ?

Pauvre andouille, on a du scotch sur la bouche !

Quelqu'un lui parle à l'oreille. Le voilà qui avance vers nous. Il nous arrache les scotches.

— Aïe ! Ouille ! crie Lisa tandis qu'Emma file un coup de pied au grand taré.

— Si vous ne défaites pas nos liens, ça fera vraiment pas crédible, votre plan. Et puis le costume du jeune premier, là ! Franchement ? Short de foot et T-shirt « glandeur » ? Euh… Ça fait pauvre comme production. Pas de budget costume ?

Il ne m'écoute pas et nous explique :

— Voici le scénario : lorsque je dis « ACTION », vous vous rapprochez l'un de l'autre, vous vous embrassez. La femme dit : « Je n'ai toujours aimé que toi », l'homme dit : « Tu es mon amour, je mourrai pour toi ». Les enfants s'accrochent à vous, vous prenez un grand élan, vous vous précipitez dans le vide.

— Cours derrière et bois de l'eau, mon gros, je lui dis. Si tu crois que je vais jouer dans ce nanar, tu te fourres le doigt dans l'œil jusqu'au coude. En plus, tes dialogues sont trop à chier.

— Eh, maman, t'as dit un gros mot ! Tu me dois un câlin.

— Oui, ma puce, je te le donnerai dès que nous serons à la maison.

Girard commence à s'énerver.

— Bon, maintenant, vous commencez à m'énerver. Normalement, c'est moi qui commande. Je suis le réalisateur. Tout le monde doit m'obéir.

— C'est vrai, sauf que là, on n'a pas signé de contrat. S'il y a une chose que j'ai apprise ces derniers jours, c'est qu'un producteur n'avance jamais un seul pion sans avoir fait signer son contrat. Donc, déjà, je n'ai aucune raison de t'obéir.

Je suis passée direct au tutoiement. Après tout, je n'ai plus rien à perdre !

Il fait un signe à quelques Tortues Ninja qui se rapprochent, se mettent en position, nous visent avec leurs mitraillettes qui ressemblent trop à des fausses. Girard les montre du doigt.

— Et comme ça, c'est mieux ? Vous comprenez maintenant qui est le réalisateur de cette scène ? Vous pigez que moi, je ne suis pas un réalisateur comme les autres, ni un producteur comme les autres, que je n'ai pas besoin de contrat ? Mon contrat, ce sont eux.

Il montre les flingues.

Devant ses arguments, je ferme mon bec. Elles ont peut-être l'air fausses, mais elles sont sûrement vraies, sinon il ne blufferait pas comme ça. Sergo, trempé, prend le relais :

— Tu plaisantes, n'est-ce pas ? Henri, oh, franchement, on est copains ? Non ? Je comprends pas ton truc, là. Tu vas quand même pas nous tuer pour de vrai ? Franchement ? Une femme, des enfants ? Ils sont passés où, les codes d'honneur de la mafia ?

— Quelle mafia ? Parle pas de choses qui t'échappent. Et puis, c'est bien pour les médias. Si tu es le seul à mourir, ça ne fera pas suffisamment sensation.

— Je ne comprends pas. Tu vas vraiment nous effacer de la carte pour faire remonter les ventes du film ? Ça ne marchera même pas ! C'est pas comme ça que fonctionne le cinoche. Et puis, enfin, Henri, plaie d'argent n'est pas mortelle ! On ne supprime pas des gens pour ça ! Tout de même !

— Laisser tomber, Sergo, je lui dis. Ça sert à rien de discuter avec ces gens-là. Et puis, tout mouillé, comme ça, franchement, vous êtes pas crédible.

— Je vous ai pas demandé votre avis, de toute façon, dit Girard. Je m'y connais très bien en marketing. Je n'ai pas besoin de vos conseils. Les conseils d'une bande de nazes moribonds qui n'ont pas encore compris que le monde tournait, tourne et tournera sans eux. C'est plié, les gars ! Oh, eh ! Allô ? Bon, alors, écoutez-moi bien, voici ce qu'on va faire. Je me doute bien que vous n'allez pas foncer de vous-même dans le vide. On fera le plan en deux fois. Une première fois plan large, vous vous rapprochez, vous vous embrassez, enfin bref, tout ce que j'ai dit tout à l'heure. Si vous parlez pas, c'est pas grave, ça marchera quand même.

— Cours derrière… je dis doucement, mais il entend.

— Si vous ne vous exécutez pas, je fais tirer dans le tas, je commence par les plus petits. C'est noté ?

— … et bois de l'eau ! je murmure.

« Y'avait sur l'écran, Des drôl's de gars, Des moustachus, Des fiers-à-bras, Des qui s'entretuent, Chaqu'fois qu'i trouvent, Un cheveu dans l'plat… »

66

Silence absolu. Une sérieuse trouille me fait frissonner. Il va quand même pas zigouiller vraiment mes petiotes ? Je repense aux autres morts dans cette histoire. C'était vraiment lui, derrière ?

— Bon, trêve de confidences, on poursuit, allez, au boulot !

— Mais dites-moi, le *big boss,* là, enlevez-moi un doute. Vous êtes vraiment un assassin ?

Tant qu'à participer au grand jeu, il vaut mieux savoir à qui on a vraiment affaire.

Sa réponse est un aveu : il éclate d'un rire sarcastique, grinçant et derrière lui j'entends mon Kalach et ses deux acolytes, et même le Chinois, ricaner en écho. Ça fait comme un bruit de chaudière qui ne veut pas démarrer. Bande de cinglés.

— Vous voulez que je vous dise si c'est moi qui ai éliminé Éric ? Bah oui. Par erreur. Vous êtes contente ? Vous avez votre réponse ?

Ouh là là. S'il sort une info pareille, c'est qu'on n'en a plus pour longtemps. J'ai beau me répéter la devise de Mémé Ruth : *Quand tout va mal dans ta vie, dis-toi que c'est mieux que si c'était pire !* ça ne me rassure pas vraiment. Si au moins, j'avais un micro sur moi, mais même pas !

— La petite pute, elle, devait se retrouver morte dans les bras de ce borné, là.

Il montre Sergo.

— Éric devait l'aider à y passer. Tout est allé de travers.

Je me bouche les oreilles. Je n'aime pas cette confession, pas du tout du tout.

— Les filles, faites comme moi, bouchez-vous les oreilles. Je chantonne : *on n'a rien entendu. On n'a rien entendu.*

Ouh, que je n'aime pas ce secret soudain dévoilé ! Ouh, que je n'aime pas ces confidences qui ne présagent rien de franchement positif pour nous.

Il continue.

— Pour sa copine, la deuxième pute, c'était moins simple, il a fallu utiliser les bonnes vieilles méthodes. Mais bon, je ne garde ni les témoins, ni les balances. Vous avez vu *The Irishman* ? J'ai bien aimé. C'est profond. Y'a des fois où on n'a pas le choix.

Je me mets à chanter à tue-tête et les filles reprennent le refrain avec moi : « *Gare, gare, gare, gare, Gary Cooper, S'approche du ravin d'enfer, A cinq cents mètres il log' un' balle, Dans un croûton d'pain, Y'avait sur l'écran, Des drôl's de gars, Des moustachus, Des fiers-à-bras, Des qui s'entretuent, Chaqu' fois qu'i trouvent, Un cheveu dans l'plat…* »

— Bon, dit-il, soudain énervé par mon attitude, trêve de confidences, on poursuit. Allez, au boulot. Pour la fin de la séquence, on fera un changement, ça sera que des gros plans et personne ne verra ce qui se passe en dessous de votre taille. En réalité, vous serez saucissonnés, attachés, et quelqu'un, hors champ, accroupi, vous transportera jusqu'au bord, et vous poussera dans l'eau, ça va être magnifique. C'est génial, les effets spéciaux, je commence à comprendre comment fonctionne le cinéma, c'est vraiment magique. On peut faire tout ce qu'on veut. On est comme Dieu. On triche, on coupe, on rogne, on recolle des bouts dans le désordre et après à l'image on dirait que c'est vrai. Et avec la bande-son que je vais mettre, et le doublage, on aura tout. Vos dialogues d'amour, une musique super, tout le monde pleurera.

— Je croyais que vous n'alliez pas filmer en vrai.

— C'est dommage, vous n'êtes pas bête, mais vous n'écoutez pas les gens. Ce que j'ai dit, c'est que je ne ferai pas vraiment ce film. Cette séquence, que nous tournons, je l'enregistre quand même en vidéo et je me la repasserai de temps en temps pour me rappeler comme c'est touchant. Ma *Love Story* à moi. C'est dingue ! J'avais bien expliqué, pourtant, non ?

Il prend à témoin les ninjas qui tous approuvent de la tête.

Je disjoncte complètement. Mon crâne va éclater. Je prends les jumelles contre moi, Sabrina nous entoure de ses bras et quand j'entends le mot action, je ne bouge pas, pétrifiée. Sergo, tout tremblant, se rapproche de moi ; il me prend dans ses bras. Nous sommes entourés par les soldats de l'enfer qui pointent sur nous leurs armes létales. Le cri « COUPEZ ! » retentit.

— Bravo, bravo, c'était magnifique !

Girard revient vers nous pour qu'on nous attache les jambes. J'ai envie de pleurer, de hurler, mais je ne peux pas devant les filles. Alors, je me mets à chanter. *La vie en rose* bien sûr. Parce qu'à ce stade, il n'y a plus que l'amour pour nous sortir de ce traquenard !

Je leur explique que tout ça, c'est de la rigolade, qu'on est en train de tourner un film, et que c'est un super apprentissage pour elles puisqu'elles vont découvrir comment on fait des effets spéciaux.

— Qu'est-ce qu'on va rigoler demain quand on va raconter tout ça à Gaston !

Nous sommes saucissonnés et positionnés sur de petits chariots à roulettes. Tout le monde est en place.

Girard tape sur l'épaule de Sergo et lui dit :

— En d'autres circonstances, on aurait pu être copains. Ciao, vieux ! Allez, ciao, tout le monde, quand vous entendrez le mot action, vous pourrez faire votre prière.

Il repart lentement vers sa petite tente, en criant :

— Pluie ! Orage !

Des trombes d'eau nous retombent dessus, le bruit du tonnerre nous re-assourdit, et nous attendons, tremblants, le mot qui va signer notre arrêt de mort : action.

Et nous attendons, tremblants, le mot action.

Et nous attendons, tremblants, le mot action.

Bon, alors, il vient ou pas ?

La pluie s'arrête. Je vois un groupe d'hommes qui vient en courant de la maison. Je constate que mon Kalach est déjà en grosse conversation avec un homme qui lui montre une tablette, tandis que Girard s'excite au téléphone.

Le bruit de l'orage s'arrête. Des personnes qui devaient manœuvrer nos petits chariots nous tirent vers l'arrière, vers le staff de direction.

À présent, les trois manitous sont en train de rire aux éclats, de se congratuler et de se prendre dans les bras. Le tournage semble suspendu.

Deus ex machina nous a sauvés ? La cavalerie est arrivée en douce ?

Ils repartent à grands pas sur le chemin par lequel nous sommes venus.

On nous défait nos liens et sans aucune explication, un ninja nous dit dans un français sans accent :

— Changement de programme. On rentre à la maison. Y'en a qu'ont de la chance !

J'aimerais bien comprendre de quoi il parle, celui-là. C'est peut-être une nouvelle forme de torture ?

67

L'atmosphère a complètement changé dans la villa. Quand nous entrons, le grand patron vient vers nous. Je me défie de lui comme d'un serpent. Le voilà tout miel. Il serre Sergo dans ses bras.

— Bravo, bravo, mon cher ami ! Je l'avais toujours dit, que ma fille avait du flair ! Elle est douée. Elle savait que tu étais le cheval sur lequel je devais miser !

Devant nos expressions méfiantes et effrayées, il minimise.

— Allons, allons, ne me dites pas que vous n'avez pas compris que tout ça, c'était une blague ! Vous pensez vraiment que j'ai l'âme d'un tueur ? Voyons… Allez, venez, les gentilles petites filles. Venez faire un bisou à tonton Riri.

— N'y allez pas, les filles. C'est pas votre tonton.

Je sais bien qu'il ment, d'ailleurs il ne fait même pas l'effort de mentir avec conviction. Il a bel et bien voulu nous supprimer et voilà que maintenant il veut nous faire croire qu'il faisait semblant ? Je ne suis pas tranquille, j'attends la suite. Où est le coup fourré ?

Un téléphone, sur la grande table, sonne.

— Tiens, Alan, c'est ton téléphone ! dit négligemment Girard, comme si c'était normal de lui avoir confisqué son téléphone et de le lui rendre. Prépare-toi psychologiquement, ça ne va pas arrêter !

Sergo me regarde, étonné, en décrochant. Un gros titre en ligne lui saute au visage, il me tend l'écran pour que je prenne connaissance de l'image :

UNE PLUIE D'OR

POUR *LOVE SO CŒUR* !

— Ça veut dire quoi ? je demande.

Il hausse les épaules d'un air d'incompréhension et porte l'appareil à son oreille. Il discute un moment en anglais, le visage d'abord furieux, ensuite incrédule, puis éberlué et enfin ébloui.

Girard, qui écoute de façon indiscrète sa conversation, claque dans ses mains, embrasse ses comparses, esquisse quelques pas de danse.

Sergo finit par raccrocher et il me dit d'une voix atone, sous le choc :

— C'était James Franco.

— Quoi, James Franco ? L'acteur ?

— Oui. Il fait partie du jury. C'était lui. Mon agent lui a donné mon numéro. Il voulait me féliciter.

— Vous féliciter ? Mais pour… quoi ?

Son téléphone re-sonne. De nouveau une conversation très courte. En français cette fois. Il raccroche.

— C'était mon agent. Il m'a félicité, lui aussi. Y'avait du bruit, j'ai pas bien entendu. Il veut tes coordonnées, Cricri. Ton téléphone.

— Moi ? Mais pour… quoi ?

Je me sens en mode radotage.

— Il cherche Super Woman.

— Oh non ! Encore un plan foutraque. Y'a vraiment des gens qui vous en veulent, Sergo ! C'est pas possible, une poisse pareille ! Jusque sur votre propre téléphone, ils viennent se moquer ? C'est quoi, ce *fake* ?

Juste à ce moment-là, la porte d'entrée claque et une femme crie :

— Papounet ? Où es-tu ?

Paloma entre dans la pièce et elle s'arrête net en nous voyant.

— Qu'est-ce que c'est que ce cirque ? Papaaaa ! Tu as fait quoi encore ? Pourquoi Alan est tout mouillé ? Il va prendre froid, enfin ! C'est quoi ce short ?

— Mais rien, mon chaton, dit Girard, en mode hypocrite. Rien du tout.

Il prend un air innocent.

— Allez chercher des serviettes pour mes amis ! crie-t-il à ses ninjas.

— Ah, parce que maintenant, nous sommes vos amis ? je lui demande.

— De quoi parlez-vous ? Vous n'avez vraiment aucun humour ! Vous ne savez pas reconnaître une blague ?

Donc il la joue comme ça. Nous ne pourrons jamais expliquer ce qu'il nous a fait, il a décidé de dire que c'était pour rire.

— Il nous a enlevés, se plaint Sergo à la jeune femme et il voulait nous tuer en racontant un truc invraisemblable aux médias. Tout ça pour que le film marche.

— Ne le crois pas, ma douce, dit Girard. C'était juste pour du beurre, ton footballeur, là, il ne sait pas apprécier les plaisanteries.

— Papa ! Tu exagères. Tes méthodes sont dépassées et en plus, tu comprends rien au monde du ciné. En tout cas, cette fois, tu as vu que j'avais raison ?

— Oui, oui, je reconnais, c'est toi qui as gagné.

— Moi, et aussi le film, et Sergo ! OK ? Il était pas si nul que ça, alors, hein ? Et tu as aussi perdu ton pari. Tu me dois un gage.

— Oui, oui, bon, ça va, on va pas épiloguer pendant des heures ! Apportez le champagne, qu'on fête ça !

— Oui, mais le gage, tu vas être obligé de l'honorer, même si ça te contrarie. Parole de scout ?

— Parole de scout, répond Girard, contrarié.

Parole de scout ? Vraiment ? Non, mais on croit rêver ! On est passés en quelques secondes de *Breaking Bad* au monde des *Bisounours*.

Je me dis que plus vite je me tirerai de ce guêpier avant que ça lui reprenne, mieux ce sera.

— De quoi vous parlez, là ? Ça vous dérangerait de nous tenir au courant ? Et moi, je voudrais bien rentrer chez moi parce que j'ai quelqu'un à voir et…

— Elle est amoureuseeeee, ont recommencé les jumelles.

Les ninjas reviennent avec d'immenses serviettes de bain turquoise et moelleuses. Nous nous en emparons et je commence à frotter les enfants.

— C'est ton film, maman, dit Sabrina. *Love So Cœur*. Il a gagné la Palme d'or.

Elle me montre l'écran du doigt. Elle saisit la télécommande et monte le son à fond. Tout le monde se tait pour regarder les images en replay de la remise des prix. Le film de Dorsey est cité trois fois. Prix de la mise en scène, prix d'interprétation masculine et Palme d'or.

Sergo, incrédule, regarde la télé, puis moi, puis sa fiancée, puis les petites, puis enfin Girard. Il pleure.

Sur les images, quand le président du jury annonce très fort son nom, c'est la stupéfaction dans la salle Louis Lumière. On échange des regards gênés. Le maître de cérémonie est obligé de rappeler en quelques mots que Sergo a disparu et que la police est sur sa trace et qu'on va certainement le retrouver rapidement. Comme les rumeurs voulaient qu'il ait lui-même simulé sa disparition, tout le monde est mal à l'aise dans la salle prestigieuse et c'est Blanche Dorsey qui monte les marches pour prendre à sa place la statuette représentant une Palme d'or dans un écrin luxueux.

— C'est pas vrai… dit Sergo à Girard. J'y crois pas. Alors, c'est pour ça que t'as arrêté ton cirque ? Je vais te rapporter plus vivant que mort, maintenant qu'on a eu tous ces prix, hein ?

Il a raison. C'est ça. Girard voulait nous effacer, c'était pas une galéjade, mais avec la Palme d'or, la donne a changé. Il préfère nous garder sous la main, bien vivants. Il faudra juste qu'il arrange un peu l'histoire de ce qu'il s'est passé pour la presse. Mais il a les moyens de le faire.

— Qu'est-ce que tu racontes, enfin ? Mais ris un peu, mon vieux ! Lâche-toi !

— Tu me demandes pas ce que je veux pour ce pari gagné ? lui demande sa fille, mutine.

Je trouve son expression déplacée, même en sachant que cette fille a un grain. Et puis en réfléchissant un peu plus, je finis par lui trouver des circonstances atténuantes. Elle a été élevée par un psychopathe dangereux qui lui passe tous ses caprices, alors… Si elle n'a pas très bien pigé le sens du réel, après tout, on ne peut pas vraiment lui en vouloir. Tout le monde n'a pas eu la chance d'avoir été éduquée par une dynastie de femmes bien dans leurs bottes et bardées de devises, avec en plus en filigrane un père absent mais qui n'en était pas moins, lui aussi, une femme ! Même s'il ne m'a pas élevée, sa perception du monde doit être dans mes gènes.

Le tordu saisit une sorte d'épée courbe ancienne pendue au mur et sabre une bouteille de champagne qu'on vient de lui apporter. Il le sert dans des coupes en cristal et il en tend une à chacun-chacune, même aux ninjas.

Et même aux filles.

— Ça va pas, la tête ? Mes filles ne boivent pas d'alcool !

Je n'ai pas parlé, j'ai aboyé. Je crois que la rage que je ressens chaque fois que je pense à ce qu'il nous a fait ne va pas disparaître de si tôt.

— Ah bon ? C'est fête, voyons ! Il faut célébrer mon premier film. Coup d'essai, coup de maître. Bingo ! Le premier que je finance, Palme d'or ! J'en connais certains à qui ça va boucher un coin !

Il braque la télécommande sur l'écran pour baisser le son.

Comme pour appuyer son propos, sur l'écran, Nicolas Rotzak, le grand *loser* de la soirée, est surpris dans une fête, mais à l'écart, séparé de la foule par un buisson.

La séquence semble extraite d'une vidéo sauvage sur un réseau social. Il est évident que Rotzak ignore qu'il est filmé. Il est en compagnie d'une jeune (très jeune) starlette, l'une de celles qui l'accompagnaient au début de la remise des prix, qu'il force à se mettre à genoux devant lui, après s'être déboutonné.

Soudain, il découvre la caméra et l'œil furieux, il se met à insulter la personne qui filme et à vouloir la frapper. Il éructe de rage. L'image bouge dans tous les sens. Le bruit attire les invités. Les flashes se mettent à crépiter.

Ivre de colère, Rotzak se précipite vers un photographe pour lui arracher son appareil. Les vigiles interviennent rapidement et il est emmené un peu plus loin. Le cadrage se transforme en vidéo-selfie et dévoile la personne qui filmait. C'est Vanessa ! Vanessa ? Ma Vanessa ? Trop forte, la môme !

Alors là, je me sens pousser des ailes ! C'est elle qui a réussi cet exploit ? Filmer Rotzak dans cette situation embarrassante ? Pleurant et riant à la fois, elle parle à son propre téléphone toujours sur mode vidéo, mais on n'entend rien vu que cet abruti de Girard a coupé le son.

La présentatrice du journal conclut sur l'affaire et une vue depuis un drone survole la ville de Cannes. Je me promets de regarder ça tranquillement le lendemain.

Je détourne mes yeux de l'écran pour voir Paloma qui insiste auprès de son père :

— Bon, puisque tu veux rien entendre, je te le dis quand même : c'est lui.

— Quoi, c'est lui ?

— Lui, lui, Alan ! Prix d'interprétation masculine au Festival de Cannes. C'est lui que je veux comme gage.

— Euh…

Je me permets d'intervenir, histoire de remettre les pendules à l'heure devant mes filles et qu'elles replacent tout ça dans le contexte.

— Euh, mademoiselle, vous savez, primo, on parle pas des gens devant eux à la troisième personne comme ça… Monsieur Sergo est avec nous, donc vous ne parlez pas de lui comme s'il n'était pas là. De plus, il n'est pas un jouet ni un objet, donc il ne peut être le gage de votre pari. Ni lui ni aucun autre être humain. On ne joue pas les gens, quoi…

Elle me regarde avec stupeur, regarde son père et tous deux éclatent de rire.

— Oui, elle est assez drôle, dit son père. Je me serais bien marré avec elle si les circonstances avaient été différentes. Mais elle n'a pas arrêté de vouloir me contrarier et en plus elle n'a aucun humour.

— Donc c'est bon ? T'es OK ? lui demande Paloma.

— Vas-y ! Je te le donne et tu veux en faire quoi ?

— L'épouser !

Là, il fait quand même la grimace. Il regarde, gêné, Henry David Hu.

Le Chinois proteste.

— Et notre accord, Girard ?

— Tu vas pas recommencer avec ça, dit Paloma. Qu'est-ce que tu veux que j'aille glander au pays des dragons ? Alan et moi, on est des stars françaises, maintenant. Nous nous installons à Paris. J'ai repéré un appart avec une vue pas mal sur Notre-Dame !

Rien que ça ?

Je fais une grimace désapprobatrice :

— Avec toute cette pollution au plomb ? Je dis ça… Je dis rien…

Paloma trépigne.

— M'en fiche ! Je veux voir Notre-Dame de ma fenêtre. Alan dit que je ressemble à Esméralda.

Girard hausse les épaules.

— On en reparle, si tu veux bien, ma bichette.

— C'est comme un oui, ça !

Et la Paloma saute dans les bras de mon patron d'un soir, Sergo, avec ravissement.

— Elle est amoureuseeeee ! chantent à tue-tête les jumelles, pendant que Sergo me regarde avec une expression de benêt absolu.

— Et ça vous convient, vous ? je lui demande, interloquée par sa passivité. Vous êtes prêt à prendre comme beau-père cette ordure qui agit en toute impunité ?

Paloma rit de toutes ses dents étincelantes. Girard proteste en souriant :

— Je ne vous permets pas, me dit-il, mais je vous pardonne. Toutefois, sachez que je n'oublie jamais rien.

— Euh… me répond Sergo. Je l'aime, Maldonne. C'est la femme de ma vie…

Je regarde Girard dans les yeux et je lui dis entre les dents :

— Moi non plus, Girard, je n'oublie jamais rien !

— Maman, elle oublie jamais rien, appuie Emma en lui faisant les gros yeux.

68

Tout le monde, sauf moi, siffle son *champe'* avec gaieté. Ah oui, pas Piotr et Marco, non plus, qui me regardent de travers. Ils pensaient se venger de moi et n'apprécient pas la légèreté générale de l'atmosphère.

Ils sont assis un peu plus loin et ils boudent.

Donc je suis furax. Je supporte plus cette atmosphère pourrie et cette bande de malades. Je prends les jumelles par la main et je dis à Sabrina :

— Suis-nous. On se casse.

— Mais, maman, on ne sait même pas où on est ! Et il fait nuit.

— T'inquiète, il n'est pas né encore, le type qui me verra perdue quelque part. Je retrouve toujours mon chemin. C'est ma mère qui me guide.

À chaque pas que je fais vers la sortie, je m'attends à ce qu'une des Tortues Ninja me bloque le passage et me force à rester ici. J'avoue que j'ai des doutes sur le *happy end* de cette histoire. Pourtant ils ont tous l'air endormis sur leurs lauriers.

Les gros bonnets sont hilares et ils se congratulent. Ils n'arrêtent pas de répondre au téléphone, ça crépite, les verres tintent, on se prend dans les bras et la fille de Girard bécote Sergo. Avant de franchir le seuil et de quitter cette villa maudite, je me retourne :

— Vous savez ce qui me rassure ? C'est que les méchants finissent toujours par payer. Il y a un grand boulier quelque part qui enregistre tout et on sème ce qu'on récolte, ça, j'en suis sûre !

Tout le monde continue à rigoler. Je me demande si quelqu'un m'a entendue. Pas grave, je continue, je me trouve bien dans mon rôle de grande justicière. Je sens que Mémé Ruth est fière de moi.

— Et je vous signale, Sergo, que c'est interdit de simuler son enlèvement.

— Mais… Mais… j'ai pas simulé…

— Peu importe, tout le monde le croit et à cause de vous, des tonnes d'argent public ont été dépensées et des forces de police ont été mobilisées… Ils vous feront payer ça. Fric, prison et surtout…

Je regarde Girard dans les yeux et je vois qu'il attend ma sentence en frémissant d'une rage contenue, cachée sous un sourire jaune :

— Eh oui, mon cher. Les ventes du film… Quand Sergo sera en prison, elles vont chuter ! Et ce sera par votre seule faute !

Il brise son verre dans sa main et juste au moment où je saisis la poignée de la porte, un énorme bruit de moteurs et de sirènes de police retentit. Tout le monde se fige.

Une voix dans un mégaphone de manif, comme tout à l'heure pendant notre tournage de l'horreur.

— Rendez-vous ! Vous êtes cernés !

Girard fait un signe de la tête à ses associés. L'équipe russe et le Chinois attrapent Sergo et tous les cinq s'enfuient par l'arrière de la maison. Juste avant de disparaître, Sergo me crie :

— N'oublie pas, mon agent t'appelle ce soir, Maldonne.

Girard prend Paloma par le bras et la serre contre lui, puis il attrape son propre haut-parleur de metteur en scène qu'il actionne sur mode ON et il marche à grandes enjambées vers la porte. Au passage, il m'écarte d'un geste brutal.

Emma lui donne un coup de pied qui se perd dans le vide. Je préfère, car cinglé comme il est, il pourrait lui renvoyer le même !

Il ouvre grand le battant de bois et crie dans son machin :

— Entrez, entrez, chers amis, nous vous attendions, ma fille et moi.

Les flics cachés derrière leurs portières ouvertes sortent lentement de leur planque. Ils sont incertains, craignant un piège. D'autres véhicules continuent à arriver. Parmi eux, des motos et des camionnettes de tournage. Les médias sont de la partie.

Girard laisse la porte grande ouverte et invite tout le monde dans les lieux.

En repassant devant moi, il me dit entre ses dents :

— Je sais que vous êtes une fille intelligente, Maldonne. Vous choisirez le camp du bon sens, n'est-ce pas ?

— De toute façon, la vie vous rattrapera, Girard. Et ce jour-là, vous le payerez cher.

— Si vous le dites. Exactement. Donc vous n'avez qu'à la fermer.

Cette fois, Emma réussit à lui donner son coup de pied dans le tibia, mais comme à ce moment, trois caméras entrent dans la pièce, en même temps que quelques policiers hésitants, il la fusille du regard sans oser riposter.

Sabrina se penche vers les filles et leur dit quelque chose que je ne comprends pas.

Au milieu des policiers, je repère Borelli et je lui fais un grand signe.

— Borelli ! Borelli ! On est là !

Il vient vers nous et bien entendu, il commence par m'engueuler :

— Maldonne ! Vous nous avez fait faire un sang d'encre ! C'est quoi, ce *binz* ? Vous trafiquez quoi ici ?

Girard comprend vite que Borelli dirige les opérations, il se jette en avant, lui serre la main, lui propose une coupe que Borelli refuse, bien sûr et il commence des explications vaseuses.

Je préfère écouter ce qu'il dit, car comme je n'ai pas envie de finir en rondelles de saucisson, ce serait bien que j'ajuste ma version à celle qu'il est en train d'improviser.

C'est ainsi que j'apprends, sans en être dupe une seule seconde, la version officielle de ce qui vient de nous arriver : soi-disant au milieu de l'après-midi, notre cher ami et sponsor Girard aurait voulu se préparer à l'idée que le film qu'il avait financé allait peut-être rafler la mise. Contrairement à tous les pronostics. Il aurait voulu absolument nous faire la surprise et nous inviter à fêter l'événement avec eux. C'est pourquoi il nous aurait enlevées par hélico. Une sorte de cadeau de remerciement.

— Mais, rétorque Borelli, pourquoi Maldonne ? La remercier de quoi ? Elle n'a rien à voir avec votre production !

Borelli, il a oublié d'être idiot, mais malgré ça, il ne peut rien faire sans preuve. Et encore moins sans témoins !

— Au contraire, elle a été la garde du corps de ce pauvre Sergo qui a disparu et comme l'acteur l'aimait beaucoup, je me suis dit qu'il apprécierait sûrement que j'inclue cette jeune femme courageuse et ses filles à notre fête.

Borelli n'est pas satisfait. Il renifle l'entourloupe. Il regarde de tous les côtés. Il cherche Sergo.

— Sergo était avec elle, non ? Où est-il ?

— Sergo ? L'acteur ? L'ancien footballeur ? Alan Sergo ?

— Oui, oui, lui, nous savons tous de qui nous parlons…

— Euh… Non, il n'était pas avec elle. Vous n'êtes pas sans savoir qu'il a disparu, n'est-ce pas ?

Borelli lève les yeux, exaspéré. Il se retourne vers moi et je m'apprête à m'écrier que Girard ment, que Sergo était bien chez nous et à lui déballer tout le tralala, quand Sabrina prend la parole :

— Y'avait personne avec nous ! Que nous ! Y'avait pas d'acteur.

Elle tire sur ma manche et je me penche vers elle.

— Pour une fois, me chuchote-t-elle à l'oreille, tu peux dire un mensonge, maman. Parfois, c'est permis. Dis-toi que c'est pas un vrai mensonge, juste une dissimulation salutaire. On verra la suite plus tard, mais pour l'instant, moi, je voudrais rentrer chez nous et toi ? J'ai envie de mettre des habits secs.

Je regarde Borelli et je dis en rougissant :

— Y'avait que nous, Borelli. J'ai pas revu Sergo depuis sa disparition.

69

Borelli, dégoûté, incrédule, se tourne vers les jumelles qui le regardent avec curiosité.

— C'est vrai. Maman, elle dit toujours la vérité !

— Eh ben ! Ça promet ! bougonne-t-il en retournant sur ses pas.

Il avise ses hommes qui avancent des mains timides vers les coupes de champagne si gracieusement offertes.

— Messieurs, les reprend-il, un peu de tenue ! Je vous rappelle que vous êtes en exercice. Fouillez-moi cette maison de fond en comble.

— On cherche quoi, chef ?

— On cherche pas, on trouve. N'importe quoi fera l'affaire.

— Vous avez un mandat, Borelli ? demande Girard, juste pour la forme apparemment.

— On n'est pas en Amérique, monsieur Girard. Je suis dans le cadre d'une flagrance, une disparition, plusieurs enlèvements et de fortes présomptions sur vous... J'ai le feu vert de mon proc. *Don't worry*, vous aurez droit ensuite à un recours effectif devant l'autorité judiciaire. En attendant, il me reste quelques heures. Je suis ici, je fouille.

Girard hausse les épaules.

— Je savais que vous alliez répondre ça. Fouillez si ça vous fait plaisir !

— Borelli, vous nous ramenez à la maison quand vous aurez fini ?

— Alors là, sûrement pas ! Révisez d'abord vos déclarations ! Vous me prenez pour un taxi ?

Il est vraiment à cran. Je sais qu'à la fin il ne nous laisserait pas ici, mais sa réponse m'a tellement vexée, d'autant plus que je me sens péteuse parce que j'ai menti, que je me dirige vers la porte à grands pas en poussant mes filles devant moi.

— Pas grave, je lui payerai un taxi, dit Girard sur un ton triomphant.

— Je veux pas de votre fric, rétorqué-je, en me dirigeant vers la sortie.

— Embarquez moi tout ce qui traîne ! crie Borelli. Les téléphones, les documents, les dossiers, les clés USB, les tablettes, les portables…

Ses hommes s'éparpillent dans la pièce en fourrant dans des cartons tout ce qui leur semble suspect.

Quand il sent les mains des agents se poser sur lui pour lui prendre son mobile, Girard ne parvient plus à se maîtriser et il devient enragé. Son arrogance et sa belle maîtrise volent en éclats.

— Espèce de salopard ! J'aurai ta peau ! hurle-t-il en se jetant sur Borelli. On te retrouvera bouffé par les requins ! Petite merde !

— Gros mots, maman, me dit Lisa.

— Papa ! dit Paloma. Contrôle-toi !

Girard tente d'étrangler Borelli, mais il est immédiatement mis hors d'état de nuire par trois policiers.

— Parfait, dit Borelli, tout content. Merci, Girard ! Outrage à officier de police assorti de menace de mort à l'encontre du même, de plus dans l'exercice de ses fonctions ? Une petite garde à vue vous calmera peut-être ? Embarquez ce type.

Girard éructe :

— Lâchez-moi ! Vous n'avez pas le droit ! Vous ne savez pas à qui vous avez affaire ! Je vous casserai ! Je vous briserai ! Je vous…

— Oh là ! Calme ! On est en France, ici, c'est comme ça. C'est la police républicaine. On ne frappe pas un commissaire ! Non mais !

Tandis que Girard crie à Paloma d'appeler son avocat, il est traîné vers une voiture de la police.

— T'inquiète, il veut juste t'intimider, lui répond sa fille.

Elle se tourne vers Borelli en papillotant des faux cils.

— Voyons, monsieur le commissaire. Entre nous… Vous arrêtez mon papa ? Vous savez bien qu'il est innocent… Il n'a rien à voir avec l'enlèvement de mon fiancé, si enlèvement il y a, d'ailleurs…

Borelli lève les yeux au ciel et me prend à partie :

— Vous voyez ce que je me coltine tous les jours !

Avant de passer la porte, je lui lance :

— Quelque part, elle a pas tort. Vous vous agitez par frustration, alors que vous savez bien que vous prouverez jamais rien. Le gonze est puissant. C'est du cirque que vous faites, c'est tout.

— C'est toujours ça, ronchonne-t-il. Il va au moins passer une partie de la nuit à l'ombre, ça me soulage un peu. Si je me fais taper sur les doigts demain, j'en ai vu d'autres.

Il me fait de la peine. Combien de fois je l'ai vu lutter contre des moulins à vent, c'est rien de le dire !

— J'en ai ma claque de vos guignolades, je dis tristement à Borelli. Venez, les filles. On y va.

Et nous voilà toutes les quatre dans la nuit dévalant une route luxueusement pavée au beau milieu de la montagne. Heureusement, un éclairage composé de lampadaires du plus bel effet, évoquant un film de Disney, éclaire le joli petit chemin du magicien d'Oz.

Je suis décidée à rentrer à pied, je sais que j'en ai pour un moment, mais je n'ai même pas en poche les six euros nécessaires pour prendre un bus à quatre, si toutefois j'en croise un. J'ai laissé toute ma paye dans mon sac, dans mon *sweet home*. Il y a aussi la solution de faire du stop, mais allez faire ça avec trois gosses. Personne ne s'arrêterait.

Soudain, nous captons le vrombissement d'une voiture de sport rouge qui se rapproche à vive allure de nous, venant de la villa que nous venons de quitter.

Elle s'arrête à notre hauteur. C'est Paloma.

— Montez, je vous ramène chez vous. Je vais chercher notre avocat.

Ma petite voix raisonnable me dit de ne pas monter. *Cette fille est folle, tu le sais bien. Tu crois vraiment qu'elle va vous ramener, tes gosses et toi, sans te faire tomber malgré elle dans un autre traquenard ? Non seulement elle est folle, mais en plus elle est poisseuse. Dès qu'on la regarde, on comprend qu'elle porte la scoumoune. Pire que toi si c'est possible. Mais bon, trop c'est trop.*

J'ai vécu trop de choses aujourd'hui, trop de douches écossaises, trop de zigs et de zags, de haut et de bas, trop d'émotions.

Je regarde Sabrina, elle me fait non de la tête. Je regarde les jumelles, elles me font oui de la tête. Je regarde à l'intérieur de moi-même, Tony se ronge les sangs et Pastis guette notre retour.

Je fais une grimace de regret à Sabrina et j'ouvre la portière en espérant que je n'aurai pas à le regretter. Les filles s'engouffrent toutes les trois à l'arrière et je m'assois à contrecœur sur le siège du passager, qu'on appelle aussi le siège du mort. Histoire de faire taire mon mauvais pressentiment et de meubler, pendant que les filles s'endorment à l'arrière, j'entretiens la conversation.

— Il va se passer quoi quand les flics vont retrouver Sergo ?

Elle rit. Cette fille ne sait faire que ça. Rire comme une idiote, particulièrement quand j'ouvre la bouche. Je vais finir par croire que je suis drôle.

— Ils ne vont pas le retrouver.

— Comment ça ? Ils sont en train de fouiller la baraque !

— Oui, mais Sergo et les… amis de mon père sont déjà loin.

— Il faudra bien qu'il réapparaisse un jour ! Et moi, j'ai pas envie de faire de la taule pour complicité d'auto-enlèvement *fake* à des fins publicitaires ! Tout ça parce que j'ai voulu protéger votre… fiancé. Parce que je sais bien que personne ne saura qu'en réalité, il a été séquestré parce que votre père voulait orchestrer sa mort pour booster les ventes du film…

— Tsss… Quelles vilaines pensées.

Je manque m'étrangler d'indignation.

— C'est ça…

— Bien sûr ! Ne vous inquiétez pas. Vous ne risquez rien. Tout est organisé. Alan va réapparaître dans un foyer de SDF à Cannes, aujourd'hui. Et quand les flics le cuisineront, il dira qu'il a perdu la mémoire de tout ce qui s'est déroulé entre son plongeon depuis le yacht – ça, on ne peut pas l'occulter, il y a eu des témoins – et aujourd'hui. Il y aura enquête, mais franchement, à votre place, je ne m'inquiéterais pas outre mesure. Rien ne remontera jusqu'à vous.

Je me renfrogne dans mon coin. Je suis toute retournée. J'ai envie que son père soit enfermé à vie et hors d'état de nuire, mais je ne veux pas de mal à Sergo et il pourrait porter le chapeau. En même temps, je me dis qu'il va en baver avec cette fille ! Ça sera sa punition pour être aussi con. Après tout, c'est un grand garçon. Et il est fou amoureux…

Paloma se met à réfléchir tout haut :

— On voit que vous ne connaissez pas mon papa. Il est plus doux qu'un agneau. Le pauvre. Lui, en garde à vue ? Quelle injustice ! Ce commissaire, vous le connaissez bien ? Il a l'air vraiment taré, non ?

Devant mon silence, elle finit par se taire et mettre sa playlist, je reconnais au passage Rihanna, et je sombre dans le sommeil le plus profond.

70

Paloma me secoue en approchant de Cannes.

— Je ne connais pas votre adresse, me dit-elle.

Je la guide vers mon terrain vague et quand nous débouchons sur la hauteur et que je vais lui montrer ma maison sur parpaings, c'est le choc.

Là où je m'attendais à voir ma jolie caravane cabossée, avec Pastis perché sur l'arbre, nous attendant, c'est Beyrouth que je trouve et quelques personnes qui errent parmi les décombres. Des zombies.

Je reconnais quelques amis, dont Vanessa, encore en tenue de soirée.

Je saute de la voiture et j'enjambe les débris de toutes sortes qui jonchent le sol. Parmi eux, les restes de ma maison.

— Mais… Mais… Où est ma caravane ? Qu'est-ce qu'il s'est passé ?

JP vient à ma rencontre, l'air désolé.

— Tu as de la chance, Rosie ! me dit-il.

Ah bon ? Je ne pensais pas que trouver son *sweet home* démoli, c'était de la chance !

— Heureusement que tu n'étais pas là ! Sinon, ils t'auraient embarquée toi aussi !

— Comment ça ?

J'écoute d'une oreille distraite en farfouillant du bout du pied au milieu des décombres. On sait jamais, je vais peut-être dénicher mon sac, avec mon fric dedans ? C'est pas interdit de rêver !

— Ben, tu sais, après notre coup de fil, on a débarqué ici avec nos affaires, on a commencé à construire nos baraquements autour de ta caravane, et je ne sais pas comment, la nouvelle s'est répandue assez vite.

— Tu ne sais pas comment ? À cause de vos foutus vidéos web en direct sur les réseaux !

— Oui, sûrement, tu dois avoir raison, bref, les forces de l'ordre ont débarqué et…

— Et elles se sont battues contre les forces du désordre, c'est-à-dire vous !

— Oui. Il y avait des gens avec des sortes de pelleteuses, ils ont tout détruit. On a essayé de leur dire que ta caravane ne faisait pas partie du dispositif des Gilets Jaunes, mais dans leur frénésie, ils ont foncé dans tout ce qu'ils trouvaient.

— Quelque part, ça ne m'étonne qu'à moitié.

— Comment ça ?

— Tu sais que je m'appelle Maldonne ?

— Oui…

— Ben voilà. T'as tout compris. C'est dans l'ordre des choses. Hier soir, j'ai vécu un magnifique moment, donc c'est comme ça, c'est mon destin, je l'ai payé immédiatement.

— Tu veux dire quoi ? Allez, Rosie, ne te laisse pas abattre ! Allons !

— Pas grave. Personne peut comprendre. C'est une sorte de roulette russe en permanence au-dessus de ma tête. J'ai eu une mauvaise donne de cartes dès le départ avec ce nom. Je ne suis pas faite pour une vie calme et pépère, c'est tout. Une fois que tu le sais, tu l'acceptes.

Je récapitule en moi-même ce que je viens de vivre ces jours derniers.

Je suis proclamée superwoman de l'année par les réseaux sociaux, je suis embauchée comme *bodyguard* au Festival de Cannes, j'identifie une branche de ma famille que je ne connaissais pas, je découvre que mon père est mort en femme et que ma mère était plus coincée que ce que je croyais, je trouve enfin l'amour, le vrai, puis je suis kidnappée et séquestrée par un psychopathe puissant, je frôle la mort avec mes filles pour reconquérir finalement la vie et la liberté. Au bout du compte, le résultat de tout ça, c'est que je n'ai plus de maison, plus de toit pour mes filles, plus rien. Normal. Dans l'ordre des choses.

Et dans ma tête, des bribes de la chanson que ma mère m'a envoyée hier : *La Vie en rose*.

Un miaulement sauvage et un choc sur mon dos. C'est Pastis qui exprime son soulagement de me voir en sautant de l'arbre où il était perché. Il m'agrippe le cou de ses deux pattes avant. Il a l'air vraiment heureux. Une croûte de sang caillé sur son sourcil me rappelle les événements de la journée et son héroïsme.

Les filles dorment encore dans la bagnole de la fille de Girard. Qu'est-ce que je vais bien leur dire ? Il faut que j'invente rapidement une blague pour détourner leur attention, une pirouette. Qu'elles ne s'inquiètent pas.

Vanessa, désolée pour moi, me serre dans ses bras. J'en profite pour la féliciter.

— Bravo la starlette ! T'as fait fort et tu lui as réglé son compte à cette ordure. J'aurais pas fait mieux et franchement, je suis fière de toi !

Elle en pleure de joie.

— Je me suis seulement imaginé ce que tu aurais fait dans la même situation.

— Alors maintenant, c'est toi, Super Woman, sur les réseaux sociaux, non ?

— C'est vrai, je pensais pas, y'a plein de vues. Je regarde pas trop les commentaires, parce que y'a pas que des choses sympas. Mais au cocktail, là, une productrice est venue me voir et m'a demandé si je voulais passer une audition, une vraie, pour un second rôle dans un film qui commence dans trois mois. Ils feraient le test ici, demain, avant de remonter sur Paris et ils me donneront leur réponse dans quinze jours. T'en penses quoi ?

— J'en pense que faut jamais cracher dans la soupe de la vie. Prends tous les cadeaux sans te poser de questions, surtout quand ça mange pas de pain.

— Et toi, tu vas faire quoi sans maison ?

Je passe en revue les solutions. Pour l'instant, il n'y en a qu'une, dans l'urgence : foncer chez Gaston, dans son château au bois dormant. C'est un havre d'accueil qui m'a sauvé plus d'une fois la mise. Il faut y aller avant que les filles ne découvrent le désastre de notre *sweet home*.

J'embrasse encore Vanessa.

En retournant vers Paloma, mes yeux errent fébrilement sur l'inventaire au sol et c'est là que je trouve le petit rectangle noir brillant. Le téléphone de fonction prêté par les Dorsey. Je l'attrape et je cours jusqu'à la voiture.

— Alors, on y va, à votre caravane ? demande Paloma.

— On y est, mais vous voyez, elle est détruite. Remarquez, je m'y attendais. Il fallait bien que ça finisse par arriver un jour. Vous pouvez me conduire ailleurs ?

Tandis que je la guide vers la maison de Gaston, je consulte mes appels. Il y en a des tas. Tony – bon, ça, c'est normal – et aussi les Dorsey, Audrey Ferrier, Ismène, Gaston, Bintou, Véro, Mimi, Léo… Ça me réchauffe le cœur comme je leur ai manqué. Il y a aussi un même numéro inconnu qui revient en boucle.

Le grillon grillonne soudain, ce qui me fait sursauter.

— Allô, Gaston ?

— Oui ! C'est vous, Rosie ? Vous avez vu pour *Love So Cœur* ? Je vous l'avais dit que c'était un chef-d'œuvre ! Je ne suis pas étonné par le résultat. Où êtes-vous ?

— Cherchez pas, Gaston, je vous expliquerai.

— Nous avons fêté ça avec les Dorsey… Nous n'arrivions pas à vous joindre. Nous sommes toujours à la fête, sur la plage.

— Les Dorsey doivent être soulagés, non ? Ils pourront rembourser leurs commanditaires ?

— Oui, Blanche a dit qu'elle ne ferait plus jamais de fiction. Elle se cantonnera au documentaire. Et ils sont en pleine scène de ménage car elle veut que Michael arrête la fiction aussi. Tout ceci est assez palpitant.

— Euh… J'ai une urgence, là.

— Ah oui, à propos d'urgence ! Il y a l'agent de Sergo qui devient fou. Bern. Il ne veut pas nous dire pourquoi. Il veut vous parler. Il dit que c'est urgent.

— Vous êtes sûr ? J'ai l'impression que c'est une mauvaise blague, non ?

— Je ne sais pas, il ne veut rien dire. Je me suis permis de lui donner votre 06.

Voilà qui explique le numéro inconnu.

— C'était quoi, votre urgence ? demande-t-il finalement.

— Est-ce que je peux dormir chez vous ce soir avec les filles ? Je vous expliquerai demain.

— Mais bien sûr ! C'est une chose que vous n'avez pas besoin de demander, enfin. Vous savez où sont les clés, servez-vous ! On se voit demain !

Le ding des SMS retentit : <Pouvez-vous me rappeler à n'importe quelle heure ?> C'est tout. Ni bonjour, ni merde. Sûrement l'agent en question.

Je raccroche et j'appelle immédiatement mon chéri.

— Tony ?

Une voix ensommeillée.

— Rosie, Rosie ! Où étais-tu ? Je t'ai appelée toute la journée. Je n'ai pas osé venir, je te connais, je sais que tu n'aimes pas quand on s'incruste et je…

— Écoute-moi, Tony. Je ne peux rien te dire maintenant. Retrouve-moi demain matin chez Gaston, OK ? Tu peux apporter des baguettes bien chaudes pour tout le monde. Avant de venir, tu passeras par la caravane. Juste pour…

— Pour… quoi ?

— Justement, je ne peux rien dire pour l'instant. Ce qui est sûr, c'est que cette fois, tu peux me croire, je ne vais pas me plaindre si tu veux m'aider…

— T'aider à quoi ?

— Tu verras. Allez ! À demain !

Je raccroche avant qu'il ne pose d'autres questions et je rêve quelques secondes, les yeux dans le vague.

Et puis je me dis qu'il vaut mieux que cette folle dangereuse à mes côtés ne sache pas où je vais crécher ce soir et qu'elle ne connaisse pas l'adresse de Gaston, alors je lui demande de me déposer au début du grand boulevard à un kilomètre environ de la superbe propriété sauvage de mon ami.

— C'est par ici. Vous inquiétez pas, on va faire le reste à pied.

Elle proteste pour la forme, mais je sens bien qu'elle en a un peu marre de faire notre taxi et elle effectue un demi-tour sur les chapeaux de roues en nous laissant toutes les quatre sur le bord de la route.

Sabrina prend Pastis dans les bras et elle marche devant avec Emma. Elles sont un peu endormies. Je les suis en portant Lisa. Elles connaissent bien le chemin.

— On va chez Gaston, maman ?

— Oui, ce sera sympa de se réveiller le dimanche matin chez lui, hein ?

— Ouiii ! Trop stylé.

— On va faire un super pique-nique du dimanche dans son jardin merveilleux.

— J'appellerai Simon pour qu'il nous rejoigne, OK ?

Quand tout mon petit monde est couché et Pastis parti à l'aventure dans le jardin extraordinaire de Gaston, je songe à appeler l'agent en question le fameux Bern, et finalement je renonce, je suis trop crevée.

« *Gare, gare, gare, gare, Gary Cooper...* »

Dimanche – Le jour des rêves

71

Ce matin, je suis réveillée avec dans la tête une symphonie fabuleuse qui vient du fond de mon rêve. Les paroles de la chanson de Voulzy, *Marie-Galante*, se mêlent au chant d'un piaf qui gazouille devant la fenêtre entrouverte. « *Belle-Île-en-Mer, Marie-Galante, Saint-Vincent, Loin Singapour, Seymour, Ceylan...* »

J'entends des bribes d'une discussion. Deux voix familières sous la fenêtre. Je me penche et j'aperçois Gaston et Tony assis devant des bols de café sur la terrasse de la cuisine. Pastis est sur ses genoux de Tony, tout ronronnant.

Je descends pour les rejoindre, à moitié endormie, un sourire d'ange béat à la bouche. Soudain, je ralentis le pas et j'essaie d'espionner ce qu'ils se disent. Je suis sûre qu'ils parlent de moi. J'ai envie d'entendre si Tony confie à Gaston qu'il m'aime ?

C'est étrange, je ne suis pas leur sujet de conversation. Flûte et crotte. Ils ont plutôt l'air d'être dans une discussion d'affaires.

— Cinquante, cinquante, si vous voulez, dit Gaston. Il vaut mieux acheter, parce que la loc, ça serait trop cher sur un an.

C'est encore cette histoire d'échange solidaire ?

— Vous y allez fort ! Acheter, OK, mais j'ai pas encore tous les fonds, moi. Il faudra que j'économise des mois !

Quoi ? Mais je croyais qu'on n'utiliserait plus le vrai fric ?

— Ça nous permettra de peaufiner le projet !

— Vous avez raison. Et les gosses ? Elles peuvent stopper l'école comme ça ?

Quels gosses ? Il parlerait pas de mes filles ?

— Oh, ça, c'est rien, y'a le CNED. Et moi, je pourrais faire le répétiteur. Ça me plairait. Et si Léo venait avec nous, pendant un moment, lui aussi il les ferait bosser.

— Vous êtes prêt à tout pour embarquer, vous, hein ? demande Tony en souriant.

— Oui. J'étais trop envieux quand vous avez parlé de votre idée. J'espère juste qu'on va réussir à monter tout ça.

— On serait combien en tout ?

Gaston compte sur ses doigts.

— Ben, vous deux… Les trois petites…

Les trois petites, c'est donc bien mes filles. Et « vous deux » ? Vraiment ? Ça serait Tony avec… moi ?

— Simon, ça, c'est incontournable, dans la même cabine que Léo.

— Simon voudra venir ?

— Il est inséparable de Sabrina. Et en plus, il peut largement sauter une année, avec son avance. Et moi, comme un pacha dans une cabine tout seul. Ça fait seulement quatre cabines, finalement.

Des cabines ? Une nouvelle caravane ?

— Sur un cata, c'est jouable.

Un cata ? Quesako ? Comme catastrophe ?

— J'ai repéré des stages de voile. Je vais commencer par ça avec Léo. Qu'en pensez-vous ? Ça me laisse le temps de finaliser aussi le projet solidaire. On trouvera des cultivateurs éthiques de thé, café, sucre et chocolat, là-bas ! C'est top !

Des stages de voile ? Des cabines ? Du café éthique ? Mais de quoi qu'ils causent, mes deux zigotos ?

— En effet, c'est conseillé, approuve Gaston.

— Et vous ?

— Moi, j'en fais depuis des années. J'ai plusieurs transatlantiques à mon actif. Il y a quelques années, j'ai participé à un voyage avec traversée du Cap Horn jusqu'à la tombe de Shackleton en Géorgie du Sud.

– Ah quand même ! murmure mon Tony, visiblement impressionné.

Gaston, qui ne se rend pas compte qu'il étale ses exploits, puisque pour lui tout ça est naturel, ajoute en souriant, nostalgique :

– Et j'ai même bourlingué fut un temps sur les mers du Sud, sur les traces de Melville, Stevenson et London.

Donc, de la voile. J'avais bien entendu.

— Ça me rassure quand même, si vous êtes avec nous.

— Faut pas vous inquiéter, il y a toujours des skippers qui ont besoin de faire la traversée. Des tordus qui veulent embarquer pour le fun. Des pros qui doivent rejoindre des potes de l'autre côté. Du moment qu'on les nourrit, ils viennent gratos.

— C'est top.

Un silence. J'en profite pour tousser et faire croire que je viens d'arriver.

— Vous mijotez quoi tous les deux ?

Gaston éclate de rire et Tony rougit. Pastis ronronne en venant vers moi.

— Tu tombes bien, je voulais t'en parler, mais comme hier on ne s'est pas vus…

Gaston se lève et marmonne, discret :

— Je vais vous chercher un bol, Rosie.

Il rentre dans la cuisine pour nous laisser un peu seuls.

— T'es passé voir ma caravane ?

— Oui. C'est moche, me répond Tony.

Il dit ça sur un ton indifférent. Avec même une pointe de jubilation.

— On dirait que ça te fait plaisir ?

— Eh bien… C'est pas ça… Euh… Quelque part, ça tombe bien...

— Quoi ? Que je n'aie plus de maison ?

— Boh oui.

— Et pourquoi ? Tu crois peut-être que je vais venir habiter chez toi avec les filles ?

— Pas du tout ! se récrie-t-il. J'ai juste pensé à un truc.

— Oui, et c'est quoi t'est-ce ?

— Un bateau, c'est pas très loin de l'idée d'une caravane, non ?

— Sauf que c'est sur l'eau et sans roues, oui, t'as pas faux.

— Voilà !

— Voilà quoi ?

— Ton rêve, c'est de voyager ; le rêve de Léo, c'est de faire un film sur les chercheurs d'épaves et de trésors engloutis ; mon rêve, c'est d'être n'importe où avec toi sans te froisser ; le rêve de Gaston, c'est d'être là où ça bouge. Grâce à mon association *Vivre Solidaire*, j'ai mis tous les rêves ensemble.

— Je comprends rien à ton charabia.

— OK ! dit-il. Je t'explique. Mais tu jures que tu te moques pas ?

Je hoche la tête en me disant que s'il prend toutes ces précautions, c'est qu'il prépare quelque chose de gratiné !

Il sourit, se lève tout fier, regarde le ciel et se met à déclamer en prenant son temps pour les soupirs :

— *Amoureuse de la vie*

Tu as des yeux… où passent des éclairs

Pourtant j'y lis... parfois autre chose
Langoureuse... amoureuse... un brin frimeuse...
Je veux être ton soupirant... et mettre dans ta vie la lumière.
Dans le lagon, ce sera bon, je sentirai le sable chaud,
En amoureux... on s'en ira jusqu'à ce pays merveilleux... au bout du monde !
Voyager... vers des terres enchantées,
Se perdre dans les vagues... mutines
Naufrage improvisé... rempli de soleils... triomphants.
C'est dans notre île d'amour... que nous fabriquerons... l'île de notre vie...

Il se tourne vers moi plein d'espoir.

Incrédule, je l'ai laissé aller jusqu'au bout de ce délire en retenant un fou rire, mais à présent, je regarde Gaston avec reproche.

— C'est vous qui avez écrit ça, Gaston ?

— Oh que non ! répond mon vieil ami. J'ai bien essayé parce qu'il m'avait commandé un poème d'amour, mais il n'était jamais satisfait du résultat.

Tony sourit :

— Il avait carrément commencé un poème épique à la gloire d'une pin-up, Tite-Odile.

— *Thiodhild* ! rectifie Gaston. Un peu de respect, il s'agit tout de même de la femme d'Erik le Rouge, le Viking... Enfin, pour résumer, Tony l'a écrite lui-même, cette déclaration poétique.

— Ça veut dire quoi, Tony ?

— Bon, je traduis. J'achète un bateau en collaboration avec Gaston, j'embarque toute ta smala et on fait le tour des océans à la recherche d'agriculteurs solidaires dans les pays émergents.

— Comment tu vas faire ? T'as gagné au loto ?

— Non. Bon, c'est vrai, c'est pas pour tout de suite. Dès que j'ai réuni la totalité du fric. Mais il suffira de vendre le Select, tout roulera comme de bien entendu. Ça te dit ?

Comme je ne saute pas au plafond, il a l'air déçu.

— Elle te plaît pas, mon idée ?

— Elle me plaît beaucoup et puis avec toi, j'irais au bout du monde, comme tu dis.

— Ben alors ?

— Je me demande seulement si on va vraiment le faire un jour.

Juste à ce moment, on sonne au portail. Gaston hurle :

— J'y vais !

Seule avec Tony, je le regarde droit dans les yeux noisette piquetés d'étincelles de sourires.

— C'est oui ! Oui, je viens avec toi où que tu ailles. Oui, je te suis et je trouve ton idée sublime et incroyable et merveilleuse et trop belle pour être vraie. Oui, je ferai avec toi de l'échange transitoire et solidaire. Oui pour tout, sauf que je suis pas d'accord pour que tu vendes ton gagne-pain, on sait jamais, si ta banque solidaire fait faillite.

C'est une déclaration d'amour et j'espère qu'il a pigé. Je ne crois pas, parce qu'il ergote :

— Rosie, t'as rien compris ! Une banque solidaire, ça ne veut rien dire. Il s'agit seulement de la création d'une monnaie locale complémentaire qui…

Je le coupe en lui mettant deux doigts sur les lèvres et il me fait immédiatement un bisou sur la main.

Gaston arrive sur notre bout de terrasse avec un type qui ne paye pas de mine, un vieux fringué n'importe comment, jean flottant, cheveux improbables sur un crâne à moitié chauve, œil noir de corbeau, une sorte de Bacri rougneur.

Il nous tend la main en se présentant :

— Paul Bern.

Paul Bern ? Ce nom me dit quelque chose ! Ah oui, l'agent de Sergo. Celui qui a essayé de m'appeler mille fois. C'est la première fois que je le vois, je l'imaginais pas comme ça.

Sans un mot, l'homme ne cille pas sous le regard méfiant de Tony et accepte le café de Gaston.

— On rentre ? dit-il. On sera mieux à l'intérieur pour signer. Y'a trop de vent pour les papiers, dehors.

Signer ? De quoi il cause ? Encore un chtarbé du cinoche obsédé du contrat.

Soudain, mon téléphone grillon sonne. Numéro inconnu. Paul Bern regarde sa montre et déclare :

— C'est lui. Je vous conseille de répondre. C'est Spielberg. Son temps est précieux.

Épilogue

Journal de bord vidéo en ligne de Rosie Maldonne, épisode #1

Rosie, bronzée et T-shirt marin, se filme en selfie tandis que les vagues défilent derrière elle. Elle parle à la caméra :

Vous me connaissez sous le surnom de Super Woman, depuis que j'ai sauvé le footballeur Alan Sergo et que ça a fait le *buzz*, en plein Festival de Cannes.

Mon vrai nom, c'est Rose. Rosie Maldonne. 95 65 90.

C'est pas mon numéro de portable. Non. Ce sont mes mensurations. Il paraît que je suis canon. Je ne peux pas vous dire, je n'ai pas de miroir en pied sur mon bateau.

Récemment, j'ai vu la mort de près et là, j'ai décidé qu'il fallait que j'arrête d'être frileuse. Que je fasse plus confiance à la vie. J'ai balayé toutes mes craintes pour me lancer dans une aventure qui tient du véritable conte de fées.

D'abord, j'ai accepté de jouer dans un film de Spielberg inspiré de ma propre vie : *Super Woman*. Qui peut croire à un truc pareil ? Rosie Maldonne dans un film de Spielberg ?

Bon, OK, c'est pas tout à fait un vrai film de cinéma. Ils appellent ça du *movie-live*. La vie de *Super Woman* filmée. Son journal. À travers le monde.

C'est pour ça que je suis sur un bateau. Il appartient à la *prode'*. Vous avez compris le thème ? Super Woman fait le tour des océans, et pendant que Tony – Tony, (*clin d'œil de Rosie*), c'est mon amoureux – va chercher en Amérique du Sud des cultivateurs éthiques de café et de chocolat pour travailler avec eux dans notre coopérative solidaire, Super Woman répare les injustices et sauve des gens. Surtout des femmes et des enfants. Et des animaux aussi, tant qu'à faire. Ça tombe bien, c'est mon dada, sauver les gens.

Ce qui est cool, c'est que, pour ce périple autour du monde, j'ai tous mes amours avec moi en plus de mon chéri et de mon oncle Gaston. Il y a mes trois filles : Sabrina, Lisa et Emma. Comme Sabrina ne voulait pas quitter son meilleur ami Simon, on l'a embarqué avec nous. Il va manquer à son petit frère Pierre et à ses deux mères, mais elles ne pouvaient pas quitter leur boulot. Il leur envoie des vidéos tous les jours.

Pastis, mon chat, a trouvé son endroit préféré sur l'embarcation. Posté à l'avant comme une figure de proue, il surveille l'horizon d'un œil de vieux loup de mer et il rejoue dans sa tête *Pirates des Caraïbes* en boucle.

Ce qui est garanti, c'est que vous serez les premiers informés, puisque tout ça ne fait que commencer et je vous envoie de mes nouvelles chaque jour…

Vivre sur un bateau avec un amoureux n'est pas le seul changement important dans ma vie. Il y en a deux autres de taille. Premièrement, je ne supporte plus qu'on m'appelle Cri-cri. Alors, tout le monde m'appelle Rosie maintenant et c'est très bien comme ça.

Ah oui, aussi, il y a un truc bizarre. Ma mère Charlotte ne m'envoie plus de chansons quand je dors. Je me réveille avec le bruit des vagues et du vent dans les oreilles. Elle est sûrement rassurée pour moi, elle pense qu'elle n'a plus besoin de veiller sur moi. Peut-être est-elle montée vers la Grande Lumière, y retrouver son grand amour, Lionne-Lenny Maldonne ?

Le fils de ma meilleure amie, Léo, nous a rejoints à une escale. Il rêve de chasser des trésors d'épave avec son mentor, un certain Caron que nous irons rejoindre dans le Pacifique.

Et comme il semblerait que j'ai laissé ma malchance légendaire à terre, je me dis qu'on va à n'en pas douter finir par dénicher un vrai trésor !

Les chansons du roman :

MALDONNE AU FESTIVAL DE CANNES

Pour commencer cette liste, un bonus :
la musique officielle d'ouverture de chaque film
dans la grand salle de projection Louis Lumière
durant le festival du Film de Cannes.
https://www.youtube.com/watch?v=z_0Asm73Tys

En citation dans le roman :
Wonder Woman Femme du Ciel
https://www.youtube.com/watch?v=OGzs61BSUnU

Dans le désordre,
les chansons envoyées par Charlotte, la maman de Rosie :

Le dragueur des supermarchés
par Jacques Dutronc
https://www.youtube.com/watch?v=6icMPwMiqEw

Ainsi soit-il
Par Louis Chédid
https://www.youtube.com/watch?v=VJwGASrjnIY

La vie en rose
par Edith Pïaf
https://www.youtube.com/watch?v=rzeLynj1GYM

Les histoires d'amour finissent mal
Par les Rita Mitsouko
https://www.youtube.com/watch?v=ln0VwCqMkcA

Dès que le vent soufflera
Par Renaud
https://www.youtube.com/watch?v=hWtugydBz-Y

This Melody
Par Julien Clerc
https://www.youtube.com/watch?v=yrelcKSRGsM

Où sont les femmes ?
Par Patrick Juvet
https://www.youtube.com/watch?v=Zqc7mVZQNFo

Comme ils disent
Par Charles Aznavour
https://www.youtube.com/watch?v=vSIAvlatlGs

La tactique du gendarme
par Bourvil
https://www.youtube.com/watch?v=QSMVDK56Nt8

Cinématographe
chanté par Boris Vian
film d'animation mis en scène par la classe de CM1-CM2
de Mme Cagnon et de M. Tudell de l'école élémentaire Marlioz
à Aix-les-Bains
https://www.youtube.com/watch?v=hepkKB0rpew

Belle-Île-en-Mer, Marie-Galante,
par Laurent Voulzy
https://www.youtube.com/watch?v=QSyZWsS_UZc

Au pays de Rosie Madonne, la fin…

Ce n'est qu'un au revoir ?

Je me sens bizarre aujourd'hui. Si j'écris ces lignes, c'est que je suis à la fin de ce roman, et moi, je sais que ce sera le dernier avec mon amie Rosie.

Il est temps pour moi maintenant de la laisser vivre sa vie. Elle a mûri, elle s'est assagie, et je dois lui lâcher du lest. Et puis je crois que pour le moment du moins, on s'est assez vues toutes les deux.

Elle va me manquer, avec ses blagues à deux balles, sa mauvaise foi mais surtout son courage et son énergie. Heureusement, elle m'a offert, à force de temps passé ensemble, son mode de réflexion, et il se passe rarement une journée sans que je me demande: « Que ferait Rosie devant ce problème ? » Elle a changé ma vie.

Jamais je ne pourrai lui rendre tout ce qu'elle m'a donné, mais pour notre dernier tour ensemble, je lui ai offert un bouquet final, je crois qu'elle en rêvait : une soirée de gala au Festival de Cannes.

Pour le reste, et même si je l'ai fait avec le plus de légèreté possible, je n'ai eu qu'à piocher dans l'actualité pour planter mon récit et la vie de Rosie au beau milieu de notre époque chaotique et dramatique : les Gilets Jaunes, – merci à Florence Aubenas pour son article su 15 décembre 2018 dans le Monde – l'alimentation végane, l'économie solidaire, – merci aux groupes « Pays Salonnais en transition » et « Monnaie Locale La Roue » – le zéro déchet, le réchauffement climatique, le chômage, la violence contre les femmes et le harcèlement sexuel particulièrement dans le monde du cinéma, – merci au chauffeur personnel de Weinstein à Cannes durant des années, qui a témoigné à charge – la corruption entre autres dans le monde du foot, l'omniprésence des réseaux sociaux. Cela faisait partie du feu d'artifice de sa fête d'adieu.

Et vous, mes amis-lecteurs qui avez suivi avec indulgence les frasques de cette Rosie, ceux que je connais, que je croise dans des salons, dans des librairies, et tous les autres, les anonymes, qui m'écrivent, mais qui parfois n'osent même pas, vous aussi vous allez me manquer. Je ne recevrai plus vos messages amusés, parfois hilares, vos sourires, vos mines épanouies quand vous me voyez ; tous ces signes sont aussi pour moi autant de carburant qui m'aide à avancer. Et… snif… forcément, cela ne sera plus…

Alors, il est temps que je vous remercie, vous aussi, pour tout ce que vous m'avez apporté depuis la première mésaventure de Rosie… J'ai vécu grâce à vous des moments extraordinaires.

J'espère que vous allez apprécier l'incursion de Rosie dans le monde du cinéma, j'ai toujours un peu le trac avant la sortie d'un nouveau roman…

Une pensée pour un enthousiaste, Richard P., rencontré au salon du livre de Nice, il se reconnaîtra, je sais qu'il aimera ce dernier opus ! Enfin, j'espère…

Surtout, n'oubliez jamais de dire aux auteurs quand vous avez aimé leur livre. Sachez que vous nous réchauffez le cœur à chaque fois.

Si vous avez des critiques, bon, là, euh… Vous pouvez vous abstenir !

Non, je blaaaague !

Puisque j'en suis aux remerciements, je dois absolument préciser à quel point je suis reconnaissante envers les personnes qui accompagnent mes romans, parfois à leur insu, et à qui je dois tant.

Qui a dit que l'écriture était un exercice solitaire ? En apparence seulement, devant le traitement de texte… mais avant ? à côté ? après ?

Alors, merci à ma team remarquable qui se tient à mes côtés, tout d'abord mes premiers lecteurs en amont, toujours bienveillants et pourtant exigeants, cette fois : Julien Biri, Danielle Boulois et Amanda Castello.

Merci à Florence Clerfeuille pour sa dernière relecture efficace.

Merci à ma graphiste Paola, qui a vraiment transformé Rosie en superwoman !

Merci à Amanda Castello, Hélène Babouot et Xavier Theoleyre, pour leur constance et leur soutien sans faille…

Merci à Lionel pour son appui concret et permanent sur tous les fronts.

Je remercie aussi les romanciers qui écrivent dans le registre de la comédie… Leur talent me permet parfois de tenir le coup !

Si vous êtes comme moi, si vous avez besoin de rire ou de sourire pour trouver la force de continuer à avancer, pour effacer ce qui empêche le monde de tourner rond et le temps d'une lecture rêver à le refaire... Merci à vous…

Ne vous inquiétez pas, on finira par y arriver et un jour le monde ne sera plus que douceur et éclats de rire !

Ah, j'oubliais de dire merci à mon chat, mais cette fois je vais remercier tous les chats qui ont été mes compagnons dans ma vie : Tigresse, Rodrigue, Minou, Lola, Sissi, Titine, Saké et Lully. Un jour, je vous retrouverai, n'est-ce pas ?

Bon, OK, vous ne faites rien quand j'écris, à part marcher sur le clavier quand vous avez une fringale, après avoir ronflé pour accompagner mon inspiration, mais vous êtes tellement beaux !

Comme je suis pudique, je ne parlerai pas de mes très précieux, de ma smala à moi. Mais bon, bien sûr, je les remercie particulièrement.

Ce roman, pour l'instant, est complètement indépendant éditorialement parlant, donc n'hésitez pas si mes correcteurs et moi nous avons laissé échapper quelques coquilles (c'est toujours le cas et c'est entièrement de ma faute) à me les signaler. Ce sera vraiment super gentil et je vous en serai éternellement reconnaissante.

Et que dire si en plus vous pensez à mettre plein d'étoiles et un joli commentaire qui donne envie à de nouveaux lecteurs de découvrir cette foldingue de Rosie ?

Merci d'avance à vous tous.

Je vous souhaite à tous un voyage dans la vie rempli de bonheurs…

Table des Matières

DU MÊME AUTEUR en librairie :

Série de comédies policières Au pays de Rosie Maldonne :
UN PALACE EN ENFER
ROSIE SE FAIT LA BELLE
L'OMBRE DU ZÈBRE
NOM DE CODE : MÉMÉ RUTH
MALDONNE AU FESTIVAL DE CANNES

Romans d'amour ou feel good :
BRILLE TANT QUE TU VIS !
LA PETITE FABRIQUE (dès mai 2020)

Tendre comédie à suspense chez City éditions :
LE GARÇON QUI RÊVAIT DE VOLER EN CADILLAC

Trilogie polar historique chez City éditions :
(Une enquête à Cannes à la Belle-Époque sur les traces de Maupassant)
LA LETTRE FROISSÉE
LE PORTRAIT BRISÉ
LE CARNET VOLÉ
(Ces volumes se lisent indépendamment les uns des autres)

Roman noir chez label Les Indés :
FANNY N.

Pour suivre l'actualité des sorties de romans d'Alice Quinn :
https ://www.alice-quinn.com

Une série de comédies policières déjantées avec une héroïne détonnante :

Au pays de Rosie Maldonne.

Une **comédie** débridée. Un **suspense** captivant. Un personnage **attachant**

Découvrez Rosie *Maldonne*, elle vous attend.

Suspense et humour au rendez-vous, l'esprit des tontons flingueurs et de Westlake, épicé d'un brin de comédie à l'italienne.

UN PALACE EN ENFER

BEST SELLER

numéro 1 des ventes numériques

France 2013

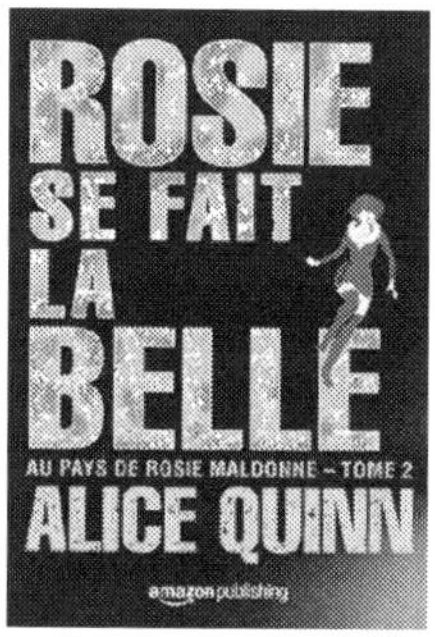

ROSIE SE FAIT LA BELLE

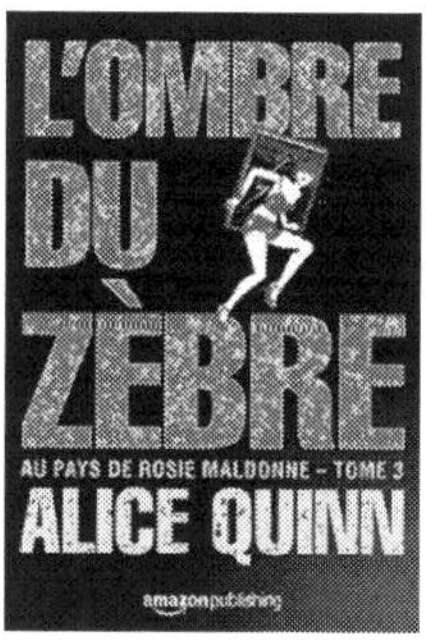

L'OMBRE DU ZÈBRE

NOM DE CODE : MÉMÉ RUTH

Maupassant mène l'enquête en compagnie d'une courtisane, Lola Deslys, et d'une aristocrate anglaise déclassée : Miss Fletcher.
Cette trilogie vous fera découvrir la naissance d'une ville balnéaire, joyaux de la Côte d'Azur, entre 1884 et 1892.
Un monde où la fortune, les hommes et les apparences règnent en maîtres.
Suspense, secrets de famille, et troubles sociaux sur fond de crise immobilière...
La IIIe République et ses coulisses dans une ville en apparence légère...

LA LETTRE FROISSÉE
Cannes, printemps 1884

LE PORTRAIT BRISÉ
Cannes, février 1888

LE CARNET VOLÉ
Cannes, décembre 1891

Un roman Feel Good parsemé de poussière étoilée d'amour…
Un hymne à la vie !
Le roman de la seconde chance…

BRILLE, TANT QUE TU VIS !

***

Une comédie pleine de tendresse et de suspense :

LE GARÇON QUI RÊVAIT DE VOLER EN CADILLAC

Alice Quinn, l'auteur de Un Palace en Enfer, nous donne ici une comédie policière jubilatoire.
Prenez un bain de fraîcheur et de bonheur au BalaJo...
Tendresse, **humour, suspense** et jazz musette sont **au rendez-vous** dans un **Paris attachant**, ce Paris que vous aimez.

Avertissement : ce roman très sombre n'est pas dans la veine habituelle des romans positifs d'Alice Quinn !!!

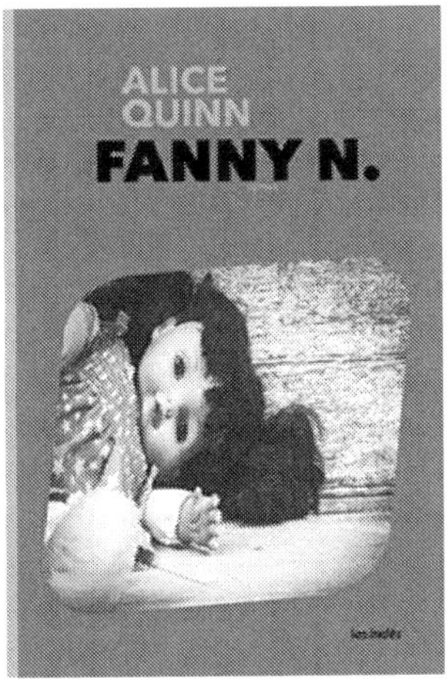

FANNY N.

« Auteur de la série humoristique et best-seller *Au pays de Rosie Maldonne*, Alice Quinn nous bouleverse dans cette tragédie d'une noirceur abyssale. Impossible de rester insensible au calvaire de Fanny N., qui clame désespérément son droit au bonheur, en dépit de sa *différence*. »

Découvrez des autrices et des auteurs
en visionnant leurs interviews vidéos sur mon blog
et profitez-en pour vous inscrire dans mon club
et recevoir des bonus.
https://alice-quinn.com

Printed by Amazon Italia Logistica S.r.l.
Torrazza Piemonte (TO), Italy

20379464R00205